U1004246

MINECRAFT
我的世界：远航

[美] 杰森·弗莱 著
陈新瑜 陈丽如 译

童趣出版有限公司编译 人民邮电出版社出版
北 京

图书在版编目（CIP）数据

我的世界 : 远航 / (美) 杰森·弗莱著 ; 童趣出版有限公司编译 ; 陈新瑜, 陈丽如译. -- 北京 : 人民邮电出版社, 2022.1
ISBN 978-7-115-56990-5

Ⅰ. ①我… Ⅱ. ①杰… ②童… ③陈… ④陈… Ⅲ. ①儿童小说—长篇小说—美国—现代 Ⅳ. ①I712.84

中国版本图书馆CIP数据核字(2021)第153280号

著作权合同登记号 图字：01-2020-4648

Minecraft: The Voyage is a work of fiction. Names, places, characters, and incidents either are the product of the author's imagination or are used fictitiously. Any resemblance to actual persons, living or dead, events, or locales is entirely coincidental.
©2021 Mojang AB. All Rights Reserved. Minecraft, the Minecraft logo and the Mojang Studios logo are trademarks of the Microsoft group of companies.

本书中文简体字版由大苹果代理公司代理授权童趣出版有限公司，人民邮电出版社出版发行。未经出版者书面许可，对本书的任何部分不得以任何方式或者任何手段复制和传播。本书只限于中华人民共和国境内（香港、澳门、台湾地区除外）销售，任何在上述地区以外对本书的销售行为，均构成对权利人的权利侵权行为，应承担相应法律责任。

文字翻译：陈新瑜　陈丽如
责任编辑：付春怡
责任印制：李晓敏
封面设计：刘　丹
排版制作：杨志芳

编　　译：童趣出版有限公司
出　　版：人民邮电出版社
地　　址：北京市丰台区成寿寺路11号邮电出版大厦（100164）
网　　址：www.childrenfun.com.cn

读者热线：010-81054177
经销电话：010-81054120

印　　刷：北京华联印刷有限公司
开　　本：889×1194 1/32
印　　张：10.25
字　　数：275千字
版　　次：2022年1月第1版 2023年5月第4次印刷
书　　号：ISBN 978-7-115-56990-5
定　　价：59.00元

版权所有，侵权必究。如发现质量问题，请直接联系读者服务部：010-81054177。

本书献给作家、思想家兼小说家萨姆·琼斯，

感谢他对我的关照。

孩子，在你改变这个世界之后，

别忘了给我的礼物。

杰森·弗莱作品

《星球大战》系列

《必备星图集》
《克隆人的进攻：剧集指南》
《战争必备指南》
《星球大战》100 集
《移动目标：莱娅公主历险记》
《绝地武士的武器：卢克·天行者历险记》
《原力觉醒：雷伊的生存指南》
《原力觉醒：不可思议的剖面》
《最后的绝地武士：扩展版》
《帝国四部曲：仆人》

《木星海盗》系列

《猎杀九头蛇》
《鸢尾花的诅咒》
《地球的崛起》

MINECRAFT
我的世界：远航

第一章

海边的那栋房子

一个年轻人住在海边的一栋房子里。

现在，我要向你介绍这个年轻人，他是这个故事的主人公。但首先你得知道这栋房子的来历，因为它在这个故事里也很重要。

这栋房子不是宫殿，甚至说不上是豪宅，不过它又大又漂亮，令所有看到它的人都赞叹不已。带着黑白斑点的闪长岩、粉色花岗岩和玻璃构成了它的主体。每当清晨的第一缕阳光照过来的时候，被精心打磨过的闪长岩和花岗岩熠熠生辉，整栋房子显得金碧辉煌。

这栋房子坐落在绿色山坡的一侧，山上点缀着桦树。它像是和谐地融入自然画卷里的美丽风景，而不是强加进去的人造景观。房子周围的土地被仔细平整过，看起来赏心悦目。

我的世界：远航

如果你从海路来到这里，一下船就会踏上一片宽阔的绿色草坪。草坪两侧各有一排白桦树。在你的右边是一座小山，山上开满了各种颜色的鲜花，有玫瑰、牡丹、郁金香、矢车菊和雏菊。在你左边是另一座小山，在山脚下的围栏里，你可以看到牛、猪、鸡和羊。稍高一点儿的地方是一垄垄长势喜人的庄稼，有小麦、甜菜、胡萝卜，还有一个个矮胖的南瓜和西瓜。在你的正前方，就是这栋房子。两边笔直的白桦树就像军容严整、等待接受检阅的士兵。草坪中央的喷泉欢快地溅起水花。绕过喷泉，登上宽阔的闪长岩台阶，就到了前门。

住在这里的年轻人名叫斯塔克斯·斯通卡特[1]，他是斯通卡特家族的第三代。斯塔克斯的祖母是家族中第一个来到这里的人。很多年前她在山坡上建造了一栋简陋的房子，其实这房子只比她随手在地上挖的洞好一点儿罢了。她的儿子，也就是斯塔克斯的父亲，扩建了这栋房子，并且在房子周围种了很多树和花。从此简陋的房子变成让人印象深刻的庄园。

斯塔克斯的父亲和祖母都已过世，就安葬在后花园中的家族墓地里。斯塔克斯独居于此，或者说算是一个人住吧，因为他家里还有三只猫：一只金色眼睛的黑猫，名叫煤球儿；一只有着灰色条纹和绿色眼睛的猫，名叫翡翠；还有一只蓝眼睛的暹罗猫，名叫蓝宝。这三只猫都是以斯通卡特家族多

---

①斯通卡特即 Stonecutter，有“矿工”之意。

年来从地下矿井开采出来的矿物和宝石命名的。

斯塔克斯非常爱煤球儿、翡翠和蓝宝。有了它们的陪伴，他心满意足，深感自己已经拥有了人生的幸福。最近几年，他常常跟猫咪聊天。可除了呼噜声、摆动尾巴的沙沙声和偶尔发出的喵喵的叫声之外，它们给不了其他回应。斯通卡特的客人已经习惯去园中的某个地方寻找斯塔克斯。他有时侍弄花草，有时修剪树枝。他总是一边干活儿，一边跟一只或几只猫咪愉快地聊天，而这些猫咪通常只是在阳光下睡觉。

住在附近的人都觉得斯塔克斯的行为有点儿古怪，但时间长了，就见怪不怪了。年龄最大的邻居还记得斯塔克斯的祖母是个技艺娴熟的矿工。她下到黑乎乎的矿井里时从不畏惧，每次返回地面总是带着沉甸甸的矿石和奇珍异宝。在年青一代的回忆中，斯塔克斯的父亲是个伟大的冒险家，总是面带微笑。斯塔克斯的父亲酷爱周游世界，结识新朋友，还很喜欢讲故事。他绘声绘色地讲述自己的冒险经历，往往能够说服刚认识的人心甘情愿地买下斯通卡特家族开采和加工的矿石。

不论男女老幼，所有的邻居一致认为斯塔克斯跟他的祖母和父亲没有一丝一毫相像的地方。虽然斯塔克斯每隔几周就去办公室处理家族事务，但谁都知道他从来没有穿过森林、越过平原，也没有从斯通卡特家的船坞坐船出过海，去游历那些他父亲所说的发生过奇妙故事的地方。大家都知道斯塔克斯继承了祖母和父亲的衣钵，掌握了采矿和切割石头的技术，但他对于寻找和探查新的矿藏完全没兴趣。去海边的房子里拜访过斯塔克斯的人说：如果你和他聊起养猫或种花的话题，他就会兴致勃勃；但是你一旦说起别的事，他就左顾右盼、心不在焉，几分钟之后就找个借口——往往是没有什么说服力的借口——溜之大吉了。

斯塔克斯在十几岁时就变成了孤儿，所以好心的邻居们很同情他，觉得他作为一个宅男，喜欢猫咪，喜欢侍弄花花草草，对采矿没有兴趣，这都没什么大不了。毕竟矿井里条件艰苦，总是漆黑一片，气味难闻，有时还很危险。不怎么友善的邻居却认为，斯塔克斯就是太幸运了，祖辈辛苦工作多年，积累了财富，所以他根本不用努力工作。随着时间的流逝，斯塔克斯和邻居们越来越合不来。同情他的人越来越少，他的人缘也越来越糟糕了。

当然，亲爱的读者，我并不知道你的年龄，你可能是八岁、十八岁、八十八岁，甚至是八百八十八岁（好吧，你可能还不到八百八十八岁）。无论如何，你也许会明白，大多数人对他们不了解的事物一点儿都不友好。接下来，我可以跟你讲讲那天发生在斯塔克斯·斯通卡特身上的事：他的平淡生活即将结束，从那天开始一切都变得很糟糕。早知如此，他可能会做出不同的选择，从而改变自己的命运。

第二章

最后一个平淡的日子

那天早上阳光明媚，斯塔克斯醒得很晚。卧室在楼上，这里以前属于他的父亲。晨曦被后花园外面绵延的群山遮住了，照不到卧室的大落地窗里来。斯塔克斯揉了揉眼睛，睡眼惺忪地看见煤球儿趴在他胸口上呼呼大睡，而翡翠蜷缩在他的膝盖上睡得正香。于是他轻手轻脚地把它们抱起来。两只猫被小心翼翼地放在皱巴巴的床单上时都没有醒来。过了一会儿，翡翠打了个哈欠，伸了个大大的懒腰，毛茸茸的身体抻得长长的。斯塔克斯到处寻找蓝宝，却发现蓝宝已经醒了，正蹲在床尾舔毛。

“早啊，小猫咪们。”斯塔克斯乐呵呵地说。翡翠喉咙里发出轻微的咕噜声，煤球儿的耳朵抖动了一下。斯塔克斯的睡意未消。他穿上晨衣，伸了个懒腰，用一只手捋了捋凌乱的头发。

楼上卧室有一架梯子通往一楼，还有一扇门通往阳台，在那里可以俯瞰整个后花园。每次打开阳台门之前，斯塔克斯总会先透过窗户向外张望，以防附近藏着僵尸或者蜘蛛。可他也不是很担心，反正在天大亮后，那些在夜间出没的凶猛生物要是不赶快找个地方躲起来，肯定会被晒死。斯通卡特家庄园里的闪长岩柱子上挂着灯笼。它们整齐地排列着，连灯笼之间的距离都经过仔细规划，可以防止那些邪恶生物靠近。有一天早晨，一只蜘蛛出现在阳台窗户上边。它体形庞大，长着红眼睛，浑身覆盖着黑色的毛。斯塔克斯吓了一大跳。之后整整一个星期，他都忐忑不安。这是什么时候的事？可能是去年夏天，斯塔克斯想，但他记不清以前的夏天是不是也遇到过这些可怕的家伙。

此刻，没有蜘蛛或者其他怪物打破这里的宁静——只有明媚的阳光和温柔的微风。斯塔克斯放心了，让门大开着，斜靠在阳台栏杆上，饱览后花园的美景。脚下是他的父亲用闪长岩砌的游泳池，游泳池的一半在阳光下，一半在用岩石和泥土搭的顶棚投下的阴影里。池水看起来清凉诱人。斯塔克斯真想一个猛子扎进池子里，彻底驱散这个夏日的炎热。

紧挨着泳池，茂盛的草坪边上有一扇木门，那是斯通卡特家储量最丰富的矿坑入口，里面有个深深的中央竖井。在更远的地方，一道闪闪发光的蓝色瀑布旁边，最老的那棵白桦树下，坐落着斯塔克斯双亲和祖母的坟墓，周围鲜花簇拥。

斯塔克斯一抬头，后花园远处的山脊便映入眼帘。山顶矗立着闪长岩石柱，石柱顶上有一盏亮着的灯笼。这表明了家族住宅的边界。再往西看，是个月牙儿形的海湾，越过海滩就是郁郁葱葱的绿色森林。

如果沿着海岸线走一天，斯塔克斯就能走遍岛上的斯通卡特家族矿山，最后来到坐落在山坡上的一所小房子前，它被灌木丛和金合欢树环绕着。这间毫无装饰的小屋是他的父亲建造的，是一个用于养牛、探测山底隧道及熔岩管道的基地。屋里只有一张床、一个熔炉[②]、一个箱子和一张工作台。斯塔克斯打小儿就没去过那里，所以不知道现在这间小屋还在不在。它应该还在——难道还会有什么变化吗？

“没理由跑那么远，对不对，蓝宝？”斯塔克斯问，弯下身子轻轻抚摸着暹罗猫，猫咪撒娇地用脑袋蹭他的腿，“这里就已经忙得不可开交啦。现在我要陪三只饿得前胸贴后背的小猫咪吃早饭！”

斯塔克斯穿好衣服，走下梯子，来到一楼的大厅。前方是一面巨大的玻璃墙，透过玻璃墙就能看到草坪和喷泉，两行笔直的白桦树延伸到海边。左边是斯通卡特家族荣誉陈列室，屋顶高高的。陈列室旁边的卧室天花板很低，在卧室里能俯瞰草坪。他身后是一扇通向后花园的门，还有储藏室和工作间，柜子放在一堵墙旁边，另一堵墙边有熔炉、工作台

②《我的世界》游戏中的一种方块，用来烧炼方块或物品，并把它们转换成另一种方块或物品。

和织布机，还有一架梯子通向附魔室、另一间储藏室和游泳池。在斯塔克斯的右边，隔着一排沙发和椅子，还有一面玻璃墙，墙上有一扇门通往南草坪。斯塔克斯刚好能看见紧靠着山坡和羊圈的船坞码头顶棚。

斯塔克斯准备早餐时，煤球儿、翡翠和蓝宝都从楼上的卧室下来了。它们围绕在他脚边，喵喵叫着，好像已经好几天没吃东西似的。他为猫咪准备的早餐是鱼，然后给自己切了一大片面包，抹上厚厚的一层蜂蜜。他一边吃，一边察看东草坪，接着察看南草坪，之后是后花园。天天如此，月月如此，年年如此，雷打不动。

然而今天情况有了变化。

“哎呀，小猫咪们，有点儿不对劲啊。”斯塔克斯一边说着，一边把吃了一半的面包放在桌子上，摘下挂在门框上的石镐和剑，爬上梯子来到二楼的卧室。他径直走到阳台上，凝望着远方的山脊。

山上覆盖着密密匝匝的桦树，它们顺着梯田蜿蜒而下，给后花园投下了一层让人感到凉爽的阴影。这正是斯塔克斯的父亲想要的——他酷爱桦树雪白的树干和狭长的、边缘带锯齿的深绿色叶子。父亲曾经指着白色树干上的黑色“眼睛”给斯塔克斯看，说这就像他们家墙壁上闪长岩的花纹一样。桦树、后花园，还有草坪，是对斯通卡特家族住宅的扩展和延伸。它们和住宅融为一体，不可分割。

斯塔克斯刚才在楼下模模糊糊瞥见的东西，现在清清楚楚地暴露在他的视野里：山脊上的桦树林中有一簇不和谐的绿色叶子，还隐约可以看见深褐色的树干。

“我怎么才发现呢？”他自言自语道，完全把楼下大快朵颐的煤球儿、翡翠和蓝宝抛到脑后，“桦树林里竟然长出一棵橡树，怎么会这样？要是父亲还在世，他该多生气啊！”

斯塔克斯在阳台上待了一阵子，先考虑怎么处理那棵橡树，接着又仔仔细细地把后花园周围的山脊和山冈都扫视了一遍，看看是否还有其他“入侵者”逃脱了他的搜索。不过，除了那棵橡树外，看起来一切正常。

“嗯，应该就只有它了。”斯塔克斯说道，“今天的工作计划要改一下。”

然而，斯塔克斯并没有马上处理那棵树，在接下来的几小时里也没有任何行动。相反地，他徘徊在庄园的海滩上，向着远处的冰川凝望，然后又久久流连在后花园里的一丛丛的青草中。他在考虑是否要多种一些丁香，这会让花园的景色更加迷人。他或许可以让整座山焕然一新，比如让山的形状变得对称，还可以修建适合种植作物的梯田。

斯塔克斯心想，改造山坡景观的工作量太大了，一天之内肯定无法完成，何况天气这么炎热。但他下决心在几个星期内一定把这件事提上日程。接着，他察看了奶牛和鸡，收集了准备放进储藏室里的牛奶和鸡蛋。最后，他跳过围栏，来到斯通卡特家的羊群中间。羊群中不仅有白色的绵羊，还有红色、黄色、蓝色和橙色的绵羊。他把身后的门开着，这样猫咪就会跟着他进入羊圈。它们不住地发出咕噜咕噜的声音，并且喵喵叫着，分散了他的注意力。

“要是有一只紫色的绵羊就太棒啦，”斯塔克斯一边说，一边盯着红色和蓝色的羊在角落里吃草，“对不对啊？小猫咪，一个庄园里应该有各种颜色的羊，那才够美。”

此时，煤球儿刚好喵喵叫起来，似乎在回应斯塔克斯。

斯塔克斯越想越觉得自己是正确的，恨不得马上付诸行动，可是家里确实没有紫色染料了。他知道，在楼下的游泳池旁边，父亲那间附魔室里有本书上记载着紫色染料配方。附魔室让他联想到游泳池。游泳真是让人心情愉快的运动，足以驱散此刻的炎热。外边虽然艳阳高照，丝毫没有要下雨的迹象，可天气还是潮湿而闷热，让人浑身不舒服。抬头望天，斯塔克斯再次想起，有一棵格格不入的橡树还在桦树林里生长呢。

他用手一撑，跳出围栏。他想，如果祖母还在世的话，肯定不同意这种抄近道、不走正门的做法。这次他一定要把背后的门关上，要不然蓝宝就会像往常一样，一会儿要进来，一会儿要出去。

储藏室里凉爽又舒适。斯塔克斯擦了擦额头上的汗水，解决橡树问题的决心又动摇了。

“到了明天，那棵橡树也只能长高一点点。”他对翡翠说道。翡翠在熔炉上蜷缩着身体，看起来准备再打个盹儿。这只灰色条纹的猫咪心满意足地眯着眼睛，打了个哈欠，开始舔自己的爪子。

“哦，我想你是对的，”斯塔克斯说，“今天努力工作是为了明天悠然自得。没错！我好像在哪儿听说过这句话。反正肯定不是父亲或者祖母说的。今天努力地工作，明天要更加努力地工作。这才是他们该说的话，对不对？”

铰链转动发出嘎吱嘎吱的声音，工具箱打开了。里面的东西摆放得井井有条：剑和斧子旁边是镐和锄，还有成堆的盔甲、整袋的箭以及一卷一卷的弓弦，几把大剪刀放在指南针和带着异国情调的木板旁边。这些东西是斯塔克斯的父亲历次探险的收获。

斯塔克斯挑了一把刃儿上镶着钻石的斧子。为了测试它是否锋利，他用手指碰了一下它，又迅速地收回了手。他揉了揉翡翠的耳朵，然后把斧子扛在肩上，朝后门走去。斯塔克斯原本想从家族荣誉陈列室拿一副钻石胸甲，或者至少拿一个放在立架上的头盔，不过他马上就改变了主意。他已经好几个月没看见苦力怕出现在山脊上了。天气这么炎热，一把斧子就足以应对任何突然发生的危险情况。

“虽然斧子不是特别趁手，但还能遇到什么大事呢？”他一边走，一边问煤球儿。煤球儿紧跟着他穿过草坪，尾巴竖得高高的。

“要是祖母在，肯定会大发雷霆的！”

斯塔克斯内疚地瞥了一眼花园的树荫下，那里是斯通卡特家族墓碑所在。几分钟后，他就爬上了山脊，在阳光下四处张望。此时，太阳快落到地平线上了。那棵橡树就在前面——这是一株小树苗。它从桦树树荫中探出头来，在阳光下极力地伸展着枝干。

“恐怕你是长错地方啦。”斯塔克斯拍了拍这棵小树，抱歉地说。在确认煤球儿在安全的地方打盹儿之后，他挥动斧子，砍向橡树的树干。低沉的伐木声回荡在山谷里。他很快地把那棵橡树的树干砍断，接着砍掉树枝、清理树叶。斯塔克斯干完活儿，满头大汗地站在树桩上四处张望。他的四周都是树叶和木屑，一片狼藉，而山脚下房子的墙壁在阳光下闪闪发光。

“今天的工作完成了。”斯塔克斯对煤球儿说。作为回应，煤球儿把身体抻得更长一些，好充分接触阳光。斯塔克斯从橡树树桩上跳下来，然后把树桩也砍下来，接着收集散落在周围的木头。他快乐地吹着口哨，手脚一刻不停，直到把橡树之前生长的地方清理得干干净净。看着眼前的一切，他不禁开始想象，以后这片空出来的土地变得绿草如茵，那该有多美。

太阳快要落山的时候，他把砍下来的木头运回家。阳光给海面镀上了一片片粉红色和橙色的光晕。夜色已经慢慢笼罩了后花园，庄园里的灯光亮了起来。

“晚上我们去游泳吧。”斯塔克斯对煤球儿说道。他一边说，一边把斧子放进套子里。

在游泳之前，斯塔克斯喂了猫，把砍下来的木头和其他木头摞在一起，把钻石斧子放回储藏室里合适的位置。他本想带上父亲的一把剑去泳池，后来又改了主意。后花园灯火通明，就算万一出了什么事，离附魔室的门也只有几步之遥。

然后，斯塔克斯在游泳池里懒洋洋地打起了盹儿，他的胳膊肘搭在游泳池边的磨制闪长岩上。此时，猫咪在花园里嬉戏，星星在他的头顶上闪烁。就像他预想的那样，他没有遇到任何麻烦。

这是最后一个可以称之为平静的夜晚。

第三章

不速之客

当那位不速之客走错了码头的时候，斯塔克斯就应该知道来者不善。

跟斯塔克斯有生意来往的客人都知道，要把船停靠在草坪尽头的海湾。斯塔克斯的父亲在浅水海湾精心建造码头，就是为了迎接客人的到来。这样一来，斯塔克斯能及时看到客人，这个庄园也会给客人留下良好的印象：在谈生意之前，客人可以行走在桦树林中，从喷泉旁边经过，然后登上闪长岩台阶。

每个来谈生意的人都清楚这一点，他们当然不是不请自来的。访客先要去斯通卡特家族的矿务办公室，跟职员打招呼，职员会飞快地赶去庄园通知斯塔克斯有客人造访。在斯塔克斯的父亲在世的时候，他们就是这么做的，一直以来执行得都很好，斯塔克斯不会无缘无故改变这个流程。

而这位客人没有提前打招呼。

斯塔克斯刚吃完早餐，正在耐心地告诉翡翠，鳕鱼都被它吃完了。此时，他发现一艘黑色木头船正缓缓靠近南岸。

“来的是哪个冒失鬼，小猫咪们？”他有点儿恼火地问道。他往草坪那边望去，想知道是不是其他船只占用了码头泊位，但那边明明空着。

“到底谁来了？”斯塔克斯又问道。那艘船离这个码头越来越近。船上的人划着桨，很明显要让船在这里靠岸。

“真讨厌，”斯塔克斯一边说，一边检查自己的衣服是否整洁，确认后才放下心来，“不守规矩！”

斯塔克斯低声抱怨着，打开了南边的门，很不乐意接待这位不速之客。他提上鞋，穿过草坪迎向对方。在这个时候看到他，这群绵羊都感到很意外，好奇地咩咩叫着。绵羊好奇起来总是这样。

山坡一直延伸到海边，也就是羊圈的西面和南面。斯塔克斯的父亲在西面建了一座小巧别致的桦木船坞，栈道一直架到水里。这是斯塔克斯最喜欢的地方，他经常在清晨带着猫咪在码头上吃早餐，有时候吃完早餐，再跟猫咪一起舒舒服服地打个盹儿。

砂岩台阶从南草坪延伸到海里，斯塔克斯顺着台阶大步走下来。那位不速之客已经下了船，转眼间就站在斯塔克斯面前。这位客人身材瘦削，年纪比斯塔克斯大不了多少，贼亮的蓝眼睛骨碌碌直转，眼神从斯塔克斯身上移到船坞，又从房子移到远处的山顶。

还有一件事让斯塔克斯觉得很奇怪：来访者穿着一套完全不搭配的盔甲——上身是金色胸甲，下身是镶钻紧身裤，脚上穿着皮靴。各种颜色形成强烈的对比，看起来一点儿都不协调。衣服有的部分太小，很不合身，看起来很不对劲；有的部分则松松垮垮。一把钻石剑挂在来访者的腰间，但腰带太松了，以至于他要不时地拽一下腰带。

“早上好，”斯塔克斯跟对方打招呼，即使要把客人打发走，也要讲礼貌，“也许我忘了跟您的预约，阁下是……”

“噢，我没有预约。”那个男人笑着说，“预约太无聊了。我想去哪儿，就去哪儿；我想来你这儿，我就来了。”对方的笑容让斯塔克斯觉得很别扭。

斯塔克斯很不喜欢对方有点儿粗鲁的言辞。如果斯塔克斯的父亲听到了，肯定会把这些话当成玩笑，因为父亲喜欢招待客人和结交新朋友。可独自居住的斯塔克斯并非如此。或者更准确地说，即使斯塔克斯不排斥陌生人来访，行动上也已经拒人于千里之外。时间长了，他就养成了一种习惯。那些离群索居的人往往是这样的，斯塔克斯也不例外。

因此，斯塔克斯没有接对方的话茬儿，也没有转移话题，而是盯着陌生的来访者，双臂交叉在胸前。

“你做什么生意的？”斯塔克斯问道。

“你可以叫我收藏家，”那个人回答，一双贪婪的蓝眼睛饶有兴趣地打量着这栋房子，“专门收集经验的收藏家。”

“我不知道经验还可以收集。”斯塔克斯说。

这个男人哈哈大笑，笑声尖锐刺耳，让人极不舒服。

“斯塔克斯·斯通卡特，你当然不知道。”客人说道。

斯塔克斯真是打心眼儿里讨厌这个不请自来的家伙。不过对方知道他的全名，让他多少放下心来，这说明对方肯定是出于某种原因才到码头来的。斯塔克斯想知道如果父亲遇到这种情况该如何处理。

“这不公平，”斯塔克斯说道，“你知道我的名字，可我还不知道你是谁。”

“那是因为我一直都没有说。既然我们以后会非常熟悉，我也应该自报家门。我叫福奇·坦普洛，愿意为你效劳。”

说着，福奇·坦普洛冲着斯塔克斯鞠了一躬，然后抬起头来咧嘴一笑。这笑容好像凶猛的捕食者发现了猎物，让斯塔克斯感到很不安。还有，“我们以后会非常熟悉”是什么意思？

斯塔克斯很不情愿地按照父亲的待客之道来招呼福奇·坦普洛，虽然对方来得莽撞，行为古怪，而且态度粗鲁，但自己也不能失礼。权当这家伙是潜在的生意合作伙伴吧。“永远不要让糟糕的第一印象妨碍你赚钱。”这应该是父亲的告诫，至少父亲说过类似的话。

斯塔克斯很不喜欢这个理论。他此刻最想做的就是让这个讨厌的家伙马上离开，可他还是强迫自己按照父亲的方式行事。

“好吧，坦普洛先生，既然我们已经认识了，我怎样才能为你效劳呢？”

“带我参观一下你的家，”福奇说，“这座宅子太漂亮了，你一定为它付出了很多辛勤的劳动。”

“当然，”斯塔克斯说，“呃，其实大部分工作都是我父亲做的，我只是保持现状而已。”

“那你做了什么呢？”福奇问道。

“这个，这个嘛……”斯塔克斯一时不知道该如何回答。砍掉一棵忽然长出来的橡树，或者拔掉草坪上长得高高的杂草，这些事跟公司业务毫无关系，说出来似乎不会给潜在的生意伙伴留下好印象。

“说实话，我们公司自己就能运作得很好。”斯塔克斯接着说道，“生意嘛，就那样。真的，坦普洛先生，你参观房子之前可以到办公室看看，那里有我们开采的矿石样本，还有经过我们精心打磨和抛光的矿石块。我敢打包票，我们的工人是最专业的。我们的口号是‘斯通卡特的名字就是金字招牌’！”

对斯塔克斯来说，这么卖力地推销自家产品实在很可笑，然而福奇好像根本没听到。

“办公室，哼！”福奇说，“一旦人们对这个世界投降了，或者不再努力奋斗的话，办公室就是等死的地方！对于我这样的收藏者来说，家是了解一个人灵魂的关键。所以，斯通卡特先生，请前边带路吧！”

说着，福奇指了指房子。这一刻两个人的角色仿佛互换了，斯塔克斯变成了请求帮助的来访者，而福奇成了这里的主人。

斯塔克斯很困惑，不知道这是怎么回事。斯塔克斯带着福奇到处转悠，指着桦树林给福奇看，告诉福奇喷泉中间的柱子是用荧石[③]建的，可以在夜晚照亮整个草坪。

现在，如果你像我一样了解之后发生的事，可能就会说："天哪，斯塔克斯，千万不要这么做！难道你看不出就要大祸临头了吗？"

我可以告诉你，在之后寂静的夜晚和焦虑的时光里，斯塔克斯都在思考类似的事情。但是斯塔克斯无忧无虑地成长，完全不知道罪恶为何物。正如大多数幸福的人一样，他也认为罪恶始终离自己很遥远。后来，他终于知道自己犯下了多么严重的错误，可是已经晚了。

在参观过程中，福奇很少说话，这使得斯塔克斯怀疑福奇可能感到无聊了。但身处熟悉的环境里，斯塔克斯觉得很自在，个人平静的生活被干扰的恼怒也减轻了一些。不管怎样，他打心眼儿里为自家的庄园感到骄傲，从昂首挺胸打鸣的公鸡、五颜六色的羊，到覆盖在梯田上的鲜花，都让他无比自豪。很快斯塔克斯开始享受这种向客人展示心爱之物的乐趣了。无论是谁，可能都会这样做吧。接着他打开前门，

---

③《我的世界》游戏中一种会发光的方块。

邀请福奇进来。

煤球儿、翡翠和蓝宝本来在洒满阳光的卧室里睡觉，听见了开门的动静，便慢悠悠地走出来。但在见到福奇·坦普洛的那一刹那，三只猫咪全都警惕地停住了，尾巴垂了下来。

“你们好呀！小猫咪们，”斯塔克斯愉快地说道，“客人来啦！”

斯塔克斯有一件事让邻居们和斯通卡特办公室的职员们很恼火，就是他跟猫咪说话比跟人说话更加轻松自在。他和猫咪在一起更开心，而且还能和它们说个没完。尽管大家都知道，猫咪可不会帮斯塔克斯完成订单。

然而这一次，猫咪的表现异乎寻常。煤球儿冲着福奇发出咝咝的声音，它黑色的尾巴毛都奓起来了，就像一支瓶刷似的。

“别这样，煤球儿，注意你的态度——”斯塔克斯的话音还没落，三只猫就像箭一般向着不同的方向逃走了。

“哎呀，”斯塔克斯说道，疑惑地挠了挠头，“它们这是怎么了？”

“动物讨厌我，我也不喜欢它们。”福奇实事求是地说道，“走吧，斯通卡特先生，请在前面带路。”

福奇对房子内部和庭院的态度一样，根本不置一词。他的目光匆匆扫过墙上的画、家具和瓶子里的鲜花，没有表现出明显的兴趣。然而，当斯塔克斯带着福奇进入斯通卡特家族荣誉陈列室后，福奇的态度完全改变了。

“在这个房间所在的地方，我的祖母度过了来到此地后的第一个夜晚。”斯塔克斯说道，“当时祖母只是在山坡上挖了一个洞，甚至连张床都没有。她整夜蜷缩在洞里，倾听着外头土墙另一边野兽的嚎叫声。可是现在你看吧。”

斯塔克斯自豪地环视着这个房间。这里有擦得锃亮的闪长岩和花岗岩墙壁；有闪耀着光芒的盔甲，那是祖母和父亲的心爱之物；有镶嵌在画框里的贵重的金属块，象征着斯通卡特家族福星高照；还有覆盖整面墙的巨大地图。

“你们应该把当时你祖母藏身的那个洞穴完整地保留下来，”福奇说道，“当成一个纪念。”

“用不着，”斯塔克斯说道，“这个房间就能代表一切。”

“这真是令人印象深刻。”福奇一边说，一边走到地图前面，抻长脖子以便看得更清楚一些。他饶有兴趣地看着地图上的河流，它们在广袤的绿色森林和丛林中蜿蜒流淌。

“地图上的这些旗子代表什么呢？”

“那些是家族企业的分店，”斯塔克斯回答，“有些是房子——我提醒阁下，它们可没这里气派。有一些房子比空房子稍微好一点儿，里面有一张床、一个熔炉和一张工作台。我父亲为家族的商业交易建立了一个网络。”

“令尊真是太能干了，”福奇恭维道，“他现在怎么样了？”

“他几年前去世了。”斯塔克斯回答，“祖母去世一个月后，他从南部分店回来，途中船只失事了。我的母亲在我很小的时候就过世了。现在只剩下我一个人。”

“孤零零地活在世上太艰难了，没有人照顾你。”福奇说道。

“我每天都在想念他们，”斯塔克斯说，“可我能照顾好自己。”

“真的吗？”福奇问道，但他根本没看斯塔克斯，只是正聚精会神地看着地图。福奇指着地图中间绿色的旗子问道：“我们在这个位置，对吧？”

“是的，这里是斯通卡特半岛，我的家。”

“我必须穿过这个冰原才能到这里，”福奇一边说着，一边敲着地图上半岛东边的位置，“斯通卡特先生，这是一片危险的海域。当然你肯定非常了解，你住的地方离这片海域太近了。”

“其实我从来没有驾船去过那儿，那太危险了。简直就是玩命！坦普洛先生，那样的航行有什么意义呢？”

“有没有意义，去看看你家门口到底有什么就知道了。”福奇说道，然后摇了摇头，“不过别放在心上。北边这片橙色区域上的旗子代表什么？那肯定是个很有意思的地方。”

“表面上看是恶地，不过我也没去过那里。”斯塔克斯忍着怒气说道，“如果你感兴趣的话，办公室的工作人员会告诉你更多关于分店的信息。”

“看来很多地方你都没去过啊。”福奇说道。这句话成了摧毁斯塔克斯耐心的最后一根稻草，他想借此机会把这个招人烦的家伙赶走。于是斯塔克斯打算反驳福奇。

还没等斯塔克斯说话，福奇却微微一笑。

“你生活的环境如此优美，所以你喜欢待在家里，别人又能说什么呢？”

这是福奇说的第一句客气话。斯塔克斯决定往对方好的一面看——这个人终于记起了作为客人应该具备的礼貌，这样很好。斯塔克斯谦虚地点了点头，但福奇已经把头扭过去，向后花园张望了。福奇的目光从游泳池移到了草坪上船坞的门。

“那扇门是斯通卡特家族矿井的入口。”斯塔克斯说道，虽然有点儿不情愿，但为了做生意，他还是发出了邀请，“你想去看看吗？”

“乐意至极！”福奇回答。于是斯塔克斯领着福奇从后门进入后院，打开了木仓门。他走下了一架梯子，梯子的尽头是狭窄的石头楼梯。他站在楼梯上，等待福奇跟上来。地下非常凉快，一阵阵微风顺着楼梯吹上来。

“走这边。”斯塔克斯说着，小心翼翼地走下石头楼梯，脚步声回荡在狭小的空间里。往下大约十格的地方有个平台，平台尽头是一扇门和一扇狭窄的窗户。可以看到储藏室，里边全都是采矿工具和其他物资。楼梯从这里深入地下，可是楼梯右边没有墙壁。

“小心脚下。有时候参观的人容易在这里迷失方向。”福奇跟着斯塔克斯走下来的时候，斯塔克斯提醒福奇。

“为什么他们会……哎呀！”福奇叫起来，本能地伸出一只手，想撑在墙上，“天哪！”

在他们脚下，一口巨大的竖井深深地伸进地底，井口直径足足有二十格，四壁用粗糙地凿过的石头垒成，旁边紧挨着窄窄的楼梯。楼梯一直向下延伸，看起来就像粘在岩石上的一根细线。墙上不规则地插着火把。斯塔克斯在黑暗中可以看到橙色的光斑。一阵风吹得火焰摇曳不定，把两个人的衣襟也掀了起来。

“这口竖井到底有多深？”福奇靠着墙问道。

“一直可以通到基岩——你想挖多深，它就有多深。”斯塔克斯说道，用手指着他们的头顶，“信不信由你，这里就是泳池的底部。”

“站在这里，就算什么事都不做，我都觉得有点儿紧张。”福奇说道。

“没事的，其实很安全。”斯塔克斯说着，漫不经心地走到楼梯边缘，俯视着竖井的深处。

“斯通卡特先生，一定要当心！千万别踏空。”

“我都习惯了。”斯塔克斯说道，“你还记得吧？这里是我家的后院，我十几岁的时候就在这儿待着啦，学着掌握家族生意的各种门道，判断最佳的开采深度，以及怎样避开泉水和岩浆，怎样找到储量最丰富的矿脉等。诸如此类的工作我都做过。”

“我担心有人忽然推我一下。”福奇说道。斯塔克斯突然意识到自己背对着这位陌生的访客，不由得心跳加快。斯塔克斯赶快往旁边迈了一步，离福奇远一点儿。但斯塔克斯抬头一望，福奇后背紧贴墙壁，根本不敢动弹。

斯塔克斯觉得自己的想法太荒唐了。福奇这个人粗鲁而古怪，但他不是罪犯，更不是杀人犯。

“坦普洛先生，斯通卡特家族的人是不会恐高的，”斯塔克斯说道，“也没有幽闭空间恐惧症。”

“我想也是。”福奇说着，战战兢兢地看了看他们的脚下，“也就是说，这里是斯通卡特家族的巨额财富之源。”

“噢，我才不会把这种规模的资产叫作‘巨额财富’呢，因为除了这里，我们家族还有很多矿井。”斯塔克斯说道，“不过，你这么说也有一定的道理，这是我们家族成员挖到的‘第一桶金’。祖母一开始在这里挖掘煤炭和闪长岩。后来她和我的父亲扩大了业务范围，想尽办法直接把矿井挖到了基岩，在我们头顶建成一个庞大而复杂的矿井系统。从中央竖井——也就是我们所站的地方——延伸出去几百格远，四通八达，纵横交错。”

“很容易迷路吧？”福奇问道。

“不会的，这几乎是不可能的。你看，我们有一个矿井系统。进料隧道总是两格宽，你可以据此判断自己身处的位置。支线隧道一格宽，在进料隧道周围呈网格状分布，就像树枝上长出了枝杈，或者像树干上长出了树枝似的。说真的，你最好自己下去看看，就更容易了解了。”

斯塔克斯向福奇招手。福奇站在挨着井口蜿蜒而下的楼梯旁边，忐忑不安地观望了好一会儿。可福奇的脸色很快变得苍白，他退到相对安全的墙边去了。

“早知道我们要走这么远，你就应该带上武器。”福奇说道。

“在我祖母的矿井里还用带武器吗？”斯塔克斯问道，“绝对不行。我从来都不带武器——自从我学会使用武器，到现在为止还没真正用过。我也从来不穿盔甲。这些装备的重量太大，绝对是累赘。在楼梯上爬上爬下已经让人筋疲力尽了。”

“斯塔克斯·斯通卡特，我还以为你从来不曾鲁莽过呢。”福奇说道，他的眼睛闪着光，“然而，事实证明，当你在这个没有光线的地下世界里瞎逛的时候，手里连一把小刀都没有，脑袋上甚至都没有扣上一个锡罐，它至少可以让你的头骨不被别人砸碎。”

斯塔克斯大笑起来：“的确，矿井里曾经很危险。我的祖母讲过在黑暗中跟骷髅搏斗的故事，真让人毛骨悚然。但是在很久以前，那些洞都被清理过并且封死了。外人是无法进入竖井的。除了我们头顶的仓门外，这里没有其他入口。坦普洛先生，我向你保证一切都很好。这里怎么可能有邪恶的怪物呢？”

“对，完全没必要担心。”福奇说道，“多谢你带我到处参观，太长见识了。”

说罢，他也不等斯塔克斯做出反应，转身走向那窄窄的楼梯。

这时，斯塔克斯已经对客人的唐突行为见惯不怪了。他认为福奇恐高，所以想赶紧回到阳光明媚、绿草如茵的地面上去。回到庄园后，福奇似乎陷入了沉思，但他的眼睛直勾勾地盯着挂在门框上的旧石镐和变钝了的石剑。

“这么破旧的东西摆在这里，肯定有什么特殊的意义吧？”福奇问道。

“它们都是祖母的东西，是她第一晚栖身在肮脏的洞穴里时造出来的。”斯塔克斯解释，“当她探察到第一条铁矿脉时，这两样东西都磨损得很厉害，几乎报废了。可祖母从不乱扔东西，所以我父亲将它们放在这里是为了提醒大家，我们家族的根基在哪里。”

“原来如此。”福奇说着，伸出一根苍白的手指触摸着坑坑洼洼的剑刃边缘。

“我敢打包票，你觉得这些东西看起来很奇怪。”斯塔克斯说道。事实上，他一直都觉得石镐和剑太旧了，总想把它们挪到储藏室，然后在原来的地方放其他摆设——比如一幅鲜艳、喜庆的画，或者一束花什么的。

“我一点儿都不觉得奇怪，”福奇说道，“真的，我认为它们是这座庄园里最有价值的东西。我恨不得马上就让伙伴们见识一下。”

“伙伴们？”斯塔克斯问道，心里巴不得福奇赶快滚蛋。

“是的。我跟他们共事多年，他们是非常能干的一帮兄弟。”福奇说着，大踏步穿过卧室，“他们英勇善战并且无比忠诚，我从不亏待他们。后天我会带他们一起拜访宝地。”

听了这番话，斯塔克斯脚下一个趔趄，差点儿摔倒，但随后他稳住了自己的心神。当他们走过南草坪的时候，斯塔克斯对福奇摇了摇头，用强硬的态度说道：“我要求以后的交易必须在办公室进行。对你和我来说，这样做效率更高。”

“我的意见正好相反。”福奇回答，他走下了沙砾岩楼梯，径直往船坞和码头走去，“我绝不会去你的办公室，只能和你在这里谈生意。”

要是斯塔克斯知道父亲在这种情况下会怎么应对，那该多好——斯塔克斯真切地感受到福奇·坦普洛是个难缠又要求颇多的顾客，可哪个顾客不是这样呢？想想看，一大群陌生人闯进庄园，又一个美好的早晨将被毁掉，真让人心烦意乱。如果福奇的伙伴跟福奇一样没有教养，进屋前踩过污泥或者践踏花草，斯塔克斯又该怎么办呢？

“不行，后天不行。”斯塔克斯说道，想尽量拖延时间，“你看，我真的太忙了。庄园里有一大堆事情要做，我的计划都安排得满满的。后天绝对不行。”

福奇又露出让人不舒服的狡猾笑容，斯塔克斯觉得福奇很像把羊羔逼得走投无路的一头饿狼。

“好吧，斯塔克斯，很明显你是个大忙人，”福奇说道，“咱们来听听你那个安排得满满的工作计划都有些什么内容吧。”

“嗯，这个嘛，我要在山脊上栽种矢车菊。”斯塔克斯回答，“另外，桦树需要好好修剪一下——它们的枝叶实在太杂乱了。我还要砌三个花坛。储藏室里的黏土用完了，庄园里缺了这东西，麻烦可就大了。嗯……还有，你看看那边，船坞上的木条裂开了，需要更换。”

“听起来要做的事情确实很多，”福奇说道，“你觉得要花多长时间完成这些工作？”

斯塔克斯突然意识到这些根本不关福奇的事，斯塔克斯原本不该跟福奇讨论任何事，可为时已晚。

“这个嘛，可能需要一个星期。”斯塔克斯回答，他认为一个星期对福奇来说太长了。福奇在别的地方应该还有生意，肯定等不及。如此一来，斯塔克斯就能重新回归平静的生活，这个让他身心俱疲的早晨很快会被他遗忘。

可是福奇微微一笑，冲斯塔克斯鞠了一躬。

“那就一个星期后见。斯塔克斯·斯通卡特先生，我很期待再次拜访阁下。”

斯塔克斯勉强挤出一个微笑，说了一些礼数周到却无关痛痒的话。福奇整理了一下他那松松垮垮、完全不合身的衣服，然后拿起了船桨。

斯塔克斯其实根本不想再次见到福奇。

第四章

烈火与毁灭

后来，发生了一件不幸但又可以理解的事情，至少我是这么认为的：斯塔克斯彻底把这件事情抛在了脑后。

客人告辞的当天和第二天他还没有忘。事实上，这两天他一直焦虑不安。每次他走神儿的时候——你早就该想到，斯塔克斯经常神游物外——他的思绪总会飘到福奇·坦普洛身上。福奇那么粗鲁，不用想都知道福奇的那些伙伴多么令人厌恶。如果斯塔克斯跟福奇做生意，就意味着要被迫面对福奇和他的伙伴的频繁造访。为什么要招待这些讨厌的客人呢？一想到这里，斯塔克斯就难以忍受。

第二天，斯塔克斯在桦树林覆盖的山脊上栽下了一簇簇矢车菊，山坡上鲜艳的蓝色花朵使人赏心悦目，于是他的心情也变得愉快起来。第三天，斯塔克斯修补了船坞上的破木条。煤球儿、翡翠和蓝宝露着肚皮，打着盹儿，晒着太阳。真是美好的一天啊！斯塔克斯只想起来那个不招人待见的客人三四次而已。第四天，斯塔克斯修剪了枝杈杂乱无章的桦树，他差不多完全想不起福奇了。第五天，斯塔克斯几乎忘了该做的事情——彻底不记得砌花坛和冒险去取黏土的工作了。他整个上午都在甲板上钓鱼。猫咪喵喵叫着，让他干得更起劲。下午，他一直在父亲的图书馆里消磨时间。

一直以来，斯通卡特家族事务办公室的工作人员都会提醒斯塔克斯事先预约好的商业会晤，他们会派出一个送信的人去庄园通知斯塔克斯，以免某个他不想见到的访客跟他碰面，暗号是“把牛圈打扫干净”（这种情况真的很少发生，也就有一两次而已）。可是斯塔克斯一直没去办公室告知他们福奇的来访，因为他一想到福奇就心烦意乱，以致都忘了这回事。因此，办公室没人想到应该提醒斯塔克斯福奇会再次造访，也没人警告他大事不妙。

斯塔克斯把这件事忘得一干二净。之后的几天时光飞逝，斯塔克斯的生活依旧平静而懒散，他不仅没有感到烦恼，甚至连想都没想过这件事。

福奇首次造访的一星期之后，斯塔克斯坐在船坞甲板尽头的一张小桌子旁边。他悠闲地享用了一顿早餐，盘子里还剩下一点儿蜂蜜。之后，他翻看一本从父亲的图书馆里拿出来的书，书的名字叫《给翡翠矿藏定位的最佳方法》，书的内容比书名更无聊。在他的身边，煤球儿、蓝宝和翡翠懒洋洋地躺成“S”形，旁边是啃得干干净净的鱼骨头。

当斯塔克斯远远地看见出现在南边的第一艘船时，他还以为那是地平线上的一朵乌云。可是这朵云越来越大，很快斯塔克斯就发现原来它是一艘船，后面紧跟着许多艘船——至少有十二艘。

“为什么那个讨厌的家伙不按照规矩来，把船停靠在海湾里呢？”斯塔克斯问三只呼呼大睡的猫咪，可它们不理他，只有翡翠轻轻甩了一下尾巴，权当回应了。

随着船队逐渐靠近，斯塔克斯心里越来越不自在。他清楚地看见福奇站在打头的那艘船上，金色的头发在阳光下闪闪发光，福奇脸上带着那种让人不安的、贪婪的笑容。其他船只上挂着各种彩旗——有的是黑色和紫色拼接，有的是红色和金色交错，还有绿色旗帜和怪异的粉色旗帜。船上站满了样子十分粗野的男男女女。在阳光的照耀下，他们手里的剑和斧子闪着寒光。

在三只猫咪里，蓝宝是头一个醒来的，它的喉咙里发出低低的嗞嗞声，尾巴紧紧收在身后。

“没事的，小猫咪们。”斯塔克斯说着，站了起来。然而，他的声音很明显有些颤抖，说出的话连他自己都不相信。

“快跑！”他脑海里的声音对自己喊道，“快跑！赶紧！”

可是他寸步难行，整个身体都僵住了，就像梦魇。他想跑，却怎么都动弹不得。

随着一阵阵木头碰撞的嘎吱嘎吱声，福奇的船停在码头的一侧。三只猫从台阶上蹿了下去，就像离弦之箭。福奇敏捷地跳上码头，其他船只也陆续撞上了码头的台阶。船员们纷纷跳进浅水区，看着斯塔克斯的庄园放声大笑。

“斯塔克斯·斯通卡特，”福奇开口说道，“很高兴再次见到你。我要把你介绍给我的伙伴们认识一下，但是怎么说呢？他们人太多，而且又非常忙碌，稍后你们有时间熟悉起来。”

“你看，”斯塔克斯强撑着说道，“这也太过分了。我早就说过你应该先去我的办公室的。那样才符合规矩——”

福奇平静地听着，脸上带着一丝微笑。当斯塔克斯努力给福奇讲道理的时候，福奇拿起放在桌子上的那本《给翡翠矿藏定位的最佳方法》，瞥了一眼，径直把它扔到了海里。

“嘿，住手！”斯塔克斯大喊道，盯着那本书。它封面朝下，随着波浪浮浮沉沉，“那可是我父亲的遗物！”

“现在它属于浩瀚的大海了，”福奇说道，“可能变成河豚的战利品，也可能变成海豚的玩具。谁知道呢？”

“你没有权力——”

“斯塔克斯，看看我伙伴们手里的武器吧，”福奇说道，“闪闪发光的铁器、由锋利的箭镞和箭杆组成的箭、打磨过的钻石剑，是它们赋予我这样做的权力。只要我足够强大，我想干什么，就干什么。在这个世界上，力量才是唯一重要的权力。女士们，先生们，抓住斯通卡特先生的手，确保他能看得清清楚楚。”

“看得清清楚楚，你们要干什么？”

福奇打开船坞的门，指挥他的几个同伙进去。其他几个匪徒登上通向房子的台阶。

“你们要抢劫？”斯塔克斯挣扎着说道。

“你说得没错。”福奇说道，示意几个匪徒跟他上楼。两个彪形大汉一边一个箍住斯塔克斯的手腕，拖着他跟在后面。斯塔克斯听见玻璃破碎的声音，回头一看，一个匪徒用剑击碎了船坞的窗户，另一个匪徒用斧子砍断了码头上的栏杆。

“救命！有人抢劫！救命啊！”斯塔克斯大声呼喊着，然而他一直离群索居，住的地方跟邻居离得很远，所以没人听见他的呼救，也没人赶来帮他。福奇连头都不回，匪徒们只是哈哈大笑。他们拖着斯塔克斯上了台阶，进了房子。

福奇的同伙们在斯通卡特家族荣誉陈列室和储藏室一顿搜刮。一队队匪徒从斯塔克斯身边走过，怀里抱着铁锭和钻石。他们把陈列室里的地图扯下来，撕成一片一片的。斯塔克斯看见祖母的盔甲被砸得粉碎，镶在上面的一颗颗钻石撒了一地。

“头儿，这扇门太窄了，”一个留着黑胡子的男人抱怨着，“需要运进运出的东西实在太多了，不方便。”

“那就凿一扇大点儿的门。”福奇命令道。

那个男人点了点头，厉声下命令。匪徒们砸碎了玻璃墙，整个房间暴露无遗。这一下阻碍消失了，他们大摇大摆地搬运画、家具和工具。匪徒们极度亢奋，像一群为蚁后卖命的工蚁一样忙忙碌碌。斯塔克斯惊恐地看着这群人在外面两个一组砍倒桦树、铲掉花坛，另一群人推倒关着猪、牛、绵羊的围栏。绵羊不明所以，恐惧万分地四散奔逃。匪徒们狂笑着，跳过去吓唬它们，把它们往远处赶。那些动物撞作一团，痛苦地嚎叫着。

“别碰我的牲畜！”斯塔克斯狂吼着。

“我们偏要碰，你能把我们怎么样，小家伙？”一个匪徒手里拿着一摞斯塔克斯父亲的书，龇着牙，笑着问道。

无计可施。斯塔克斯寡不敌众，什么事都做不了。对方人多，全副武装，又有丰富的作战经验。而斯塔克斯除了对付植物以外，从没使用过武器，更别说拿着武器跟别人搏斗了。看着周围的一切都被摧毁，他绝望地跪了下来。

斯塔克斯浑身瘫软，寸步难行。一个半小时后，福奇回到了这里。福奇高兴地吹着口哨，把斯塔克斯祖母的石镐连同放石镐的架子一起扯了下来。

“斯塔克斯，跟我来，”福奇说道，“你一定不想错过下面这出好戏。”

没等斯塔克斯说话，福奇就命令两个匪徒把斯塔克斯拖到后门那里。福奇指给斯塔克斯看，有两个匪徒站在闪长岩游泳池旁边，怀里抱着一捆捆红色的东西。

“斯塔克斯，你知道这是什么吗？”福奇问他。

“TNT④，”斯塔克斯麻木地回答，“这是采矿用的炸药。

---

④《我的世界》中能够爆炸的方块，可以理解为炸药。

当然，那些不在乎自己和别人安全的傻瓜也经常用炸药。”

“嗯，我们会小心的。现在看好了。”

福奇点头示意。两个匪徒把炸药放下，点燃了箭射出去。燃烧的箭射中了炸药。炸药爆炸了，爆炸掀起的气浪把两个匪徒掀翻在地。斯塔克斯条件反射地举起双臂保护自己。他听见石头裂开的巨响，接着游泳池底部坍塌了，水从窟窿里灌进斯通卡特家族的矿井。

“我刚刚创造了主世界最深的游泳池。”福奇说道，“对不对，斯塔克斯？”

就在此时，斯塔克斯瞥见一个黑影出现在被炸毁的游泳池的阴影里，那是煤球儿。爆炸的巨响把它吓坏了，它从自己的藏身之处跑了出来。

斯塔克斯赶紧把视线移到别处，祈祷福奇不会发现煤球儿。然而福奇已经看见了煤球儿，也看见了翡翠和蓝宝。它俩蜷缩在煤球儿身后。猫咪的眼神里满是恐惧。福奇向其他匪徒做了个手势。

“住手！”斯塔克斯大吼着，“有什么事冲着我来，冲着这房子来，但别碰我的猫！它们又没对你做什么！”

“嗯，可是你也没对我做什么呀。”福奇说道。

一个匪徒蹲下来，向猫咪伸出双手，脸上笑容可掬，嘴里发出嘘嘘嘘的声音来引诱猫咪。斯塔克斯想警告猫咪别过来，可是福奇伸出一只手捂住了斯塔克斯的嘴。

“斯塔克斯！”福奇和善地说道，摇了摇另一只手的一根手指，“这是作弊！”

斯塔克斯惊恐地盯着猫咪，它们看着匪徒伸出的手不住地往后退。他心里暗暗祈祷，猫咪千万别被匪徒们的小把戏欺骗了。三只猫咪迟疑了一会儿，好像在犹豫。接着煤球儿发出嗞嗞声，朝匪徒们吐口水，然后三只猫都跑上了破碎的闪长岩台阶，消失在花园里树木的阴影中。

斯塔克斯松了一口气，闭上眼睛，福奇却耸了耸肩。

“不管怎么说，我们的工作即将完成，”福奇说，“演出该结束了，斯塔克斯。”

匪徒们把斯塔克斯拖进院子里，现在这里变得坑坑洼洼的，到处都是折断的桦树枝。斯塔克斯眼看着匪徒们砸毁了闪长岩和花岗岩做的墙壁，毁坏了楼梯。那些动物要么逃跑，要么被掠走。喷泉被毁掉，泉水被污染，栏杆也被推倒。

“早就该这么干，”福奇说道，“把剩下的东西都烧了。”

一个匪徒把一桶熔岩倒在卧室中央。残留的地毯燃烧起来，那个匪徒迅速离开了。福奇点了点头，走下砂岩台阶，大踏步离开了。船坞的木板漂浮在水面上，那个小巧的船坞燃起了熊熊烈火，最后剩下一个没有房顶的空壳。匪徒们的船上装满了从斯通卡特庄园劫掠的财物，所以吃水很深。福奇一声令下，斯塔克斯被押上了一艘船。斯塔克斯被按着坐在一个负责划桨的、长着黑胡子的匪徒旁边。这个人正穿着斯塔克斯非常喜欢的一件衬衫，衬衫的黄底上绣着红色的龙。

“你还好吗，斯塔克斯？”福奇问道，“至少我希望如此。

我们还有很长的路要走。”

斯塔克斯瞪着福奇。船坞在燃烧。火光熊熊，福奇面部的轮廓好像笼罩在一层红色的光晕中。正值黄昏，亮晶晶的火星儿和灰渣在空气中飘浮，好像一颗颗小星星。

“你为什么要这么做？”斯塔克斯挣扎着问福奇。

“你看，每个人都想知道为什么，”福奇回应道，然后耸了耸肩说，“就是为了好玩儿呗。”

斯塔克斯死死盯着福奇，等着福奇往下说，可是这个匪徒头领已经爬上了自己的船。斯塔克斯被晾在那里，明白福奇再没什么可说的。福奇已经给了斯塔克斯唯一的答案。

第五章

去往未知的世界

海面上静悄悄的，除了船桨划过水面的哗哗声和匪徒们在干活儿的时候偶尔发出的嘀咕声之外，再没有其他声音。夜幕已经降临，星星很快出现在斯塔克斯头顶上。闪闪发光的星座在天空中缓慢地盘旋着。

匪徒们的航线是绕过斯通卡特庄园，然后穿过海面上矗立的巨大冰川。这是一个温暖的夜晚，但有时从巨大的浮冰上猛然吹来一阵阵刺骨的寒风。在船只的上方，隐约可见冰川散发出柔和的淡蓝色光芒。夜色中，斯塔克斯听见附近传来吱嘎声和呻吟声。一开始他以为是累极了的匪徒们发出的声音。后来他才明白，那是冰川在移动和下沉，就像一个非常困倦却难以入眠的人为了找一个舒服的姿势而辗转反侧。

“这里真美，”斯塔克斯心想，“可我竟然从来没发现过。”

你是不是觉得对于一个刚刚被绑架、眼睁睁看着自己的家园变成一片废墟的人来说，有这种想法真的很奇怪？片刻之后，斯塔克斯也意识到这一点。他不知道自己为什么不大声呼救，或者跟这个黑胡子匪徒殊死搏斗，或者做出其他类似的举动。一切都如此虚幻，就像在梦中一样。

这些冰川实在太美了。

然而，过了一会儿，黑暗中传来一阵咆哮声——低沉并且带有警告的意味。斯塔克斯能分辨出那是一种巨大而凶猛的野兽发出的吼叫。他凝视着黑暗的四周，努力想找到声音的来源，然而声音在迷宫般的冰川中回荡着，根本无法探寻它到底从何而来。

在斯塔克斯和黑胡子匪徒乘坐的船旁边，还有一艘船，一个身材矮小、脸色阴沉的男子划着它。

“它肯定是一只北极熊，”黑胡子匪徒跟同伙咕哝着，“咱们离它远点儿。听声音就知道那家伙身强力壮。北极熊都是邪恶的生物——能把你脑袋连根扯掉。”

“那太好了，因为你们罪有应得！”斯塔克斯喃喃说道，立刻挨了一个大耳光。

“你敢——”斯塔克斯气急败坏地说。

“对，我敢！”黑胡子匪徒回答，“不知天高地厚的小子，别给我找借口，否则你的小命就保不住了！”

斯塔克斯顿时噤若寒蝉。匪徒又威胁地瞪了斯塔克斯一眼，之后转身接着划船。

“在这里什么都看不见，”脸色阴沉的匪徒抱怨着，“我们就算坐在那头野兽的头顶也发现不了它。夜航实在是愚蠢的做法。”

“你要是不喜欢，就直接跟头儿去说吧。我们接到的命令是继续前进。”

船慢了下来。斯塔克斯能看见其他船只灰白的轮廓，然而很难把这些船跟浮冰或者那些神秘的北极熊区分开来。

斯塔克斯隐隐约约盼望着北极熊的袭击。要是北极熊来了，他就可以看着暴怒的北极熊击沉船只，再把这些毁了他家园的匪徒们撕成碎片。这样，他就会得到一种残酷的满足。事实上，他意识到得弄出点儿动静来引起北极熊的注意。可转念一想，这样一来他也难免被波及，很可能会无助地漂浮在冰冷彻骨的海水中，周围都是尸体和船只的残骸，最后要么被冻死，要么被猛兽咬死。

这样可不行，斯塔克斯决定耐心等待。他不会放弃任何逃走的机会，他可以找机会报仇，或者采取其他行动反击，反正比像囚犯一样束手待毙好得多。他的家园就在他身后的方向，在冰原的另一边，可能被烧得只剩下空壳了。他一定要找到回家的路，安抚猫咪们，找到栖身之所。然后再去追踪福奇和他同伙的下落，让他们得到应有的惩罚。

可是如果他在冰冷的海水里被冻死或者被北极熊吞进肚子里，这一切都将成为泡影。因此他告诉自己必须要有耐心。斯塔克斯让身体前倾，在幽暗的冰原上搜寻北极熊的身影。

突然间他吃惊得往后一仰，虽然看不清北极熊，只看到一大团模模糊糊的白影。然而，另一条船上的匪徒高举着火把，火光倒映在北极熊的眼睛里。北极熊的眼睛像两盏大灯笼，在黑暗中发亮。

“看那儿！”斯塔克斯伸手指着北极熊的位置，声音急促地喊道。

“闭嘴！你这个倒霉的蠢货……”黑胡子的匪徒正要呵斥斯塔克斯，可随即就看到了斯塔克斯指的东西，不由得倒吸了一口凉气。匪徒们压低声音赶快商量了一下，接着让船只向右急转弯，在冰山中探寻另一条出路。斯塔克斯一直紧盯着北极熊，对方铜铃般的眼睛也死死盯着他。船只在北极熊不断的咆哮声中逐渐远去。

船在迷宫一样的冰川中缓慢前进。最后，斯塔克斯觉得眼皮似乎有千斤重，一个劲地往下垂，下巴也逐渐挨上了前胸。接着，他断断续续地打盹儿，时而瞌睡，时而清醒。他偶尔可以瞥见身边黑沉沉的海水和头顶始终在闪烁的星辰。黑夜就这样过去了。

船底碾过沙滩和碎石，然后船停了下来。斯塔克斯完全清醒过来，因为有人粗暴地摇晃他。是那个黑胡子匪徒，由于整夜不停地划船，他看起来疲惫又凶狠。

“嘿，滚出去！”匪徒咆哮着，“我不跟废物浪费时间！”

下了船，定睛一看，斯塔克斯发现自己站在灰蒙蒙的荒凉海岸上，下边是一大片裸露的泥土。泥土尽头是同样灰蒙蒙的群山，在朝阳的照耀下似乎升起了淡粉色的烟雾。他回头远眺大海，希望自己身处冰原之上。但除了匪徒们停在海边的的船只，他什么都看不到。

“我们在哪里？”斯塔克斯迟钝地问道。因为他整夜都耷拉着脑袋在船上打瞌睡，所以脖子很疼。海水中的盐分让他的双眼刺痛，他身上的衣服也变得硬邦邦的。他的手腕被捆了一夜，现在伤痕累累。

匪徒们根本不理会他，只顾大声下达命令，一些人手里拿着斧子爬上峭壁去砍树。他们任由斯塔克斯在海滩上的小范围内溜达，活动一下僵硬的腿。

“斯塔克斯，早上好！”一个欢快的声音喊道。

斯塔克斯抬头一瞧，福奇笑眯眯地站在船头看着斯塔克斯，头顶飘扬着黑色的旗帜。

“危险的海域就在前面。”福奇说道，“你不晕船吧？”

斯塔克斯怒火中烧。他想怒吼，或者向福奇的船猛冲过去，但无助的感觉压垮了斯塔克斯，他猛然感到双臂和双腿都无比沉重。

“话说回来，我猜你连晕船是什么滋味都不知道吧？”福奇说道，“因为你就是井底之蛙。很快你就会知道晕船多可怕，等着瞧吧。”

“头儿，我有个问题。”黑胡子的匪徒嘟囔着。

“说吧，米格斯。”

“我们能在这里扎营吗？”米格斯问道，在原本属于斯塔克斯的新衬衫上不住地擦着一双脏手，“桨手们都疲惫不堪，需要休整一下。”

“不行！”福奇立刻回答，“这里水下到处都是溺尸，还有其他怪物潜伏在附近，更邪恶的东西还在后头呢。如果我们抓紧时间，今晚就能扎营了。”

“可是，头儿——”米格斯正要辩解。

“我说过，不行就是不行！”福奇严厉地说道，“你应该知道不行是什么意思。”

福奇向自己船上的桨手示意，他们马上用力划起桨来。不久，福奇的船离岸边越来越远，变成灰蒙蒙海面上的一个白色的小点。

“你们没听见头儿的命令吗？快！”米格斯大吼着，匪徒们拖着大块的木头迅速跑下山。

米格斯恶狠狠地瞪了斯塔克斯一眼：“你嘛，回到船上去！我们拼死拼活地划船，你可倒好，坐享其成，瞧见你就烦！”

米格斯狠狠地推了斯塔克斯的后背一把，差点儿把斯塔克斯推倒。

“那就把我扔在这儿吧。”斯塔克斯说道。这个与世隔绝的地方虽然看起来荒凉贫瘠，而且不招人待见，但待在这里总比跟福奇和他的同伙一起上路好多了。

“我已经没什么东西让你们抢了，只能拖你们的后腿。”斯塔克斯说。

“你以为我不想吗？”米格斯咆哮着，“但头儿不同意。

他对你另有安排，不知天高地厚的小子！”

其他匪徒哄堂大笑，斯塔克斯非常痛恨这刺耳的笑声。

米格斯的船和其他船只排成一队，驶过灰黑色的大海。天空乌云密布，颜色跟陈旧的铁块差不多，让人感到非常压抑。微弱的阳光洒在他们身上，斯塔克斯打了个寒战。过了一会儿，乌云遮住太阳，天上开始下雨了。

“千万别掉队！”米格斯一边朝另外那艘船上脸色蜡黄的男人大喊，一边奋力地划着船，“再磨蹭，我们就永远都出不去了！”

船向一侧倾斜，斯塔克斯从长凳上滑了下来。他蜷缩在船上，裤子马上就湿透了。片刻之后，他就头晕眼花，不停地呕吐起来。

脸色蜡黄的男人大笑起来。米格斯朝那男人吼道：“基瓦克，继续划桨！”说着，米格斯厌恶地看了斯塔克斯一眼，因为忙着划桨，所以没时间搭理斯塔克斯。斯塔克斯胃里的东西几乎都吐空了，他抓住长凳呻吟着，处于半昏迷状态。大约过了一个小时，他才勉强坐起来。他靠着长凳，浑身湿漉漉的，非常狼狈。船在海里又艰难地行进了几个小时。

惨淡的阳光从船舷右边的地平线投射过来，斯塔克斯猜测这意味着他们在往南走，于是尽力去记住这一段航程中不同时段太阳的位置。但这么做徒劳无功，因为总是匆匆一瞥，留下的印象是混乱的。他不知道自己身在何方，也不知道匪徒们从庄园离开后走的是哪条路。他们可能在任何地方。

现在他看清楚了，他们正朝一座岛屿驶去，荒无人烟的岛屿边上有一小片海滩。岸边停泊着船只，不少人举着火把在海滩上来来往往。米格斯的船靠岸后，他和基瓦克一起拽着斯塔克斯的衬衫把斯塔克斯拖上岸去，让斯塔克斯跪在沙砾和淤泥上。斯塔克斯竭尽全力才站起来，但天旋地转，好像仍然在船上颠簸似的。他头晕眼花，踉踉跄跄地走了几步，就跌坐在沙滩上。

营地里乱哄哄的，匪徒们在营地周围插上一圈火把，并把火把点燃，搭好床铺。福奇站在营地正中央，落日把他投在沙滩上的影子越拉越长。

“斯塔克斯！”福奇叫道，“你肯定很累，可我们不会亏待贵宾，对不对？”看着福奇脸上那种假惺惺的欢快表情，斯塔克斯恨不得让福奇闭嘴。

还没等反应过来，斯塔克斯就被拽了起来。有人割断了他手腕上的绳子，让他坐在营火[5]前面的一块木头上，并往他手里塞了一块肉。这块肉被烤得又焦又黑。斯塔克斯闻了闻，发现这是块猪肉。其他匪徒正在大嚼羊肉、鸡腿和牛排，肉汁顺着他们的下巴滴下来。他们放声大笑，长时间在海上航行的压力此刻被抛到九霄云外。

斯塔克斯忽然想到这些食物是从哪儿来的（当然是匪徒们从斯通卡特庄园里抢来的），恨不得把手里的肉扔进火堆

---

⑤《我的世界》中的一种可用于烹饪食物并作为光源或烟雾信号使用的方块。

里。但是肚子咕咕直叫，这阻止了他冲动的念头。斯塔克斯饿坏了，现在和这帮匪徒正面冲突毫无意义，他只能强迫自己吃下那块肉。斯塔克斯双眼盯着火堆，机械地咀嚼着，不去听匪徒们粗鲁的吹嘘和谩骂。

斯塔克斯想知道这些人是从哪儿来的。他们是同伙，但肤色、身材和着装各有不同。他们之中有男有女，有人矮小而结实，有人高大而强壮。有些家伙留着长长的黑胡子，有些家伙秃顶，脑袋上都是文身。每个人都携带武器，从扛在肩膀上的弓到拎在手里的剑和斧子，应有尽有。有人瞎了一只眼，有人缺了手指，有人只有一条手臂。

“多快乐的队伍啊，你觉得呢？”福奇一边说，一边在斯塔克斯身边坐下来。

斯塔克斯还想问问匪徒首领为什么要毁掉自己的家，但他犹豫了，因为可能会得到同样的答案。他本不想搭理福奇，可又做不到。

“你们……你们想把我怎么样？”斯塔克斯问道，想探探福奇的口风。

“你瞧，我还没决定呢。”福奇说道，然后站起来问其他匪徒，“斯通卡特先生想知道我们打算怎么处置他。谁有主意？”

匪徒们大笑起来。

“把他扔到海里淹死，”米格斯说道，“我烦死他了。”

“把他拴在木桩上，让苦力怕炸死他。”一个戴眼罩、有文身的女人说道，“明天早上——砰！数数看，他将被炸成多少片？”

“把他扔在这儿吧，”基瓦克说道，“多好的地方呀！这里可是整个南部海域的‘后花园’。”

他们讨论了一阵子，出的主意越来越野蛮，福奇一直微笑着点头。

“这些主意里，你最喜欢哪个？”等到匪徒们再也想不出其他主意，福奇问斯塔克斯。

“我都不喜欢。”斯塔克斯说道，“好吧，事实上，把我扔在这儿这个建议还不错。”

“把你扔在这儿？”福奇扫视了一下周围的环境，“这里没有一棵树，甚至连一根草都没有。斯塔克斯，我怕你撑不了多久。”

“你会在乎我的生死吗？”

福奇的脸上又浮现出那种贪婪的笑容：“斯塔克斯啊，斯塔克斯，如果我要你死，在你家里动手就行了。可不知怎么的，我总有一种感觉，冥冥中有个声音告诉我，你还有一些目标要达成，在我们这出戏里你还有角色要扮演。”

“目标？角色？你们害得我还不够惨吗？”

福奇思考着，抿起嘴表示反对：“不，我觉得还不够。你瞧瞧，多精彩的开头啊，对不对？就在几天前，你还坐在自己的庄园里无所事事，现在却正在经历一场伟大的冒险。你在昨天一天里体验到的东西比你之前的所有日子都要多，不是吗？”

“伟大的冒险？”斯塔克斯结结巴巴地说，“你毁了我的家，抢走了我的财产，还绑架了我。这根本不是什么冒险！”

“好吧，这是我们的冒险。”福奇说道，“我们想去哪儿，就去哪儿；想干什么，就干什么。你也应该试试，这么多年来你每天都只是浑浑噩噩地坐在山上的房子里。”

“你们是一帮匪徒，”斯塔克斯说道，“如果人人都像你们一样，大家根本没法儿过太平日子。世界将会变成地狱。那是你们想要的世界吗？”

福奇笑得前仰后合。

“醒醒吧，斯塔克斯，我们已经生活在这样的世界里了。”福奇说道，“如果我让手下把火把和营火全都熄灭，你猜我们能活多久？最多一个小时。那些可怕的东西会从海里爬上来，把我们全都拖下海去；或者从洞里爬出来掐着我们的喉咙，要了我们的命。这样一来我们的故事就结束了，毫无疑问。”

福奇往后一靠，指着天空，几颗星星在云层后面闪烁着。

“斯塔克斯，抬头看，”福奇说道，“你觉得这些星星会在乎你和你的房子吗？会在乎我和我的所作所为吗？海浪会不去冲刷这片小沙滩吗？太阳会因为有人抗议就不升上天空吗？ 雨会为了你的遭遇而下得更大吗？斯塔克斯，这个世界不在乎我们。在你所仰望的那些强者看来，你遇到的不过是个暂时性的小麻烦而已。没错，斯塔克斯，做你想做的事。这样我们的人生才有意义。”

斯塔克斯摇摇头说：“你是个恶魔。”

“我们都是恶魔，区别在于有人承认，有人不承认。现在去睡觉吧，小伙子。我们将在黎明出发，好好休息。”

福奇厉声下了一道命令，过了一会儿，一个匪徒在沙地上放了一张床。斯塔克斯简直难以置信，然而福奇只是鞠了一躬，然后微微一笑，大步离开了火堆。

斯塔克斯不情愿地戳了戳羊毛床垫，想看看是否某个没安好心的匪徒搞恶作剧，往里头放了什么可怕的生物。可它就是个床垫，是用羊毛做的，因为沾上了盐，所以变得有点儿硬，还沾上些沙子。即使加工得很粗糙，床垫还是相当柔软和舒适的。斯塔克斯爬上床，仰望着洒下冰冷光芒的星星。

“或许星星不在乎下面发生了什么事，但我在乎，正义的人们也在乎。福奇错了，大错特错，因为他既自私又邪恶。”斯塔克斯补充了一句，“而且残忍。”

在床上他没发现什么可怕的东西，这让斯塔克斯更相信这是诡计，是福奇和他罪恶的同伙为了寻开心而折磨斯塔克斯的把戏。斯塔克斯决定保持清醒，以免被什么生物活捉。然而营火旁边很温暖，床也很舒适。即使尽了最大的努力保持清醒，他还是在几秒钟后坠入了梦乡。

第六章

进入悲伤之海

斯塔克斯坐在船坞甲板上，一边吃着蛋糕，一边观赏着海面上的风景。在离栏杆几格远的水面处，有一条鱼跳了出来。煤球儿动了动耳朵，又继续呼呼大睡，任何东西都打断不了它的美梦。

斯塔克斯按照母亲留下的配方，在一间房子的熔炉里烤了个蛋糕。他不知道母亲会不会同意他把蛋糕当作早餐，不过蛋糕真是好东西——又软又甜又好吃。

可是配方好像不太对。蛋糕虽然甜甜的，里面却有些颗粒状的东西，嚼着很不舒服。这些东西在他的后槽牙之间摩擦，就像是……沙子。

斯塔克斯大叫一声，醒了过来。不远处站着一个红头发的女人，头上顶着斯塔克斯祖母的花盆，把它当作头盔。她目瞪口呆地望着斯塔克斯，发出一声尖叫，挥着手，好像受到了惊吓，随后大笑起来。斯塔克斯困惑地看了她一会儿，才恍然大悟：一群匪徒闯进他的家，绑架了他，他成了囚犯，被迫跟着他们横渡大海，从此踏上让他痛苦不堪的航程。

他坐在一张肮脏的床上，嘴里满是沙子。周围是怪石嶙峋的灰色沙滩，旁边是即将熄灭的营火。

“两分钟后登船，快起来！要不然我还会把你的手绑起来。”米格斯一边说，一边往斯塔克斯那儿踢沙子。

斯塔克斯把头扭过去，以免沙子眯眼睛，然后拼命把嘴里的沙子吐出去。斯塔克斯知道，虽然米格斯这么说，但在匪徒们的世界里已经算是很仁慈的。在手腕仍然红肿而刺痛的时候，斯塔克斯不打算违抗命令。于是斯塔克斯穿上靴子，涉水走到船上。米格斯不情愿地咕哝着，拿斯塔克斯没办法。

“今天肯定过得很艰难，”米格斯说道，“明天也一样。我们要经过危险的海岸。小子，你要是敢惹麻烦，就让我们看看你游泳的水平怎么样。”

“我们真的要横渡悲伤之海吗？”基瓦克问米格斯。斯塔克斯看得出这个脸色阴沉的匪徒有点儿胆怯。

“头儿说去哪儿，我们就去哪儿！”米格斯厉声说道，“别老提那个名字——你知道他不想听。闭上嘴，好好划船就是了。”

斯塔克斯眼帘低垂，尽量避免激怒这两个匪徒。然而他心里一遍又一遍地重复着基瓦克说过的那个名字，直到确信自己不会忘记："悲伤之海，悲伤之海，悲伤之海。"

船起航了。开始的几个小时，一切看起来和前一天一模一样，目光所及之处全是海水。在茫茫大海中，船只显得渺小而脆弱。然而，这一天天上没有一片云彩，高悬的太阳非常耀眼，像深蓝色的天空中的一枚亮晶晶的硬币。米格斯和基瓦克汗流浃背地划着桨。他们一边往前划，一边嘟囔着什么。

过了一会儿，斯塔克斯发现他们左侧有个小岛，小岛在太阳下闪着微光，低矮的土地上覆盖着茂盛的植被。他们右侧也有个小岛，还有一片礁石露出海面。一个小时后，右侧的海面上出现了岛屿。不久，岛屿变成了由灰色礁石组成的岬角。在福奇的指挥下，船只调整角度，靠近怪石嶙峋的海岸。船只离岸边越来越近，斯塔克斯听见海浪翻滚和拍打岸边的声音，海浪卷走了数不清的鹅卵石。

基瓦克紧张地喃喃自语，目不转睛地盯着那边的礁石。米格斯瞪大眼睛，黝黑的脸庞变得煞白。

"它们来了，"基瓦克惊慌失措地说道，"溺尸来了！我们会像以前的那些人似的被拖进水里淹死。"

"那些传说都是胡诌的，"米格斯说道，但斯塔克斯听出了米格斯声音里的恐惧，"都是吓唬胆小鬼的。"

"什么传说？"斯塔克斯问基瓦克，隐约想起来福奇曾经提到过溺尸，"这是什么地方？那些溺尸是什么东西？"

"溺尸是僵尸的一种，"基瓦克回答，"是淹死在海里并受到诅咒的男男女女。这里有不少沉船，所以水中到处都是溺尸。有人说，晚上你会看见它们在月光下投掷寒光闪闪的三叉戟。不过等你看见它们的时候，已经来不及逃跑了，因为溺尸投掷三叉戟的力道非常大，能穿透石头，命中目标后三叉戟会飞回溺尸手中。”

“基瓦克，别说了。”米格斯插嘴道，“否则我就把你扔下船，让你去会会它们。”

基瓦克的声音低了下去，变成喃喃自语。而斯塔克斯依然紧盯着荒凉的海岸，不放过岩石堆中的任何一道反光，因为那很可能是溺尸手里的武器在反光。

迄今为止，斯塔克斯还没有在这段航程中发现任何生命迹象——没有村庄、农场或者住宅——可现在他看见了位于头顶悬崖上的建筑物。然而这些全都是被遗弃或者已经荒废的建筑：塔楼坍塌，变成了尖尖的土堆；房屋被烧毁后留下空壳；野草丛生的田地周围是东倒西歪的围栏。

“这地方真是荒凉破败。”斯塔克斯说道。

就像作为回应似的，在他前方船队里的一个匪徒回身发出带有警告意味的喊声，她的同伙挥舞着一支火把吸引大家的注意。

“基瓦克，往港口划，”米格斯大吼着，“你左边有东西！”

正当基瓦克嘟嘟囔囔，抱怨着打小他就知道该怎么做，不用米格斯说废话的时候，斯塔克斯发现前方的障碍物是一艘船，至少从残骸看那是一艘船。它被礁石卡住了。上面的一层甲板四分五裂，桅杆也没了，一块岩石把船头切出一道深深的大裂缝。

“别看热闹，赶快划！”米格斯对基瓦克说道。

可斯塔克斯是个闲人，恐惧地看着那艘船残存的外壳上犬牙交错的那些裂缝。他以为能看见手里拿着三叉戟的溺尸，然而并没有看到它们。除了划桨声外，到处都是静悄悄的。

他们沿着那条荒凉的海岸线走了几个小时，途中看到更多坍塌的塔楼和船只残骸。后来，当斯塔克斯看到海里冒出来歪歪斜斜的桅杆和千疮百孔的船体时，他都已经麻木了。

前面的船慢了下来，船上的人在等米格斯和基瓦克跟上来。

“头儿说继续前进，”一个满头白发、脸颊上有着眼泪形状刺青的匪徒说，“我们必须彻夜划船。”

基瓦克又开始嘟嘟囔囔，但米格斯只点了点头。他们又出发了。他们使出全身力气，肌肉发达的手臂不停地划着桨。小船破浪而行。

太阳开始西沉，海面上夜幕渐渐降临——这个夜晚让斯塔克斯终生难忘。太阳落山后，月亮升了起来。苍白而诡异的月光照在荒凉无垠的海滩和岸边的船只残骸上，照在那些在森林中出没的怪物身上，也照在从沼泽地里爬出来、在黑暗中徘徊的怪物身上。

斯塔克斯能清清楚楚地看到这些怪物，心里知道怪物也能看见他。那些骷髅直挺挺地站在岩石上，干枯的手紧握着弓。斯塔克斯还能听见四周传来箭在空中划过的嗖嗖声。绿皮肤的僵尸拖着沉重的脚步走过海滩，它们沉重的呻吟声带着杀气，整个夜晚都没有停过。斯塔克斯还看见一群绿色的苦力怕，它们咧着黑色的大嘴，像在发出无声的嚎叫。还有一些东西他只是瞥了一眼，它们的眼睛有的像红色灯泡，有的就是一道细细的紫色裂缝。船只经过的时候，它们全都转过头，恶狠狠地盯着。

基瓦克不再喃喃自语，改为向每位他听说过的神祇大声祈求庇佑。然而当他惊恐地发现距离暗夜原住民这么近的时候，就开始全力划桨。因为用力过猛，他的指节都发白了。米格斯一言不发，眼睛直视前方，好像只要不去看，那些东西就不会伤害他似的。

斯塔克斯手里既没有船桨，也没有武器，所以无法保护自己，也无法离开这个是非之地。他只能惊恐地坐在那里，不知道什么时候箭会射中他们，不知道什么时候一支三叉戟会越过船舷穿透他们的身体，也不知道什么时候从海里会冒出一只溺尸的爪子把他们拖进海里。直到天快亮的时候，他才打了一个盹儿。即使在梦里，恐怖的场景也不断重现。

船员们全都筋疲力尽，横七竖八地倒在船桨旁边。可福奇还不让大家停下休息，他们只好连续几个小时不停地划着船。铅灰色的天空预示着暴雨就要来了，船员们都神情沮丧，沉默不语。天快亮的时候，终于下起了毛毛雨。在他们身后，阳光给云层抹上了绯红色。毛毛雨慢慢变成大雨。米格斯不断地抹去脸上的雨水，努力想看清海岸线。

“头儿，这么做是什么意思？让我们一直划到世界尽头吗？”基瓦克在旁边那条船上哀号着。

“保持警惕！”米格斯大吼着，“不然还没到世界尽头，我们就没命了！”

雨越下越大，视线越来越模糊。当福奇终于下令在前方一个小小的海湾扎营时，斯塔克斯松了一口气。

海湾可以庇护他们，但一看到这里的环境，基瓦克又开始喋喋不休了。这里是一片荒凉的沙地，沙丘下有一片低矮的沼泽地，上面覆盖着荆棘和灌木。近海海面上，一艘失事船只的龙骨清晰可见，海湾中央矗立着一座灰色的石塔，周围散落着长满青苔的乱石。

“这是一片不祥的海滩，就像我是一个倒霉的水手一样。”基瓦克仍然在嘟嘟囔囔。米格斯只好对基瓦克大吼大叫，让基瓦克把船拖进浅滩。其他匪徒卸下装备和从斯塔克斯家里抢来的财物，开始生火。

斯塔克斯关节僵硬，双腿抽筋，跌跌撞撞地下了船。米格斯筋疲力尽，所以完全没有留意斯塔克斯。米格斯艰难地爬上海滩，当他看见斯塔克斯的时候，脸上勉强挤出了一丝微笑。

“斯塔克斯，我们帮你找了一个新家，”米格斯说道，“竟然还有一栋房子！虽然它不像你以前的房子那么豪华，但终归是一栋房子。”

斯塔克斯警觉地环视着阴森森的沼泽地。在船上，当斯塔克斯蜷缩在米格斯脚下的时候，曾说过愿意冒险上岸——只要不待在船上就行。但现在看来，这个念头似乎太愚蠢了。

除此之外，他还有一种莫名的恐惧，他的后颈凉飕飕的。好比有人在暗处看着你，你却不清楚对方在哪儿。这就是斯塔克斯此时的心情，而且他感觉那个盯着他的东西饥肠辘辘，正在耐心等着发动一次攻击。肯定哪里不对劲，非常不对劲。虽然他不是战士，也不是探险家，但他能觉察到情况不妙。

有这种感觉的不止斯塔克斯一个。他瘫坐在一块大石头上，发现那些匪徒从船上卸货后都飞快地上了岸。他们望向水面的时候，脸上带着惊恐的表情。他还发现这些人小心翼翼地避开塔楼上掉下的碎石，他们疑虑重重地打量着浅水湾里的船只残骸。福奇也警惕地环顾四周，目光不停地在水面和山顶间来回移动。

这些匪徒没有留意斯塔克斯。他曾经想过溜到岸上，再看看有没有人发现他。如果没有被发现的话，他就可以继续往前走，翻过这座山，然后找机会藏起来或者逃跑。在船上，他做梦都盼望着有这样的机会，他估摸过要用多快的速度才能逃走，最好再顺手带一件凑合能用的武器。现在这个机会摆在眼前，他反倒迈不开步子，因为他知道水里有可怕的东西在盯着他们。逃跑比跟这些匪徒待在一起更危险。

米格斯站在福奇身边，压低声音跟福奇说话，语气有些急迫。但福奇摇了摇头。

“只要把火生起来，大家就会好受一些，”福奇坚定地说，“明天就会放晴，等着瞧吧。”

米格斯还想说别的什么，但福奇双臂在胸前交叉，说道：“这个世界上每个海岸都很危险，可我觉得你们这些人也不是吃素的，对吗？假如有什么东西从海里爬上来，将是它有生以来最后一次犯错。够了，米格斯，赶快生火！”

米格斯点了点头，转身走了。有一刻斯塔克斯看见了这个大块头、留着黑胡子的男人脸上厌恶的表情，可米格斯还是大声地传达了福奇的命令，其他人赶紧付诸行动。那天晚上，没有人唱歌，也没有人讲笑话。福奇的手下都疲惫不堪，而且人心惶惶。营火燃烧起来的时候，第一颗星星出现在夜空中。几分钟后，太阳变成了地平线上一道明亮的光，斯塔克斯闻到了烤肉的味道。有那么一会儿——就一会儿，他以为危险过去了。

就在这时，基瓦克死了。

脸色蜡黄的基瓦克从营火那儿往回走，一边走，一边啃穿在扦子上的一大块羊肉，半道上他停住了脚步，脸上露出疑惑的表情。基瓦克刚好站在斯塔克斯的正前方，一开始斯塔克斯以为基瓦克又要嘲笑他。

可是紧接着斯塔克斯听到了让他终生难忘的声音，声音从海滩上传来，那是像漱口似的咕噜噜的声音。基瓦克突然瘫倒在地，脸上带着一种古怪而失望的表情。在他咽下最后一口气之前，喉咙里也发出一阵咕噜噜的声音，跟海滩上传来的声音一样，斯塔克斯打了个寒战。然后，基瓦克扑通一声栽进了沙子里。

“溺尸！”一个匪徒大叫起来，眼睛瞪得圆圆的，“溺尸来抓我们了！”

斯塔克斯往海滩上望去，看见一个灰绿色的人影，身上裹着湿透的破布片，手里握着三叉戟。

溺尸摇摇晃晃地从海里走出来，脚踩在沙子上，发出咯吱咯吱的声音。它的皮肤颜色斑驳而暗淡，眼睛却是明亮的绿色，闪着诡异的光。它又呻吟了一声，水从喉咙里往外冒，顺着破烂不堪的衣襟流下来。

一支箭飞进黑暗中，却射偏了，匪徒们叫喊着纷纷向后退。米格斯冲上前去，他挥舞的剑在火光中化成了一团模糊的橙色影子。溺尸一次次地倒在海滩上，米格斯转身面对福奇。

“太阳刚刚落山！”米格斯大声说，“头儿，很快这东西就会越来越多，挡不住的。我们不能留在这里！”

福奇犹豫了片刻，然后点了点头。米格斯咆哮着下命令。跟刚才卸货一样，货物又被迅速地装上了船，几个不太情愿的匪徒被迫手持利剑，在岸边组成一道防线。

“斯塔克斯，恐怕我们的合作到此为止了。”福奇说着鞠了一躬，“我们就在这儿分别吧，别忘了我送给你的礼物。”

“礼物？”斯塔克斯问道，他太震惊、太害怕，都忘了生气，“你说的是什么东西？”

“是这样的，斯塔克斯！最伟大的礼物就是，我把你从你过去的生活中解救出来。现在你能随心所欲达成目标，亲身经历这个世界的一切，这将成为你人生的一部分，你不再浑浑噩噩打发时间去成就其他人。当然，我想你也可能会拒绝接受这个礼物，那你就会死在这里。轮到你来抉择了。”

在塔楼废墟的另一边，有什么东西在黑暗中呻吟着。

“不过，我是会马上做出选择的。”福奇说道，“斯通卡特先生，再见啦！”

第一批匪徒跳上小船，从岸边划着船离开。其他人紧紧跟上，福奇最后一个离开。他朝斯塔克斯轻轻挥了挥手，然后登上自己的船。不一会儿，那些船变成了黑色海水里的一个个白色小点，没过多久就看不见了。

斯塔克斯孤零零地站在岸上，旁边燃着营火。雨越下越大。火焰噝噝作响，徒劳地跟雨水搏斗着。斯塔克斯在营火旁的沙子上坐下，双臂抱着膝盖。大雨倾盆，最后一缕阳光也消失在地平线之下。

第七章

走投无路

斯塔克斯很清楚，自己要么逃跑，要么战斗，要么且战且退，可是他发现只能想想而已。他连怎么躲雨都不知道，何况是战斗。

匪徒们留在营地的最后一天早上，他梦见自己回家了。于是他试图说服自己现在也在做梦，梦醒之后就会在阳光灿烂的卧室里醒来，听见猫咪喵喵叫着提醒自己该吃早饭了；而福奇·坦普洛仅仅出现在一场让斯塔克斯感觉非常真实的噩梦中，这种不愉快的记忆不久就会褪色，直到变得模糊不清。

然而斯塔克斯明白，幻想并不是现实。在主世界里许愿是没用的，他早就知道了。这时，海滩上传来沉重地走在泥泞中扑哧扑哧的脚步声，营火另外一边也响起了咆哮声。

他抬起头，拼命眨眼，想把落进眼睛里的雨水挤出去。突然，他看见一个黑色的身影——那个人形的东西是溺尸，根本不是人类。

闪电划破了夜空。斯塔克斯先看到了溺尸空洞的绿色眼珠，一瞬间闪电把它可怕的样子照得清清楚楚：灰绿色的身体那么沉重，嘴角向下耷拉着，肿胀的手指像丑陋的香肠，指甲漆黑污浊、参差不齐。

这个溺尸也瞪着斯塔克斯，迫不及待地发出咕噜声，细小的泡沫从嘴边冒出，黑水顺着下巴流下来。这时天上雷声隆隆，它伸出手臂，踉踉跄跄地朝斯塔克斯冲过来。

斯塔克斯坐在那里，目瞪口呆，马上他又被另一边咕噜噜的呻吟声吓了一跳。另一个溺尸就在他身后，由于离得很近，他都能听到它喉咙里冒水泡的声音。

幸运的是在斯塔克斯意识到后面也有一个溺尸之前，他已经从营火旁边跑开了。溜到他身后的溺尸猛地朝斯塔克斯扑过去，扑了个空。与此同时，第一个溺尸绕过营火，跟它的伙伴并肩站着，眼睛死死盯着它们的猎物。

斯塔克斯跳了起来，怒目圆睁，朝它们喊道："来吧！你们还在等什么？"

两个溺尸摇摇晃晃地穿过海滩，伸出双手向他走来。斯塔克斯躲开了，接着拼命后退，努力想站稳。又有一道闪电划过夜空，照亮了黑暗中发着微光的东西——那是一把三叉戟，握在第三个溺尸手中，而它正站在齐腰深的海水里。

“天哪！”斯塔克斯大喊道。

他只顾着忌惮那件可怕的武器，所以根本没注意身后，倒退的时候撞上了一个黏糊糊、又软又凉的东西。一股恶臭钻进他的鼻腔，那是污水夹杂着烂肉的气味。一个溺尸呻吟着，咳出的脏水顺着斯塔克斯的脖子后面流下来，斯塔克斯不由得打了一个冷战。紧接着，溺尸颤巍巍地举起拳头，朝斯塔克斯猛击过来。

斯塔克斯一个闪身躲开它，举手一拳砸在溺尸腐烂的皮肉里，不过马上又把拳头缩了回来。溺尸再一次扑了上来，斯塔克斯迎上去就是一顿猛击。

这家伙呜咽着不断后退。斯塔克斯喘着粗气，踉踉跄跄地向海滩尽头走去。

忽然间有一样东西擦着他的耳朵嗖地飞了过去，那是一把三叉戟，差点儿击中他。在黑暗中，斯塔克斯看见三叉戟划出一道淡紫色的弧线，在某种可怕的魔力的指引下，又飞回它的主人溺尸手中。在斯塔克斯愣神儿的时候，另一个僵尸一拳打在他的后背上。斯塔克斯在巨大力量的冲击下，跌跌撞撞走了几步，朝前栽倒。

“要是还想不出办法，我就完蛋啦！”斯塔克斯心想。虽然他的动作比溺尸快，可溺尸数量太多，如果继续留在原地，它们最终会把斯塔克斯耗得筋疲力尽、倒地不起，三叉戟也会追踪而至，给他致命的一击。最终他会死去——也许会变成溺尸的一员，成为这荒凉的海滩上永生不死的怪物，被愤怒和永远无法满足的饥饿所吞噬。

他从两个蹒跚而行的溺尸之间冲过去，随时留意着三叉戟飞来的方向。就在他手足并用地爬上沙丘顶端的瞬间，恰好一道闪电把大地照得如同白昼，一望无际的荒凉海滩尽收眼底。

没有地方可以逃生。

斯塔克斯飞快地从沙丘的另一边跑下来，听见身后溺尸发出困惑的呜咽声，它们奇怪猎物怎么突然不见了。半道儿上，他开始挖洞，用双手拼命地挖。不一会儿，就把最上面的干沙砾抛到身后，挖到了潮湿的沙子。他挖呀挖呀，只想把洞挖得更深一些。雷声轰隆隆地响着。等到雷声渐渐消失，他又听见溺尸沮丧的呻吟声。

斯塔克斯不停地向下挖，根本顾不上手指和掌心的剧痛。现在他已经在沙丘上挖出一个小小的容身之所，大小刚够他转个身。他钻进洞里，才发现头顶是结实而稳固的砂岩，顿时松了一口气。斯塔克斯开始向下挖掘，深深地进入到沙丘内部。

他就这样拼命地挖着。过了几分钟，他气喘吁吁地停了下来。透过斯塔克斯这个小庇护所的洞口，他看见了头顶的夜空和倾盆大雨。然后他继续挖个不停，直到他确信这个洞已经足够深，并且任何从洞口伸进来的怪物手臂都抓不到他为止。

他该一直待在这里吗？一直藏在这个洞里，迟早会被堵在沙丘深处。斯塔克斯知道这是权宜之计，要是他出去了，那些拿着三叉戟的溺尸肯定会发现他，依旧会让他无处可逃。只有藏身在洞中，他才能躲避溺尸的追踪。但一想到就算能从溺尸手中逃脱，也逃不出在洞中窒息而死的命运，他心里依旧充满了恐惧。他已经筋疲力尽了，那是一种从骨头缝里透出的累，终其一生从没碰到过。

斯塔克斯蜷缩在他挖的洞里，浑身颤抖着。过了很久他才恢复过来，原本急促的呼吸逐渐慢下来，疯狂的心跳声也不再撞击耳膜。他的指尖被粗糙的沙子磨伤，手掌都擦成了殷红色。山洞外面，大雨依然不停地下着，雷声不绝于耳——当然溺尸的呻吟声也没有停过，它们正在海滩上搜索斯塔克斯的踪迹。

斯塔克斯知道，这个藏身之处外面随时可能响起溺尸缓慢而沉重的脚步声、令人窒息的咕咕的欢呼声，还有它们的手在慢慢地、有条不紊地击破他“防御工事”的声音。

然而一分钟过去了，什么事都没发生。

五分钟过去了。

斯塔克斯不知道到底过了多久，依旧没发生任何事情。

他疑惑地眨着眼睛，这时明亮的光线透过沙子的缝隙射下来，他的头顶变成了蓝色，这是清晨天空的颜色。

虽然手上的伤痛得斯塔克斯龇牙咧嘴，他还是小心翼翼地推开沙子，把头探出了庇护所。黄沙在他周围伸展，脚下的绿色地带是废弃的塔楼，塔楼外面是深蓝的海水，溺尸都不见了。

斯塔克斯艰难地在沙子里跋涉着，奋力往岸边走去，同时试着把头发里的沙子甩掉。沙滩上，到处都是匪徒们匆匆忙忙撤走时留下的战利品。虽然没找到任何一件武器，但斯塔克斯发现了一个伤痕累累的苹果。他用力把苹果掰开后，连核带皮吃了个精光。他还发现了几块被当作燃料、还没烧尽的煤。最棒的是，他在海边找到一张废弃的床，虽然湿漉漉的，而且布满盐花，但完好无损。

他昨晚幸存下来，但现在该怎么办？很快又要入夜，他没有船，也没有找到合适的庇护所，何况这里连一棵树都没有。

斯塔克斯把床从岸边拖到干燥的地方。他看了看废弃的塔楼，扫了一眼海湾里搁浅船只的残骸，又把目光投向地平线，希望找一个更加富饶的岛游过去。最后，他回头望了望水面沉船那灰白的龙骨。

“船是用木头造的，”他思忖着，“在船上肯定能找到不少木头。”

他的目光重新投向那个孤零零的塔尖，仔细打量着它，就像在深深的地下洞穴中仔细检查一块滚落的岩石。他思量着石头的成色，估量着塔楼墙壁之间的距离。

“我敢打包票，我绝对能修好它。”

第八章

一个建造计划

斯塔克斯始终担心那些可怕的东西——遇到溺尸都不算是最糟的情况——藏匿在浅水滩里，等他远离岸边时找机会对他下手。斯塔克斯站在齐腰深的水中，随时准备逃向相对安全的破塔楼那儿去，然后紧盯水面，生怕漏掉任何危险的征兆。

然而什么事都没有发生，真是美好的一天，海水清凉又温柔。要不是此前可怕的遭遇，他也许可以假装自己正在无忧无虑地度假，在海边待了一天或者进行了一次长时间的徒步旅行之后，在海水里轻松地泡个澡。

斯塔克斯小心翼翼地游到失事船只的龙骨处，爬上灰白的木头框架顶端。他一眼就能看出哪块木板被海水侵蚀的程度轻些，因为太阳会把木板晒褪色，而且这种木板没有水下生长的海草附着在上面。

斯塔克斯用手在龙骨上摸索了一圈，想找出一个好下手的地方，刚好发现一块木板轻微弯曲，翘了起来。忍着双手的剧痛，他把木板前后推拉，最后木板发出断裂的嘎吱声。

一块木板被拆下来了，天知道还有多少块。

他小心翼翼地把拆下来的龙骨木板放在身旁，接着寻找下一个目标。差不多用了一个半小时，他弄到了一堆木板。原本的龙骨好像遭到一条巨大蠕虫的啃噬，变得千疮百孔。斯塔克斯抬起手臂擦了擦自己额头上的汗水，回头看了一眼塔楼废墟，计算还需要多少木板才能填满石头缝。

太阳高高挂在头顶，不过已经开始往地平线慢慢下坠。有那么一刻，他觉得对他来说这项任务太过艰巨，估计到晚上也完成不了。但紧接着，斯塔克斯摇了摇头，因为他不能这样想。他只能竭尽全力，别无他法。如果太阳落山时仍然不能完成工作，今晚他只能再次藏身沙洞，祈祷好运仍与他同在。

太阳逐渐西沉，斯塔克斯的汗水顺着脖子流下来。他一整天都在不停地干活儿，直到双手抽筋、后背僵直、膝盖剧痛，才不得不停下来。他又渴又饿，可一旦停下来歇息，就想起自己被烧毁的家园和丢失的猫咪，心头不由得涌起一阵阵绝望。这种感觉一出现——这种感觉一天要出现很多次——他就拖着一摞木板艰难地游回岸上，把它们都堆在塔楼旁边。往返多次后，当又一次感到筋疲力尽时，斯塔克斯就回头望着塔楼，迫不及待想看看自己的成果。

最终，太阳即将下坠到地平线处，斯塔克斯带着最后一摞木板上了岸。塔楼里幽暗而凉爽。他欣喜地发现里面没有有害的生物，没有荆棘，也没有其他令人不安的东西。斯塔克斯本想先休息一下，但心里明白还没到时候。他可不想醒来时发现太阳已经落山，而溺尸的手正掐着他的喉咙。

他认为首先要做的事情是制作一张工作台。他取了几块木板，十分钟后就制作出了一张能在上面干活的、非常耐用的工作台。

又经过一小时的辛苦劳作，他用木板做出了跟入口非常契合的大门。接下来的工作就是要把石头缝填满。斯塔克斯汗流浃背，每次失误的时候，他都对自己很恼火，捶胸顿足，然后返工。

当太阳变成地平线上的一个橙色的圆球时，斯塔克斯正把最后一块木板楔进两块石头中间的空隙中。他后退几步观察，确保塔楼上没留下一个洞。所有的洞都被封死了，虽然木板看起来歪七扭八、杂乱不堪——假如祖母还活着，一定不允许他这么做。然而斯塔克斯手头只有一些捡来的木板，而且他饥肠辘辘，实在没办法做得更好。他对自己取得的成果感到很满意，接着他的眼皮开始不受控制地往下垂。

这时候，他想起了那张床。

现在想起来会不会太迟呢？他从木板的缝隙中向外张望，几乎看不见太阳了。嗯，他还有时间——只是时间很紧张。推开那扇临时拼凑起来的门，斯塔克斯飞快地往岸边放那张床的地方跑去，在暮色中差点儿跑过了头，幸好他及时发现那张床就在身后。让他欣慰的是，那张床在日头下晒了一整天，变得很干燥。

身后好像传来一阵呜咽声。斯塔克斯立刻把床扛在肩膀上，拼命让自己疲惫不堪的双腿飞奔起来，脚上带起好多沙子。最终他平安地把那张床运回塔楼，小心地关上门，并把门牢牢固定好，防止有人或生物破门而入。他把一小片碎木头塞进一块炭里，同时保持炭的完整。他慢慢引燃火苗，把这块点燃的木片塞进墙上生锈的烛台里。温暖的黄色光芒照亮了整个庇护所。斯塔克斯希望这光芒能吓退那些透过木板缝隙看到他的怪物，而不是吸引它们过来。

斯塔克斯躺在床上，前前后后移动肩膀，想把床垫里的羊毛弄得舒适些。这张床疙疙瘩瘩，硬邦邦的，带着盐花，还潮乎乎的。床架很可能在晚上会变形，把他摔到塔楼地面的石板上。但这一刻，斯塔克斯觉得它和家里的羽毛床一样柔软舒适。

斯塔克斯叹了口气，明白自己应该起来，把匆匆忙忙完成的修复工作最后再检查一次，确保防御够坚固。可他实在太累了，意识已经模糊，体力全部耗尽。

“我已经尽力了，希望这已经足够了。”他想。

片刻之后，他睡着了。

第九章

大海的馈赠

斯塔克斯忽然醒过来，这一次知道自己身在何处。他的胃里空空如也，饥肠辘辘的他手头却没有任何食物。

斯塔克斯小心翼翼地打开门。海滩上静悄悄的，海水在旭日下一片寂静。他扫视着岸边，想看看有没有什么危险的征兆。他意识到这个海湾小得可怜，顿时心里感到不安。斯塔克斯生怕自己会在这个小岛上度过余生：每天对着一堆堆泥巴和一座座沙丘，直到记住这个弹丸之地的每一处细节。

可是假如找不到可以果腹的食物，他很快就会被饿死，根本不用担心老死于此地的问题。斯塔克斯踢着火堆里的灰烬，生怕错过福奇那帮匪徒惊慌失措地撤走时留下的一星半点能吃的东西，哪怕一个苹果也行。可他一无所获。

斯塔克斯艰难地爬上那座沙丘，他曾在这里藏匿了一整夜，让自己免于丧命在溺尸之手。他来这里的目的是在瞭望全岛之前先看一眼这个小小的藏身之所，提醒自己虽然现在的境况很糟糕，但至少头上有遮盖的屋顶——即使修补得乱七八糟——还有一张床。

斯塔克斯站在沙丘顶端手搭凉棚，凝望着外面的沙滩，慢慢地环视整个海岛。由于昨晚在遭受攻击的时候只是匆匆地看了一眼周围的环境，他很可能漏掉了一些东西，例如一片树林或者一个河口。

“为什么没继续修建下去？”斯塔克斯自言自语道，“为什么不修建一个谷仓里装满干草的农庄？一个让旅行者免费住宿的客栈？或者一个没有后代的城主所管辖的城堡？”

然而岛上除了延伸到地平线的低矮沙丘外，只有长着尖刺的绿色仙人掌和枯萎灌木的干枝。斯塔克斯猜测这是过去某个时代的人遗留下来的东西，那时这里的海岸满目翠绿、风景宜人。

斯塔克斯机械地收集了一些树枝，堆在那个修补过的塔楼里，觉得可以作为柴火使用。他瞭望着大海，希望能看见什么东西，什么东西都行，能带他离开这里就行。

他的肚子又咕咕地叫了起来。

鱼！能不能制作一支钓鱼竿呢？他刚刚收集了一堆树枝，可是没有鱼线。他在家的时候，知道乡亲们用剑摧毁蜘蛛网可以得到线[6]。可是一想到晚上要跟蜘蛛搏斗才能获得线，斯

⑥在《我的世界》游戏中，用剑摧毁蜘蛛网可以得到线，蜘蛛在死亡时也会掉落 0~2 根线。

塔克斯就不寒而栗。

不行，钓鱼竿也许没什么用。在水下，他除了沙子、石头和海带，什么都看不到。

对，海带。

斯塔克斯想起了童年的一段往事：父亲有一次跨海前往斯通卡特家族办事处，回来的时候从船上卸货，带来了一大块干海带，父亲说这是他在旅途中的口粮，让斯塔克斯也咬一口。

天哪，斯塔克斯真是从骨子里讨厌这玩意儿！一开始淡而无味，硬得嚼不动，紧跟着就齁咸，简直能打死卖盐的。斯塔克斯把这东西全都吐了出来，他用手指顺着牙床一直摸索到舌头根后面，努力把哪怕一丁点儿的海带残渣都抠出来。

好吧，现在他不得不学着喜欢海带。

斯塔克斯游向倒扣的那艘船，龙骨上大部分的木板都被他拆掉了，现在他要找的东西是海带。从水面往下看，船只残骸周围就有好几丛海带，它们在海底迎着阳光向上伸展着茎条。斯塔克斯掰下一块木板，抱着它，屏住呼吸潜进水里，竭尽全力尽量下探。海底都是些奇怪的灰色东西——不是沙砾就是黏土。

不论是什么，反正只能暂且不管。他使出吃奶的劲猛扯海带坚硬的茎，直到他快憋不住气为止。

海带茎终于被扯断了，斯塔克斯急速上浮，头一露出水面就大口喘气，然后把长长的海带拖上龙骨。从水里爬出来以后，他又在龙骨上坐了一会儿，以便调整呼吸。附近的海水里还漂浮着很多海带，休息了一阵子后，他把这些海带收集起来。虽然水里还有很多海带，但他觉得这些已经够了。

等一等。

水里除了漂浮着海带，好像还有其他东西，远远看起来滑溜溜、亮晶晶的，在阳光下一闪一闪，莫非是条死鱼？

斯塔克斯朝着那个东西游去，担心这东西被泥沙盖住。令他吃惊的是，那个闪光的东西原来是个指南针。他把指南针抓在手里，一边笨拙地踩着水，一边低头凝视着红色指针。它可能是匪徒们逃走时不小心掉在水里的。

父亲航海时总是随身带着一个指南针，斯塔克斯努力回想着父亲教过的指南针使用方法。然而让斯塔克斯沮丧的是，他没有记住所有的细节，主世界好像有一个原点，指针跟这个原点有某种对应关系，通过这个原点可以进行一些计算。当年听父亲讲解的时候，斯塔克斯总是走神儿，因为他对周游世界完全没兴趣。当时只要斯塔克斯愿意，父亲就会带着斯塔克斯一起出发，一路上手把手地传授经验。

现在无论他怎样痛恨自己孩提时代听父亲讲解时候的漫不经心也没用了。最关键的是，父亲依靠指南针找到了回家的路，现在斯塔克斯手里就有一个指南针。

也就是说，靠着这玩意儿，他也能回家。这虽然只是一种可能性而已——因为父亲在使用指南针时还要进行一些计算，可是斯塔克斯根本不明就里。虽然仅仅多了一种可能性，但也使得斯塔克斯的心情有了好转。

可以回家了！这个念头让斯塔克斯很激动，即使泡在温暖的海水里，他还是兴奋地打着哆嗦。斯塔克斯轻轻地晃了晃指南针，简直怀疑自己在做梦，事实再次告诉他这不是梦。

斯塔克斯提醒自己还有准备工作要做，总不能扑通一声跳进海里，顺着指针的方向游回去。他把指南针紧紧地攥在手里，游到龙骨那儿，小心翼翼地把这个宝贝放在最高的一块木板上。

每次斯塔克斯休息的时候，都要遥望那个修补得乱糟糟的塔楼。现在他有很多木头，甚至可以替换掉一些石块，换下来的石块可以做其他用途，例如建一个熔炉。等熔炉建好，他就能用少量树枝和几块炭把海带烤干。海带干燥后就可以当成储备食物。

接下来嘛……他激动不已，然而还是强迫自己冷静下来继续干活儿。

“接着我要造一艘船，在指南针的帮助下，回家！”

可是首先必须有足够的石头，这是当务之急——虽然现在日头还高高挂在天上。在家的时候，白天显得很漫长，他只是无所事事地等天黑。可在这里，太阳一下子就跑到西边的地平线上去了。要做的事情很多，一刻也不能浪费。

斯塔克斯想起小时候祖母让他解决类似的难题时，总会问他应该采取什么步骤，按什么顺序才能完成工作。估计祖母永远都想不到自己的孙子有朝一日会在这种境况下实践那时获得的经验——他被困在离家千里之外的地方，孤立无援，连生存都如此艰难。

可能祖母也曾遇到过这种困境，她是个令人敬畏的女人，经历过常人无法忍受的磨难。祖母曾经从一群苦力怕的巢穴中成功逃生——当时，苦力怕的自爆不仅没伤到她一根汗毛，反而炸出一个蕴藏丰富铁矿的矿洞来。还有一次祖母差一点儿葬身于一场危险的塌方中，仅凭手中的镐，在伸手不见五指的环境中为自己挖出一条通往地面的生路，而那把镐被磨得只剩巴掌大小。

斯塔克斯虽然比不上祖母那么英勇无畏、足智多谋，可是他揣摩着，她也许会为孙子的所作所为感到自豪：他跟一群溺尸搏斗了一晚并幸存下来，把一座破破烂烂的塔楼修补成一座合格而安全的庇护所。而现在，假如他保持冷静，还能平安回家。

斯塔克斯爬上龙骨，在确保指南针和海带没事之后开始收集笔直又结实的木板。找到合格木板之后，他还要仔细检查上面有没有破损。然后他收好海带，把指南针揣进口袋里，按照熟悉的路线游回海滩，再次回到塔楼，拿着最直的木板和最粗的木棍，坐在工作台前准备大干一场。

斯塔克斯不知道自己做出来的这个玩意儿能不能称为镐——不如说它是个用木头做的撬棍。可他已经尽力了。让他欣慰的是，撬棍很有用。下午三点多，他用八块石头垒成了熔炉，熔炉里面填满了他从海滩上收集的柴火。

他把海带架在熔炉顶端，火把引燃了柴枝。海带逐渐皱缩起来，从绿色变成深灰色。他等得非常不耐烦，因为实在太饿了。斯塔克斯从熔炉里把第一片海带扒拉出来的时候，差点儿把手指头烫伤，只好在两只手之间来回倒腾，用了几分钟让海带变凉。

咬了一口海带后，他马上龇牙咧嘴。跟他记忆中一样，海带还是那么难吃：齁咸，硬得像牛皮，简直令人反胃。但在这种情况下没办法挑剔，他太需要食物了。太阳落山的时候，斯塔克斯已经吃了六片海带，还烘干了很多，留着明天吃。

有什么东西在门外呻吟着，声音离得很近，把斯塔克斯吓了一大跳。夜幕降临之后，溺尸全都回来了。

“我知道这东西很好吃，想吃自己烤！”这句话他几乎是吼出来的，声音大得把他自己都吓着了。

门外传来一阵阵离去的脚步声，斯塔克斯笑了，笑声由最开始的低声笑渐渐变成了无法控制的大笑。

斯塔克斯躺在凹凸不平的床上，一只手依旧捂着嘴，可还是笑得停不下来。

“我疯了吗？也许我真的疯了，可至少不会被饿死。”

饿肚子的问题解决了，明天怎么办？明天他要造一艘船。

第十章

回归大海

第二天早上，当斯塔克斯在海滩上开始造一艘船的时候，思绪再次飘到他的家人身上。

斯塔克斯的祖母一直很喜欢在陆地上旅行，鄙视航海这种既危险又浪费时间的事情。一闭上眼睛，斯塔克斯好像就能听见她的抱怨，那些话全是针对航海的："有什么用呢？就那么在海上傻乎乎地漂着，还不能挖矿！我要是步行的话，想去哪儿就去哪儿，可能已经找到两个我们能挖到宝藏的地方了！而且，也没有人催我赶路。"

可是斯塔克斯的父亲酷爱航海，在船上待着特别自在——比扛着镐待在地底下更自在。父亲教过斯塔克斯如何小心翼翼地把很多木板叠放起来，然后就可以造一艘船。斯塔克斯的父亲用这种方式造了很多艘船，乘着它们远离家园、逃避纷争，而且希望儿子也能继承这门手艺。

斯塔克斯从没想过要怎么利用那些知识，但现在打心眼儿里高兴很久以前把父亲的手艺学到了。斯塔克斯花了大半天时间做出船的雏形，然后又用了很长时间把这些木板放到合适的位置上。

这艘船终于完工了。斯塔克斯绕着它走了一圈，用锐利的眼光审视了一遍。能做的都做了，他唯一担心的是船下水后会不会在一分钟后就沉到水底。

或许，这要比下水后一小时或者一天才沉下去好多了。

“这艘船太难看了。”斯塔克斯完成检修后说道。在最近的几天里，他越来越喜欢自言自语。他真希望他的猫咪们依偎在他的身边听他说话，即使没有回应都可以。

这艘船确实很难看。父亲的船是用桦木和橡木为原料制造的，又规整又优雅。有时候父亲远洋航行归来后换了新船，用的是斯通卡特家庄园附近没有的外国树种，木料颜色偏深，颇具异国风情。而斯塔克斯用的木料东拼西凑，颜色不同、树种不同，大部分被太阳晒得褪了色，还有一些被海水泡得发绿，或者二者兼而有之。老实说，这艘船斑斑驳驳，看起来一点儿都不结实。船桨也不好看：一支是丑陋的黄绿色，另一支则是扭曲变形的。

“样子丑怎么了？”他自言自语道，“如果这艘船能带我回家，我要做的第一件事就是把它挂在新的荣誉陈列室的天花板上！”

回家！斯塔克斯最想做的事，梦寐以求的事，就是回家。他恨不得立即上船，开启这段回家的旅程。一想到还要在这片荒凉的海滩上面对险恶的大海，他简直忍无可忍。

然而他知道不能心急。如今他疲惫不堪，而回家的路既艰难又危险。比较明智的做法是在黎明出发，那时候他已经休息够了，出发时浑身充满力量，即使遇到意外，在白天也能够回到岸上。

斯塔克斯虽然考虑得很清楚，但感情上很难接受。他叹了一口气，收回了远眺大海的目光，在一块岩石上坐下来，从口袋里掏出一块干海带，啃了一口这齁咸的东西，茫然地咀嚼着。难吃的味道让他的脸都抽搐起来。

“等我回到家，”斯塔克斯含混不清地说道，“我绝对，绝对不会再吃这种恶心的东西。”

吃完了这难以下咽的一餐后，斯塔克斯闷闷不乐地站在岸边，把岸上的鹅卵石一颗颗踢进水里。他打算在白天余下的时间里做一把木剑。即使它在激烈的搏斗中没什么用，也比赤手空拳好多了。如果运气够好，回家路上万一碰到什么动物——例如一头野牛、一头猪或者一只鸡，木剑就能派上用场了。

别提牛肉和猪肉，一想到鸡肉，他的口水都流出来了，他干脆花了一些时间做了个关于食物的白日梦。就在几天以前，他的家常便饭是一块多汁的牛排或者猪排，还有一大块新鲜面包和一些土豆。跟眼前的食物相比，那些食物好像是给国王吃的，而国王则坐在富丽堂皇的宫殿里，周围都是殷勤服务的奴仆。

斯塔克斯暗暗下定决心，要是他以后还能吃上这些东西，绝不会认为理所当然。他将对吃到的每一顿饭、每一口食物心存感激。木剑做好后，他把剑刃打磨成型，直到它锋利得可以轻易地从失事船只的龙骨上削下一片木头来。

太阳刚刚触到地平线。让斯塔克斯感到诧异的是，他心里巴不得时间过得更快些，即使天黑之后溺尸会准时在他七拼八凑修补的塔楼周围游荡也不怕。夜晚来得越早，黎明就会越快到来，他就可以早点儿离开这里。

斯塔克斯握着木剑试了试手感，然后刺出去，又挥了几下。他轻轻拍了拍他的船，然后回到塔楼里，关上了身后的那扇门。

太阳落山后没多久，他就听见溺尸在海滩上蹒跚而行的声音和咕噜噜的呻吟声。可今天他已经习惯了，对它们的恐惧也减轻了许多。即使那些没头没脑的倒霉鬼敢来撞门，他也不怕，其实它们早就这么干了。真幸运，这是斯塔克斯最后一次听到它们可怕的声音。

瞧吧，讲故事就是这么有趣。你们心里都明白这个故事还远远没有结束，斯塔克斯没那么容易乘船回家，然后迎来大团圆的结局。可是即使别人都明白这一点，这位冒险者自己也无法预料到故事里即将发生什么事。斯塔克斯自以为对回家的旅程做好了充分准备，并且相信一切都会很顺利。所以我们先不去打扰他，让他安稳地躺在床上，乐呵呵地度过今晚吧，这是几天以来他最快活的时光。尽管塔楼周围游荡着好多饥饿的家伙，它们发出咕噜噜的声音，一心想吃掉斯塔克斯，可他还是睡着了，脸上居然带着一丝微笑。

第十一章

危险的旅程

黎明时分，斯塔克斯醒了，在床上躺了一会儿，对着修补过的天花板眨眼睛。肚子咕咕直叫，他皱着眉头想了想，从昨天到现在，除了干海带以外，他没有吃任何东西。

他突然彻底清醒了，想起今天要做什么——那艘船就停在外面，等他登上去，开始一段重返家园的漫长旅途。想到这儿，斯塔克斯几乎从床上跳起来，迫不及待地要出发。

正要推开门的时候，斯塔克斯停下脚步。他必须慢慢地收拾东西，确保横渡大海所需的每样东西都带齐了。要是半道上发现有什么重要的东西落下了，还得回来取，那就太糟糕了。太阳升得还不高，不足以驱散夜晚出来的怪物或者让它们自燃。假如回来取东西时，他刚好跟湿漉漉的溺尸撞个满怀，就更糟糕了。

他吃了一片海带，依旧被咸得龇牙咧嘴，然后把剩下的海带包起来带走。接着他把床拆开，然后检查木剑是否还是那么锋利，找到指南针后把它放进口袋。直到此时，太阳才升高了一点儿。他从临时制作的大门门缝里向外张望。

斯塔克斯没看到昨天造的船。一瞬间，他的心被恐惧牢牢占据，他几乎无法呼吸。他马上想起来，他前一天把船拖到塔楼的另一边了，于是在那里顺利地找到了它。

斯塔克斯还带走了一些木板和石头，因为他清楚回家路上必须找到新的庇护所，这些东西应该用得上。最后，他再一次回头看了一眼那座阴森森的塔楼，确保自己没有遗漏什么东西。是的，没有遗漏，所有该带的东西都带上了。他已经准备妥当，可以出发了。

斯塔克斯把船拖下海滩，一直拖进岸边的浅水湾。它在水里荡来荡去，看起来没有任何漏水的迹象。

“嗯，没问题，”斯塔克斯说道，“出发吧。”

他爬上船，把指南针正面朝上放在前方，最后回头望了一眼被他当成庇护所的灰色塔楼的塔尖，还有它后面的沙丘。

“永别啦，可怕的地方。”斯塔克斯说道，“能活下来多亏了你，但我永远、永远不想再见到你了。”

斯塔克斯开始划桨。看着船在水中平稳地前进，他满意地笑了。显而易见，他的造船技术比预想的要好得多。几分钟后，在后面浅色沙丘映衬下，塔楼变成了一条细细的黑线。

看着指南针，他不禁皱起了眉头，红色指针指向他身后，也就是他划桨的相反方向。斯塔克斯又一次陷入两难境地，多希望能想起父亲对指南针用法的讲解以及如何用指南针来导航啊。然而斯塔克斯记得他作为俘虏到达这个小岛之前的最后一段航程，那就是来的方向。

他决定以后再考虑如何使用指南针。现在，太阳高高地挂在头顶，天气晴朗，他的任务就是划船。

斯塔克斯划着船。他不断地划着，很有耐心。太阳炙烤着他，他划呀划呀，直到肩膀酸疼，双手抽筋。太阳在天空中升到最高处，然后开始下沉，最后在地平线上留下一抹橘黄色的晚霞。划了那么久，他觉得即使米格斯在这里，也会对他刮目相看，说不定还会嘟囔着称赞他。

一想到米格斯，斯塔克斯心里就升起抑制不住的怒火。其实这是件好事。有一阵子，他幻想着找到米格斯，把米格斯打趴下，让米格斯哀求自己高抬贵手，然后自己宽大为怀，之后米格斯坦白交代福奇·坦普洛藏身何处。

在斯塔克斯左边，海岸已经变成了灰色，布满了石头，而且越来越高，直到变成悬崖。就是这儿，他记得在匪徒们把他抛弃在这里之前的那一天，他们也经过了一些类似的悬崖，只是当时悬崖在他们右边。看来方向是正确的，即使这个方向跟指南针指示的相反也没关系。

斯塔克斯驾船经过怪石嶙峋的岸边和那些失事船只的残骸。龙骨上的木条漂在海浪之上，就像茫茫大海里浮起来的某种巨大生物的骨架，已经毁坏的堡垒和断崖上的建筑物都高高地探出海面。眼前破败不堪的景象给斯塔克斯的震惊已没有在米格斯船上第一次看到时那么强烈了。现在，斯塔克斯扫视着它们，考虑的是找个安全的地方过夜。

太阳落山的时候，斯塔克斯选了一个地方，岸边断崖下立着一栋倾斜的石头房子——也许是一座仓库，旁边是个很久以前就废弃的码头。当他小心翼翼地把船向岸边拖过去时，不小心摔了一跤，手疼得失去了知觉，盐粒蜇疼了他的眼睛。他感觉地平线上下晃动，好像他整个人依旧漂浮在水上，还没有登陆似的。

斯塔克斯完全可以一头栽倒在沙滩上睡大觉，但他还是强打精神把船拖到岸上，接着把废弃仓库草草地修补了一下。仓库的门已经烂了，房顶有大大小小的窟窿。斯塔克斯把窟窿补上，这个举动几乎消耗了一半储备的木板。他重新把床搭好，由于浸过海水，床垫更硬了。倒在床上时，由于不小心碰到因受伤而剧痛的手，斯塔克斯禁不住哼了一声，不过马上就睡着了。他不仅没有做梦，甚至连动都没动一下。直到早晨的阳光透过门的缝隙照到脸上，斯塔克斯才醒过来。

起床之后，斯塔克斯感觉后背和胳膊都是僵硬的。他沿着海滩查看周围的环境。这里比陡峭悬崖下的岩石滩小一点儿。由于连续几个小时紧握船桨，他的手都伸不开了，僵硬得跟鸡爪子差不多。他只想好好休息一下。

“可是在这里不行。”斯塔克斯自言自语道，这片海滩比前几天勉强称得上家的地方更荒凉、更凶险，“回家以后再好好休息吧。”

这个想法让他兴奋了一会儿，然而，一旦坐在小船旁边的床上，吃着海带，想起他的猫咪，斯塔克斯就感觉自己要崩溃了。他反复告诉自己他的猫咪肯定平安无事，翡翠、蓝宝和煤球儿虽然被宠坏了，还有点儿懒惰，但都非常聪明。仅仅持续一个小时的火灾和混乱不会让它们丧失猫咪的本能。也许在这天清晨的阳光下，它们正在房子的废墟上打盹儿，或者在附近闲逛，等着斯塔克斯回家喂它们呢。

没错，一定是这样！斯塔克斯抱着这个坚定的想法，把船推到岸边，又拿起了桨。

今天比昨天凉快多了，一片片云彩在微风的吹拂下掠过天空。

尽管天气很凉爽，斯塔克斯还是觉得比前一天早晨更累。尽管从他的家到他被放逐的荒凉海滩这段航程很长，可是来的时候有一群经验丰富的匪徒充当桨手来划船。还有个问题，一旦来到他没有印象的海域，他不知道是否能找到回家的路。斯塔克斯希望指南针上的指针指出一个不同的航向，可是指针仍然固执地指着一条跟他正在行驶中的航线相反的方向。

斯塔克斯划了几小时，直到悬崖变成岛屿，他在北面和南面都发现了一些小块陆地。这真是一个好兆头：他记得来时的路。可是他也记得，如果沿着目前的航线向前行驶，很快就会进入基瓦克所说的悲伤之海。在悲伤之海，哪里都看不到陆地。

斯塔克斯停止划桨，小船慢慢停下，在水面上轻轻晃动着。耳边唯一的声音是微弱的风声。指南针在太阳下闪闪发光，指针的方向和斯塔克斯离开塔楼时一模一样。

他唯一的念头就是回家。在过去的两天里，他离这个目标已经越来越近。然而他心里很清楚，最危险的航程就在眼前。他马上就要进入悲伤之海，夜幕即将降临，他却找不到可以休息的地方。

斯塔克斯掉转船头，朝南边一个满是岩石的小岛驶去，这是顺着悬崖过来的一条航线。把小船拖上海滩后，他在沙丘上挖了个洞，洞里刚够放下一张床，然后用圆石和木板把入口堵住，这样他就搭建了一个简易的藏身之所。离太阳西沉还有几个小时，他干脆把整个岛逛了一圈，还啃了一些干海带当晚餐。他没发现什么让他感兴趣的东西——岛上只有一些矮矮的、很久以前就枯死的树木，放眼望去全是石头，反正人类是没法儿依赖它们而生存的。

那个晚上，斯塔克斯做了一个奇怪的梦。他梦见自己来到一座宏伟的图书馆里，高高的大厅全部用珍稀的木材建造而成，每一处都擦拭得干干净净，明亮的火把照得各处金碧辉煌。图书馆里的书架像是向四面八方延伸了好几百格那么远，装满了用皮革装订的厚书和各式卷轴。图书管理员们是一些奇怪的人：他们总是保持着蹲姿，长着两只灰色的脚，眼眶里是空荡荡的白眼珠，穿着五颜六色、华丽厚重的长袍。如果来访者的说话声稍微大一点儿，他们就会转过身，摇晃着枯瘦的手指表示噤声。

通过打手势和低声交谈，斯塔克斯最终使图书管理员理解了他想回家的愿望。对方指着一扇他刚才没留意的门，门楣上装饰着一些镀金的文字——地图室。

地图室有自己独立的书架，上面都是珍贵的书籍，大厅中央摆放着大桌子，上面是成堆的图表和地图。斯塔克斯打算向其中一个相貌古怪的图书管理员解释自己想查的资料，但这个灰皮肤的人抬手阻止了他，把手伸到前面桌子上的那堆东西中间，取出一张镶在木框里的古老地图。

斯塔克斯瞪大眼睛，难以置信地盯着地图。这是一张主世界地图，每一处细节都描绘得十分精美——灰色的山脉、暗绿色的森林、蜿蜒的蓝色河流以及广袤的黄色沙漠。有一处标着 X 形记号，那是荒凉的海岸和他住过的塔楼。

斯塔克斯沿着海岸线向西看去，那里逐渐分成几个岛，最后他的目光停在那个小小的岛上，明白这里就是他曾经在床上辗转反侧的地方。再过去就是悲伤之海，这里标着拟人的云朵符号，瞪着目光凶狠的眼睛，嘴朝下吐着风。斯塔克斯怀着激动的心情继续往西看，这是一片淡蓝色的冰原，后面有一块三角形的绿色陆地伸向外海，上面的名字是斯通卡特半岛。

斯塔克斯忍不住发出了一声兴奋的叫声，图书管理员们用严厉的目光和嘘声制止了他。斯塔克斯一把抓起镶着木框的地图。在穿越悲伤之海的时候，地图是无价之宝。然而他刚把地图拿起来，年代久远的地图就发生了变化，彻底无法辨识。在斯塔克斯惊恐的注视下，地图变成五颜六色的碎片，飘到了深绿色的地毯上。

斯塔克斯把空空的木框放回桌子上。角落里有少许碎片，这些碎片原本是地图上的山脉和草原。斯塔克斯跪在地上，想把这些碎片拼凑起来，但他明白这么做纯属徒劳。

早上，斯塔克斯在庇护所里醒来。天色阴沉，气温有点儿低。这个奇怪的梦让他很忧虑，但他对梦里的内容丝毫不感到奇怪。日有所思，夜有所梦。对于一个想尽办法回家的人，如果手头有那张被匪徒们偷走的地图，就太方便了。

让他感到惊奇的是，梦里并没有出现指南针。

“好吧，可能明天晚上就梦见指南针了。”斯塔克斯喃喃自语，一边咀嚼着吃腻了的干海带当早餐。

他把船推到海里，然后上了船，惊讶地发现他已经非常适应今早的例行工作了，就连后背和手臂的疼痛也比昨天减轻了一点儿。

“如果我回不了家，还可以找一份划桨的工作。”斯塔克斯说道，这个念头一冒出来，他就笑了。面对着不远处大海中央像一个小黑点儿似的岩石小岛，他的笑声突然变得很响亮。斯塔克斯一点儿不在乎打破这里的宁静，而且他打算继续这么做。

“好吧，”当他身后的小岛越来越远，他对着这个世界吼道，“斯塔克斯·斯通卡特是个非常棒的桨手。没错，阁下！

他自己制作船桨，能从日出一直划到日落，只要一点点干海带当伙食就够了。他独来独往，还能自言自语一整天，主要的话题是猫。有时他忍不住大笑，但每个人都有一些怪癖，对不对？”

在他的唠叨声中，早晨悄悄地过去了，南边的岛屿变得越来越小。他谈论着自己的划船技艺，称之为“斯通卡特方法”（秘诀就是整天划桨，不停地划桨）。他给经过的每个岛都起了名字，不是“斯塔克斯岛”，就是“斯通卡特岛”；他假装和地图的制作者争论，只用这两个名字来命名所有的岛是否合适；他讲述了他养的猫咪的故事；他称赞干海带的优点，并把干海带作为主要原料，构思出好几个复杂的菜谱。

你可能觉得这一切表明斯塔克斯有点儿不正常，好吧，其实他自己也是这么想的。但这么做让他觉得时间过得快一些，而且没有工夫去担忧旅途中未知的危险以及能不能找到回家的路，还有就是暂且不用为他的猫咪是否饥饿和恐惧而感到担忧。

可能在进入悲伤之海之前，他一直都是这个状态。

后来，斯塔克斯确定自己已经进入了悲伤之海。至少在刚刚过去的一个小时里，他没有在北面或者南面发现任何岛屿。海风从四面八方吹来，好像随时在改变方向。他已经不怎么晕船了，但仍然咬紧牙关坚持着。孤零零地在茫茫大海中漂流真是一种煎熬，他讨厌这种感觉。

而且，还有另外一个问题。当匪徒们渡过悲伤之海时，斯塔克斯不是在睡觉，就是在发呆，根本没注意他们变换了几次方向。他只能通过太阳在天空中位置的变化来判断福奇的船队向南航行了几个小时，但真的不记得到底什么时候转向哪个方向。

斯塔克斯停止划桨，在船上坐了一会儿，反反复复地思考这个问题，但怎么也找不到解决方法，只能靠猜测。最后他决定向他认为对的方向走，先向西划了一个小时，然后再向北，希望自己能认出什么东西来，或者至少找到下一个可以扎营的地方。

一个小时后，他松了口气，划着小船向北走。至少斯塔克斯是根据太阳的位置判断过了一小时。他低头瞥了一眼指南针，感到非常奇怪，指针不再指向身后的方位了。

整个下午，斯塔克斯都在不停地划桨。目光所及之处只有蓝灰色的大海，耳边除了风声和自己的声音外，他什么都听不见。然而，和早上不一样的是，斯塔克斯发现通过乐呵呵的自言自语来分散注意力的方法行不通了。他感觉不太对劲，因为无边无际的大海上没有任何小岛，他根本无处落脚。

太阳在天空中越来越低，斯塔克斯尽力向地平线张望，搜寻陆地的踪影。哪怕这个岛上只有一间小屋，或者只有一座小山丘（他可以在上边挖个洞当作藏身之所），他都会松一口气。然而他一无所获。斯塔克斯揉了揉眼睛，尽量把眼睛周围的盐粒擦掉，以便更好地划桨，希望日落时分老天能赐给他一个安全的庇护所。然而太阳一刻不停、毫不留情地飞速下坠，斯塔克斯依然没有任何发现。

“米格斯能整夜划船，”他大声给自己打气，“我认为我也能做到。对于斯塔克斯·斯通卡特这样经验丰富的桨手来说，这一点儿都不难！”

这话听起来不错，具有挑战性，而且情绪激昂，但说出口后，他被自己像蚊子一样的声音打击了。他心急如焚，继续划着船，时不时瞥一眼指南针，根据自己做出的最佳判断，确保船一直向北方前进。这时第一颗星星出现在东方，太阳落山了，地平线上仅存的橘红色光芒很快变得模糊。最后天色一片漆黑，直到银白的月亮升起来，他才能看见东西。

“不断前进，”斯塔克斯低声自语道，“一直前进就是了。”

虽然一刻不停地划着船，可他心里害怕极了。保持航向是非常困难的事，每次看指南针时，指针都显示小船偏离了他所认定的北方。而且他已经筋疲力尽，比前两天更累，要是可以的话，他躺下就能睡着。

斯塔克斯用力划了一下桨，然后仰着头任由小船漂荡。然后他摇摇头，打起精神重新开始划桨，然而每次休息的时间越来越长。终于，斯塔克斯瘫倒在船桨上一动不动，整个人都晕晕乎乎的。

这真是一个漫长而悲惨的夜晚。终于天边出现一抹朝霞，太阳升起来了。斯塔克斯掉转船头，如此一来，初升的太阳就位于右侧，再一次清晰地指示他要去的方向。然后他接着划船，可是他已经一点儿力气都没有了。

更糟糕的是，斯塔克斯绝望地发现自己迷失了方向，假装自己认识路已经没用了。他没有把握记起福奇那伙匪徒的正确航线，只能靠猜测决定何时转向北方。他只记得在横渡悲伤之海往南边拐弯之前，福奇船队经过的海岸上坐落着灰色的山脉，而且他们还在一个小岛上扎过营。然而现在北方看不见任何陆地，有可能在斯塔克斯睡着时，匪徒们已经多次改变了航向。

假如能找到大片的浮冰，斯塔克斯就有机会回到家，因为在庄园里就能看见冰川。可是他不知道如何才能找到那条航线。漫漫归途好像是他小时候和祖父母一起玩过的一幅智力拼图似的，只是现在缺失了最重要的几片。

斯塔克斯很清楚，现在除了划着船一直向北方行进以外，没有别的选择，只希望能找到记忆中那条山脉。他能做的就是整天不停地划呀划呀，划桨已经变成了下意识的动作，完全顾不上猎猎吹拂的海风和蜇疼眼睛的盐花。他偶尔停下来吃点儿干海带，舒展一下疼得抽筋的双腿。

可是他依然看不见陆地——看不见高山，也看不见岛屿。眼里只有茫茫大海，他的视觉已经疲劳了。另一方面，景色也在不停地变化，晃动的水面随时映照着天空和太阳的颜色。除了这些，他的境况一点儿都没改善：困在无名之海的中央，这里环境险恶，他根本找不到出路。斯塔克斯划得越来越慢，直到夜幕降临。他闷闷不乐地在黑暗中又划了一阵子，然后停了下来。

这时候，斯塔克斯的意识已经不受自己控制，他一会儿清醒，一会儿又睡着了。因此当看到那道光芒时，他的第一个念头是自己在做梦，宁愿别再醒来。

第十二章

光明守护者

斯塔克斯认为自己在做梦的一个原因是，这光芒不像灯塔或者船上的灯笼发出来的那种清晰明亮的光芒，而是一种诡异的光。不同于火焰的橘红色，它呈现出黯淡的蓝绿色，似乎还在闪烁和摇摆。

斯塔克斯把手伸过船舷，掬了一捧水泼在脸上，想让自己清醒一些。他的麻烦已经够多了，不需要在无边无际的海面上摸黑追寻一个虚幻的目标。他不小心呛了一口海水，喘着气不停地咳嗽。茫茫大海上，寂静的黑暗中，咳嗽的声音显得很刺耳，可能会给他招来杀身之祸。

光芒仍然闪烁着，在他右前方不远处。斯塔克斯认为它应该在东方，然而看着指南针的时候，才发现指针显示光芒在西北方向。要么是指针指向其他方向，要么是他靠在船桨上睡觉的时候，船只偏离了原来的航向。

“好吧，我们等会儿再考虑这个问题。”斯塔克斯声音嘶哑地说道，海水的盐分让他的嗓音都变了。

他向着那道光芒划过去，下意识地希望它消失，而这仅仅是残酷的大海跟他开的一个玩笑。可是光芒一直都在那儿，在夜色中闪烁。直到靠近后，斯塔克斯才发现光芒并非来自陆地上的建筑物，也不是从一艘船上发出的，而是来自水下。

好像被施了魔咒似的，他慢慢划着船，双眼一直盯着海水，离那东西越来越近。

透过脚下的海水，他看到了一片怪异而可怕的土地：海底有灰白的山丘和峡谷，还有一片“森林”，然而“树木”是由一丛丛的海带组成的，在海水中摇摆。上面是一座白色的山丘，山丘上有一座用鬼气森森的绿色石头建造的巨大城堡，四周是散落的高塔。那道吸引了斯塔克斯的神秘光芒应该是从城堡中射出来的。

斯塔克斯任由小船漂在水上，完全被这奇异的景象迷住了。他聚精会神地看着眼前的一切，突然间船底传来砰的一声巨响，小船差点儿被掀翻。

“什么东西？”他大喊着，转过头想找到袭击者。这时小船又震动了一下，他听到附近水面响起一阵低沉的咕噜声。

斯塔克斯对这种声音太熟悉了，于是猛地抄起船桨，使尽全身力气划着船，小船像箭一样飞快地往城堡方向冲过去。

黑暗中有东西飞过，发出紫色的光。斯塔克斯觉得那应该是一把三叉戟。然而，这是一道连续的光束，就在他正前方。他正划着船，这道光束旋转着落在他的胸前。斯塔克斯低头盯着它，放下手中的船桨，非常困惑。

那道光束突然变成了黄色，斯塔克斯痛得大叫起来，感觉自己的皮肉都被烧焦了。他俯下身，抓起船桨，掉转船头，避开滚烫的光束。

此时他处于绿色建筑物上方，被笼罩在它们阴森恐怖的光芒里。在他脚下，原本迷人的景色变得可怕起来：长着尖角、像大鱼一般的怪物游来游去，恶狠狠地用独眼盯着他；全身灰色的溺尸朝水面游来，张大的嘴巴如同一个黑色的O形。

又一道紫色的光束从船的上方掠过，划破夜空。斯塔克斯使出全身力气划船，尽力拉开与海底城堡及其守卫者的距离。有什么东西把船底撞得砰砰直响，斯塔克斯被掀到一边，一只船桨失去了控制，小船开始打转，水从一边船舷漫了进来。

斯塔克斯摸索着找到了木剑，挑衅地大喊起来。一根闪闪发光的紫色东西擦着他耳边飞过去，这的确是一把三叉戟。他丢下木剑，拼命划桨，嘴里喃喃地说着给自己鼓气的话。闪着光的城堡就在他身后，离得很近，斯塔克斯生怕三叉戟击中自己的要害部位，或者被炽热的光束再一次扫到。

“全速前进！”他对自己吼道，“前进，前进，前进！”

他一直划到再也划不动为止，胳膊才无力地垂了下来。他呼哧呼哧地喘着粗气，胸前那道光束碰到的地方一直很疼。

可他还活着。

斯塔克斯大着胆子回头看了一眼，没想到自己划出了这么远。绿色的光束被他远远抛在身后，变成了一个小点儿。真的够远了，可能城堡守卫者不再觉得他是个威胁，也许已经放弃追赶。

斯塔克斯实在想休息一下，但不得不继续划船。假如海风或者洋流把他推回那个诡异的城堡，他肯定会再次被攻击，还能不能逃脱就说不准了。

斯塔克斯一直划呀划，直到身后那道光完全消失为止。他一直划到再也没有一丝力气，接着——虽然他不想，可是无法控制——斯塔克斯伏在船桨上睡着了。当他醒来的时候，天已经大亮，太阳升得很高。

接下来的两天我就不赘述了，因为跟前两天的情况差不多。斯塔克斯一直划到划不动为止，然后瘫倒在船桨上睡一觉，看起来就像死了一样，醒来的时候他接着划船。现在他已经不怎么自言自语了——因为太累，所以懒得那么做——而且也很少看指南针，就是一个劲儿地划船。这时候他几乎不记得还做过什么事。

当斯塔克斯再次看见岛屿的时候，累坏了的大脑才重新开始运转。两个岛屿出现了，一个在他的左边，一个在他的右边，看起来几乎一模一样，岛上除了泥土和岩石之外别无他物。

可是斯塔克斯还没有完全清醒，他已经被折磨得不知所措，以为这是错觉，因此并没有停靠在最近的岛屿岸边，而是径直从旁边划过。接下来他又经过了更多的小岛，有些小岛在南边，有些小岛在北边。终于有熟悉的东西勾起了他的回忆。

几个小时后，一切都已经明朗：他看到了灰色的断崖和水面上的船只残骸，这个辽阔的海湾正是匪徒们离开危险的悲伤之海后停靠的地方。

斯塔克斯不清楚他是纯粹靠运气，还是靠模糊的记忆找到了回到这里的路。他心中秉持着坚定的信念划船，甚至开始怀念那座让人悲哀的废弃塔楼。他双眼圆睁，盯着前方的海面，一直划到双臂发抖、全身无力才停下。他又一次与太阳赛跑，终于又赢了。天色已经暗下来，他身上的力量和勇气所剩无几。直觉告诉他，如果还找不到栖身之所，直接暴露在主世界的危险之中，他连一个晚上都活不过去，所以他只能拼命划桨，划桨，再划桨。

当熟悉的浅沼泽地出现在他眼前时，第一颗星星也升上了天空，沼泽后面是白色沙丘和矗立在海滩上的石柱。斯塔克斯大叫一声，更加卖力地划着，直到船底蹭到水下的沙子和鹅卵石。他想站起来，但没有成功，反而从船舷上摔下来，四肢着地落在浅水湾中。他喘着粗气，咬紧牙关，拼尽全力站起来，只觉得天旋地转。他一步一步地往前挪。两条腿像灌了铅一样，带着他穿过海滩和泥地，挪向他已经非常熟悉的、门板摇摇欲坠的塔楼。

斯塔克斯双手颤抖着，支起自己的床，然后扑通一声倒在上面。

“我终于挺过来了。”他喃喃自语。

他想放声大笑，但笑不出来，喉咙里发出的声音刺耳又嘶哑。

第十三章

新方向

你可能不会感到惊讶，斯塔克斯实在太累了，在接下来的几天里除了吃干海带，什么事情都做不了。渐渐地，他从极度疲劳中恢复过来。他在塔楼里重新造了一个熔炉和一张工作台，又从岸边的浅水区里采集了更多的海带，还把船底的窟窿修补好了。

在做这些烦琐的工作时，斯塔克斯惊讶地发现自己不像以前那么畏首畏尾、试图逃避一切问题了。他造了一条船，在一次危险的旅程中幸存下来，回到了安全的地方。然而在不久之前，他还怀疑自己一个人能不能活过一个晚上，可现在他仍然活着。除了自己，他无须依靠任何人。

“但那不是我回家的路。”斯塔克斯说道。

他又开始自言自语了，这么做只是为了听到人类的说话声：“不，这个计划行不通。”

他几乎没有意识到自己已经开始制订一个新的计划了，他翻来覆去地考虑每个细节。而此时，他手中正拿着干树枝，准备在熔炉里烤海带。

福奇知道斯塔克斯回家的路——也许只有福奇一个人知道。斯塔克斯思来想去，自己要回家，最好的办法是找到福奇——而且这可能是唯一的方法。福奇知道怎么去斯通卡特庄园，还偷走了斯塔克斯父亲制作的地图。而福奇毁了斯塔克斯的人生，难道不该为此付出代价吗？

可是，一想到要对付福奇和他的手下，斯塔克斯就浑身发抖。他们都身经百战、冷酷无情。而斯塔克斯从来没参加过实战，还只有一把木剑。但是，找到这些匪徒并且战胜他们是斯塔克斯唯一的出路。只有这样，他才能回到他的猫咪身边；只有这样，他才能重建被他们毁掉的家园，重新开始自己的人生。

如果按照这个思路，斯塔克斯就应该一直向东走，而不是向西走。匪徒们把斯塔克斯放逐在这荒凉的小岛上之后，就是朝这个方向走的。

之后的几天里，斯塔克斯满脑子想的都是这件事。每天晚上他都坐在海滩上小船旁边的一块石头上盯着手里的指南针发呆。指针指向东方。他隐约觉得，虽然东边不是回家的方向，却是他必须去的地方。

在一个美丽的夜晚，斯塔克斯正盯着指南针，又听到海里传来咕噜噜的声音。这次他没有被吓得跳起来，因为他已经习惯了。声音是溺尸发出来的，它们又开始到处溜达，这意味着斯塔克斯该进屋了。

“我不想再见到这些东西，”斯塔克斯说着站起身来，掸掉了破裤子上的沙子，“明天我就远远地离开这里。”

这一次他下定了决心。

第二天早晨，跟不久前一样，斯塔克斯把所有的东西都装上了船。这一次，他不再把曾经栖身过的塔楼称作恐怖的地方，也不再发誓再不回来。毕竟上次的情况确实不怎么好，可见说这些话是没用的。

他往东驶去，看着之前没见过的海岸线，心里略感欣慰。虽然这是一条新的海岸线，但是比他之前见过的荒凉地方好不了多少——到处都是沙丘，上面零零星星地长着绿色的仙人掌。唯一不同的是斯塔克斯在岸上没看见塔楼的废墟，也没有在水里发现失事的船只。这是为什么？他不知道。也许是因为此地过于贫瘠荒凉，所以很久以前那些探险家尽管费尽心思建了这座塔楼，最后还是放弃了这个地方。

斯塔克斯为这次长途航行做好了准备，发誓一定要在天黑前找到歇脚的地方，而不是等到入夜后还被困在海面上。他一边划船，一边扫视着南岸，搜寻福奇那帮匪徒扎营留下的踪迹，他们丢弃的食物可能早就不见了，很可能被那些饥饿难耐的野兽哄抢一空，但如果他们遗留了一些工具，对他来说可能有用。

下午三时左右，斯塔克斯发现远处有个绿色的东西。他透过薄雾，仔细地观察着。他心里七上八下，生怕这又是一座诡异的水下城堡，就跟悲伤之海的那个水下城堡一样，周围都是忠心耿耿的怪物守卫。

可是这个绿色东西是浮在水面上的。斯塔克斯一直在划船。过了一会儿，由于震惊，他的嘴巴张得大大的。毫无疑问，前方是一座绿色的山峦，绿草丛生，树木星罗棋布。

斯塔克斯划得更起劲了，但这一次驱使着他向前的是兴奋，而不是恐惧。一条河流把沙漠和这个令人颇感意外的绿色国度隔开。船只缓缓驶向河岸，斯塔克斯警惕地环视周围，提防有什么怪物出现，然后信步踏上了草地。

“我都快忘了绿色是什么样子的。”他嘟囔着，跪了下来。地上不是沙子，而是松软的泥土，被阳光晒得暖烘烘的。前方是树林——跟他家的庄园一样，都是桦树和橡树——还有橙色的郁金香。蜜蜂在树林间来来回回地穿梭，忙着把花粉酿成蜂蜜。这里的风清新又干净，和又腥又咸的海风完全不一样。

由于接连好几天都只看到沙子，此刻斯塔克斯感觉自己好像进入了天堂。他大口大口吞咽着清甜的河水，欣喜地看着水里游来游去的鱼儿，在刚发现的这片草地上漫步，伸出双手让树上的叶子滑过指缝。然后他躺在草地上，尽量伸展身体和四肢，让自己重新认识这些几乎被他遗忘的风景和声音：指间的青草充满了生命力，和煦的微风拂过橡树和桦树树叶，蜜蜂嗡嗡地忙碌着。

斯塔克斯一直躺着，直到听到一个他觉得自己再也不可能听到的声音：咩咩的羊叫声。

他爬起来，透过树木间的空隙四处张望，怀疑自己的脑子出了问题——有那么一瞬间，他害怕周围的一切都是劳累过度和压力过大造成的幻觉。然而这一切竟然是真的，两只绵羊正在附近的山坡上吃草，它们在大嚼特嚼的时候丝毫不在意斯塔克斯的到来。

斯塔克斯慢慢地靠近两只羊，尽量不惊吓着它们。绵羊一点儿都不怕他，甚至还允许斯塔克斯伸手抚摸它们的后背。羊毛柔软至极，跟斯塔克斯包着一层盐壳、僵硬板结的羊毛床垫完全不同。

正当斯塔克斯感受着羊毛的柔软和温暖时，他的肚子却咕咕直叫。低头看着肥美的绵羊，再一想是不是还得吃干海带，他摇了摇头。

“真的很抱歉。”他对两只羊说道。

三个小时后，斯塔克斯坐在橡树树桩上舔着手指，感觉自己经历过长时间的非人遭遇后，现在终于又变回人样儿了。他吃了好几块羊肉，准确地说是狼吞虎咽。滚烫的羊肉烫到了他的手指和舌头，可他根本不在乎。斯塔克斯的饥饿感暂时得到了消除，然后他把剩下的羊肉全都煮熟，如此一来，下个星期的口粮都备齐了。他切割了一些新的橡木木板，把那些从塔楼附近沉船中打捞出来、经受风吹雨打、扭曲变形的木板替换下来。他用羊毛做了一张干净的新床垫。他还为自己搭了一间小木屋，屋顶是用压过的泥土做成的。小木屋里的空间足够放一张床、一张工作台和一个熔炉。

斯塔克斯恨不得把剩下的干海带全都扔进海里，但思前想后，还是把干海带留下了。不管他有多痛恨这些味道齁咸、嚼起来费劲儿的干海带，这玩意儿终归让他在绝望的时候活了下来，万一遭遇不测，他可能还要把干海带当成口粮。不行，干海带必须留着，随时提醒他不能坐吃山空，否则又要被迫吃这玩意儿了。

斯塔克斯选了一个令他心旷神怡的地方搭建小木屋，小木屋前面甚至还零星地生长着郁金香和矢车菊。在某一刻，他甚至幻想找一些骨粉来给这些花施肥。只需投入一些时间和精力，他就能建一个花园，花园里是一排排蓝色和橙色的美丽花朵。

“可我不会待太久，对吧？”斯塔克斯自言自语，此刻太阳慢慢向西边的海面沉下去，“况且我们可以把小木屋留给其他人，这样他们就不用从头开始了。这才是为他人着想的做法。”

他在这一带走来走去，希望找到一些有用的东西，比如一个裸露着铁矿床的洞穴，但他又担心遇到危险，比如路过苦力怕的巢穴。然而这两种洞穴他都没碰到，这里到处是树木、花朵和高高的青草。唯一有点儿奇怪的是屋后边的草地上有一道沟壑，从南一直向北延伸。他无法断定这到底是不是动物留下的，或许是一只羊在它喜欢的放牧地点之间来回吃草留下的痕迹，或许是有人特意开辟的一条人迹罕至的小道。

斯塔克斯决定明天早上再揭开这个谜团，因为天快黑了，而他一直在打哈欠。斯塔克斯从被他当作椅子的树桩上站起来，满意地环视了一下绿油油的草地，然后走进自己的小木屋。

第十四章

商队

很长一段时间以来，斯塔克斯从没睡得像今天一样香甜。羊毛床垫干净又松软；他吃得饱饱的，填满肚子的不是干海带，而是羊肉；门外没有传来溺尸可怕的咕噜声。

确切地说，斯塔克斯是被铃铛的声音吵醒的。

他揉揉眼睛，驱散了睡意，打开小木屋的门环顾四周，完全忘记了应该先在树荫下搜寻是否存在可以在早晨的阳光下存活下来的怪物。

他仍然能听见铃铛的声音，不仅仅是铃铛的声音，还有马嘶、牛叫和驴子的叫声。有人对着牲口大声吆喝，有人在大笑，还有人在唱歌。这些人是从小木屋后面而不是海岸那边走过来的。

斯塔克斯很久没听过其他人说话了，第一个冲动就是朝声音发出的方向狂奔过去。但是急切地迈出第一步后，他忽然停住了。在此之前，最后一个和斯塔克斯说话的人是福奇·坦普洛。福奇·坦普洛和其他匪徒把斯塔克斯留在荒岛上等死。如果即将面对的这些人也是匪徒的话，自己岂不是自投罗网吗？

想到这里，斯塔克斯赶紧转身回到小木屋，把床拆了，然后把木剑拴在腰间。这件武器太寒酸了，令他禁不住脸红，但总好过赤手空拳。斯塔克斯小心翼翼地关上小木屋的门，轻轻拍了拍它，感谢小木屋保护了他，然后穿过草坪，朝发出声音的方向走去。

就像他判断的那样，声音从草地上的沟壑那边传来，他认为那可能是条路。他慢慢地靠近，观察着经过的人和牲畜。驴子驮着沉重的箱子；赶牛的人对着牲口吆喝着“驾驾驾”或者“吁吁吁”；吠叫的牧羊犬催促着羊群向前走；商人们穿着华丽的长袍，骑着肌肉发达、毛皮油光水滑的骏马。

斯塔克斯站住了，惊奇地注视着这支队伍。首先，他从未见过这样的商队——至少在他称之为故乡的主世界里，他没有见过这样的商队；其次，过了这么久，忽然再次接触人类和牲畜，斯塔克斯有点儿不知所措。比起荒凉孤独又寂静无声的大海和沙漠，商队显得异常热闹。这支队伍就像被赋予了生命，喧闹嘈杂，多姿多彩，一刻也不停歇地前进，气氛生动而活泼。

“嘿，”斯塔克斯大声喊道，声音听起来沙哑又古怪，“嘿！你们好！你们好呀！”

一开始，除了一头被驯服的狼，谁都没发现斯塔克斯。那头狼看到他，迅速判断出他既不是一只羊，也不会造成威胁，因此无视他的存在。然而紧接着两个长着胡子的人看到他站在树丛里，那两个人吓得后背都僵直了。其中一个人伸手去摸腰间的剑，想了想，又用胳膊肘捅了一下同伴，示意同伴看一眼斯塔克斯。

两个人大摇大摆地走过来，身后是川流不息的商队。

“你到底是什么人？”那个高个子问道，“乞丐，隐士，还是疯子？”

“都不是，”斯塔克斯回答，他心中有千言万语，然而嘴完全跟不上，他无法把这些词语组织好，然后再清晰地表达出来，只能用枯燥的语言说道，“我的家园被毁了，我被放逐到沙漠边缘……”

“你说什么？别啰唆了，你这邋遢的无赖！不管你是谁，别站在路中间挡我们的道儿，要不然后果自负！”

“齐根，这个人对我们没有威胁。”另外一个矮点儿的伙伴说道，“哈哈，瞧啊，他的剑是木头做的，是手工雕刻品，看外形就知道了。”

齐根瞥了一眼挂在斯塔克斯腰间的剑，然后咧嘴笑了，露出两排黄板牙说：“哈！朋友，你打算跟苹果打架，还是和信封决斗？哈哈哈！”

“我家被毁了，我的财产……”斯塔克斯说道，但声音越来越小，很明显这两个人不想听。

“里佐，齐根，发生什么事了？”

一个身材苗条的年轻女子走过来，她穿着绿色的束腰外套和浅蓝色的裤子。她肩上扛着一张弓，箭袋里装满箭，箭尾装饰着亮黄色的羽毛。一头乌黑卷曲的秀发披散在肩上，雪白的脸蛋儿上有一双灰色的眼睛，脸颊上有几块红色斑点。她正皱着眉头看着两个守卫。

“拉玛阿，没什么事，我们只想把这个流浪汉从路中间赶走。”里佐嘟囔着。

“流浪汉？”拉玛阿问道，瞥了一眼斯塔克斯，“先生，你也认为自己是个流浪汉吗？”

“什么？我不是流浪汉！我的家园被毁了，我被一群匪徒放逐，想穿越悲伤之海回家。可我迷路了，于是从沙漠来到这里。我是在那里被放逐的，在沙漠里。”

拉玛阿狐疑地抿着嘴听他解释，头歪向一边。斯塔克斯知道自己前言不搭后语，但停不下来——能再次跟别人交谈，这种感觉很奇怪。

“你是从悲伤之海划船过来的吗？”拉玛阿问道，“也就是说，你被放逐到了荒凉湾。真是个勇敢的男子汉，我该怎么称呼你？”

“斯通卡特，”斯塔克斯回答，“斯塔克斯·斯通卡特。一直以来我都怕自己再也碰不到其他活人了。”

“悲伤之海，呸！”齐根说道，“这个人不是在撒谎，就是疯了，要不两样都是。拉玛阿，别理他。我们还有正事要做，记得吗？”

“当然。”拉玛阿说道，“齐根，我们是商队。商队是由旅行者们集合起来保护自己的。斯通卡特先生就是一位旅行者。也就是说，如果他愿意，我们很欢迎他加入我们的队伍，他的能力可以带给我们更多的好处。”

“更多的好处？”里佐嘲弄地说道，“他的武器是一根削尖的木棍儿，能用来生火。”

“我们队伍里有些人还没有武器呢。”拉玛阿说道，“斯通卡特先生，你对饲养牲畜在行吗？”

“没问题，”斯塔克斯回答，“我在家的时候养过羊、牛、猪和鸡，还养过猫。”

“我们在这次行程中没有带着鸡或者猫，”拉玛阿说着微微一笑，“可我们还有很多其他牲畜。跟我们一起走吧，我想听听你是怎么在荒凉湾生存下来的。”

“一个疯女人和一个拿着假剑的‘猫奴’，”里佐说道，“你们俩还真是天造地设的一对儿。”

拉玛阿皱着眉头目送里佐和齐根离开。

“人啊，谁也离不开谁。”她说道，一瞬间露出伤心的表情，“就连他们俩这种窝囊废，也总有一天会明白这个道理的。总之，斯通卡特先生，跟我们一起走吧。”

“好的。”斯塔克斯说道，“我能问问你们要去哪儿吗？”

拉玛阿大笑起来：“聪明人应该有明确的目标。我们要去坦布尔斯港，那是北方一个很大的城镇，走上一趟需要好几天。那里每个月都有一次盛大的集市，这些动物都要赶去那里。坦布尔斯港还有一家矿业公司和许多店铺。”

“一家矿业公司？”斯塔克斯问道，精神立刻为之一振。

“坦布尔斯矿业公司，好像是这个名字。”拉玛阿说道，“我也不是很清楚，因为我真的干不了矿工的活儿，抬头看不到天空的感觉太糟糕了。怎么样，斯通卡特先生，加入我们商队一起走吧？热烈欢迎！坦白说，我真的建议你这么做。对于没有合适装备的旅行者来说，这些岛屿真的太险恶了。”

斯塔克斯沉吟了一下。强盗们丢下的指南针一直指向东方，这几天一直偏离航线，看起来他走错了。另一方面，难道他真的愿意仅仅凭借一把木剑，连盔甲都没有，就去对抗福奇和福奇手下那些武夫吗？而且很可能有另一条回家的路线：假如坦布尔斯港真的有一家矿业公司，那么说不定有什么人认识他家族的人，能告诉他怎样回到斯通卡特庄园去。可能父亲还在那里建了个联络处，坦布尔斯港的名字听起来很像父亲曾经涉足过的地方。

“斯通卡特先生，我不想催你，但我有责任管这件事。”拉玛阿说道，双手叉腰，“你要跟我们一起走吗，还是在这里道别？”

斯塔克斯回头望了望身后，可以看到森林里小木屋的外墙。他把手伸进口袋，摸到了能带他去寻找福奇的指南针，然后看了看那些牲畜和赶牲畜的人。这支队伍一直向北走。

“我跟你们一起走。”他告诉拉玛阿，对方朝他微笑着，用下巴示意他跟过来。

拉玛阿领着斯塔克斯跟上商队队尾。驾车的人纷纷朝她挥手，或者把手放在帽檐边向她致意，但他们不安地看着斯塔克斯，喃喃自语着转过了头。

“大家好像都不太喜欢我。”斯塔克斯对拉玛阿说道，对方耸了耸肩。

“斯通卡特先生，你看起来像个野人，”她说道，“衣服上满是盐花而且破旧不堪，衬衫胸前被烫了个大洞，靴子快散架了，而且你还胡子拉碴的。”

斯塔克斯用手摸了摸自己的下巴，发现他的胡楂已经长成了参差不齐的胡须。

“我都没注意，”他说道，“肯定看起来很吓人吧。”

“你确实很引人注目，”拉玛阿微笑着说道，“显然你有过相当多的冒险经历，但我们商队里的人都不喜欢冒险。斯通卡特先生，我能叫你斯塔克斯吗？”

“当然可以。”斯塔克斯回答，一边望着小木屋的方向。

“也许你更喜欢斯通卡特先生这个称呼。”拉玛阿扬眉说道。

“什么呀？还是叫我斯塔克斯好了。”

斯塔克斯明白自己给别人留下的第一印象不算特别好——可能第二印象也不怎么样，主要是因为他再次回到人群中有点儿不适应，而且现在还不知道加入商队是不是一个正确的决定。

“如果在正式场合，你可以称呼我拉玛阿·佩兰泽。但现在只有我们俩，就别拘礼了。斯塔克斯，总之商队这些人只想平平安安地把牲口和货物送到坦布尔斯港，他们可不想在这一路上遭遇意外或者受到惊吓，出什么岔子。事实上，主世界的人不会总是亲密和谐的。既然你能在荒凉湾顽强地生存下来，我就不跟你啰唆这些事了。”

“我以前不知道荒凉湾这个名字，”斯塔克斯说道，“还有悲伤之海。看来你们对这两个地方都很熟悉。”

“没错，”拉玛阿说道，“它们都是非常危险的地方。尤其是悲伤之海，到处都是溺尸，那些旧日的支配者在那儿有好几个镇魂碑。即使天气晴好，也很难找到一条可以安全通过的航线。”

“旧日的支配者，”斯塔克斯说道，不禁揉了揉自己的胸口，“原来它们叫这个名字。其中一个把我烧伤了。”

“主世界一带是这么称呼它们的，”拉玛阿继续说道，“它们在其他地方有不同的名字。我听说过的名字就有远古守卫者、火眼和海王。我偶然遇见过的一个探险家声称，他从旧日的支配者纪念碑上取出海晶石建了一栋房子，就在雷恩斯港附近。可我没有亲眼见过这栋房子，所以没办法判断消息的真伪。”

“荒凉湾，悲伤之海，雷恩斯港，”斯塔克斯重复着，“你们知道悲伤之海的那边是什么吗？我的意思是西边。那里的某个地方除了很多冰川，到处郁郁葱葱，都是森林和草地，像这里一样。那就是我要去的地方。”

斯塔克斯充满希望地看着拉玛阿，但她摇了摇头。

“我最远只到过大海东端，”她说道，“我们的国家在南边，在东部闪亮沙漠旅行会安全得多，虽然要绕一大圈。斯塔克斯，总有一天我要去那里看看。要是不从南极来到北极，不从大海的一端来到另一端，不走遍整个主世界，我是不会罢休的。”

“走遍整个主世界？”斯塔克斯问道，“可能吗？”

“或许不可能，”拉玛阿说道，“可我会全力以赴。一想到在我停止呼吸之前还有很多地方——那么多的地方——还没去过，我都快疯了。你就没想过往那边去吗？”

“没有。”斯塔克斯说道，“如果运气够好，能回家的话，我就再也不离开了。”

“真的吗？你怎么能那么说？斯塔克斯，我的意思是你的家乡肯定很美。可是天哪，瞧瞧我去过的那些地方吧——月光下熔岩瀑布奔腾倾泻，扎根在海底的崇山峻岭高耸入云，东边大裂谷里的钻石和绿宝石在峭壁上闪闪发光，蓝色大海上的孤岛开满了我以前从没见过的鲜花。”

斯塔克斯摇了摇头，不知道该说什么。拉玛阿望着森林深处，思绪飘到了很远的地方。

“有时候我真希望自己是个画家，这样一来就可以描绘这些美景，和每个人分享，”她说道，“可有时又因为我不是画家而感到欣慰。世界上有太多美丽的东西，人们都想据为己有。我喜欢观赏宏伟的东西，任何绘画都禁锢不了它们。那些地方你只能远远地欣赏，并且深深地刻在脑海里。”

在日落前的一个小时，商队头领下达命令，队伍将在两条河中间的草地上扎营。拉玛阿和斯塔克斯回到了队尾，帮着把牛群赶进匆匆建起的临时围栏里。营火熊熊燃烧，斯塔克斯闻到烤牛肉的香味，还听到歌声和笑声。

“这是旅途中我最喜欢的时刻，”拉玛阿说道，“大家齐聚一堂，将来的某一天我们可以回想起这段大家互相守望的日子。”

斯塔克斯点了点头。他最后一次看到的营火是那群匪徒点起来的，但这次的营火给他的感觉完全不同。商队是一个团体，人们为了保障彼此的安全而联合起来；而福奇他们是一群为非作歹的恶棍。

商队的守卫都被派到队伍外围放哨，然后轮流休息，斯塔克斯和拉玛阿也不例外。在站第一班岗之前，斯塔克斯请假离开一会儿。他在河里洗去头发上的盐，剪了头发，刮干净胡子，这才回到营地。他摸了摸光滑的下巴，感觉很不习惯。

“哎呀！斯塔克斯，你看起来焕然一新。”拉玛阿说道。

“就是身上这些破布条儿太难看了。”斯塔克斯喃喃地说道，瞬间为自己破破烂烂、沾满了盐从而变得硬邦邦的衣服和那把木剑感到尴尬。

“等我们到达坦布尔斯港，你就可以把衣服换了。”拉玛阿说道，“每个担任守卫的人都能在总店获得代金券。我确信你也在名单上。”

“谢谢你，拉玛阿。”斯塔克斯坐在火堆旁边说道。牛肉被烤得吱吱作响，他可不希望自己由于太馋而流口水。

他看了看拉玛阿，想弄清楚一些事，然后发现自己实在不善于把心里话说出口。

“那个……你在集市结束后要回南方吗？”

“不，我要去坦布尔斯港见我的好朋友赫吉拉·坦布斯。他正在北方的丛林中探险，说我也该去那里见识见识。对了，斯塔克斯，你应该和我们一起去。”

斯塔克斯摇了摇头：“我要回家，或者找到福奇·坦普洛。”

“那个烧毁你家的海盗头子吗？”拉玛阿问道。

“就是他。”斯塔克斯回答，说着从口袋里摸出了指南针，“他把这个落下了，也可能是其中一个匪徒落下的。我认为我能靠这个东西回家。父亲经常在旅途中使用指南针。可我的愿望落空了。现在，我想我可以用它找到福奇。”

拉玛阿拿着指南针仔细查看，斯塔克斯觉得她的眼神显得十分老练。

“他们落下的这个东西可不便宜，你需要用铁锭和红石粉才能做出一个指南针，”她说道，“你怎么知道能用它找到福奇呢？”

“嗯，指南针是他的，对不对？”

拉玛阿疑惑地看着斯塔克斯。

“我以前没用过指南针，”他承认，语气带着戒备，“从来没用过。这个指南针的指针总是指向东方，我想那是因为福奇在那个方向。”

拉玛阿摇摇头：“我不用指南针，更倾向于用太阳的位置判断方向。你要是想听的话，我来解释一下这个指南针的指针为什么指向东方。”

“好的。”

“指南针的指针指向主世界的原点，”拉玛阿解释道，“那里是祭司所说人类最初出现的地方。假如你想找到某个地方，你必须知道那个地方相对于原点的位置。”

拉玛阿把指南针还给斯塔克斯，他盯着指南针看了好一会儿。他想起父亲曾经说过斯通卡特庄园和原点之间的关系。可能那是一个简单的公式，父亲让斯塔克斯承诺记在脑海里的公式。然而斯塔克斯根本没听进去，现在这个公式已经无法找回了。也许父亲把公式写了下来，藏在图书馆的某个地方，可那些书已经被烧毁或者抢走了。

“至于用它来寻找一个人……”

拉玛阿不再说话，让他自己去找答案。斯塔克斯把指南针塞回口袋，生气地跺了一下脚。指南针没办法带他回家，也不能帮他找到福奇，所以变得一无是处。他本想把指南针扔进火堆里，又改变了主意。或许在坦布尔斯港，他可以用这玩意儿和别人换其他东西——一套新衣服或者一把不是用木头做的剑。

一个赶车的给他俩拿来几块穿在树枝做的扦子上的牛排，斯塔克斯接过一块后感激地点了点头，贪婪地吃起来。他一边吃，一边擦掉顺着脸颊留下来的肉汁。

“第一班换岗时间快到了。”他们吃完牛肉，把扦子扔进火堆后，拉玛阿说道，“你跟我一起站岗吗？”

“好的。”斯塔克斯犹豫了片刻才回答——他的神情引起拉玛阿的注意。

“我尽力去帮助他人，”拉玛阿站起来对斯塔克斯说道，脸上又浮现出那种他熟悉的哀伤神色，“如果你愿意，我很想帮助你。”

“我……当然，”斯塔克斯回答，“真抱歉，我只是……嗯，经历太多了。”

“我知道，”拉玛阿说，“也许你曾经信任过福奇·坦普洛，但后果很严重。可是你应该能看出我是好人，至少我认为自己是好人。斯塔克斯，来吧。”

斯塔克斯跟着她来到火光与黑暗的交界处。太阳已经落山，月亮升起来了。月光之下，西边树林外荒凉湾的水面波光粼粼。在另一个方向，他能看到连绵起伏的群山远远地矗立着。

“附近最大的威胁是骷髅和蜘蛛，”拉玛阿说道，从肩上摘下弓，检查它的长度，“无论看到什么，我都会在对方离我们足够远的时候射箭。你的任务是确认我看到的东西，假如我没有射中，你就用剑刺它们。”

“用我这把木剑？”斯塔克斯问道，“行得通吗？”

“这比赤手空拳和大声咒骂更有用。”拉玛阿说道，“别担心，我从未失过手。”

“那为什么还让我待在这儿？”

“给我做伴儿。”拉玛阿说道，“给我讲讲关于福奇的事吧。当然，如果你愿意的话。”

其实斯塔克斯也想跟别人好好讲一讲。他站在营火旁边，像竹筒倒豆子一样，讲述了自己经历过的一切，从福奇第一次到斯塔克斯家，到匪徒们摧毁了斯塔克斯的家园，再到痛苦的海上航行，以及他被放逐时所承受的一切苦难。拉玛阿认真地听着，偶尔打断一下，问起斯塔克斯遇到溺尸和海底神殿的守卫者们的惊险遭遇。

“斯塔克斯，等一下，”正当他要讲到他决定不往西走而是往东走的时候，拉玛阿说道，“暗处有东西过来了。”

斯塔克斯顺着她的目光看去，树下有一个纤细的白色身影，那是一具骷髅！它拿着弓，脑袋疯狂地转来转去。斯塔克斯想知道它看见了什么，还有它在想什么。它知道火光意味着人类在附近吗？它痛恨人类活着而且能够在阳光下安然无恙地行走吗？或许它们只是简单地遵循古老的本能，根本没有自己的意识。

“这种生物很奇怪，”拉玛阿沉思着，从箭袋里挑了一支箭，抚平箭尾上的羽毛，“一旦你进入它们的射程范围，千万站着别动。面对迎面射来的箭，这么做好像很蠢。实际上它们擅长追踪移动的目标，却不擅长射中静止的目标。”

斯塔克斯点点头，双眼紧盯着骷髅。拉玛阿张弓搭箭，顺着箭杆瞄准，射出一支箭。砰的一声，这支箭射中骷髅的头部，骷髅停住了，努力锁定射箭人的方位。这时拉玛阿已经抽出第二支箭，动作娴熟，一气呵成。第二支箭射进了骷髅的肋骨中间。

现在那个骷髅已经看见他们俩，它的嘴巴大张着，斯塔克斯却听不到它发出的声音。骷髅往自己的弓上搭上一支箭。此刻，拉玛阿的第三支箭已经抵在她的下巴上，蓄势待发。她朝斯塔克斯眨眨眼睛，笑了。

“记住，千万别动。”她说道。

骷髅射出了一支箭。斯塔克斯下意识地后退了几步，那支箭也偏离了目标。还没等骷髅射出第二支箭，拉玛阿已经先发制人，又射出了一支箭，骷髅应声倒下。

“外面还有其他怪物吗？”她问道。斯塔克斯仍然紧盯着骷髅倒下的地方，为拉玛阿高超的射箭技艺而折服。当弓箭手跟敌人激战的时候，他拔出了木剑，现在又把剑挂回腰间，希望拉玛阿没注意这个细节。

“一个怪物都没看到。”斯塔克斯说道，一边观察着暗处。

“很好。”拉玛阿说道。她把弓背在肩上，穿过草地，双眼在前方搜寻着。返回的时候，她拿着骷髅射出的箭，擦去箭上的灰尘，把箭交给了斯塔克斯。

“我连一支箭都没射过呢。”斯塔克斯说道。

“我可以教你。防止敌人对你造成伤害最好的方法就是在远处干掉它。嗯，你刚才是在跟我讲荒凉湾吗？”

于是斯塔克斯接着讲余下的故事情节，结尾是他建造了小木屋，听见了铃铛声。

“你应该为自己感到骄傲。”拉玛阿说道，“绝大多数的人遇到这种事早就放弃努力了，可你坚持下来了。你将来有什么打算？”

斯塔克斯考虑过这个问题，并且有了答案：“跟着商队去坦布尔斯港。如果那里是一个很大的矿业城镇，说不定有人听说过我的家族，或许还能帮我回家呢。”

拉玛阿皱起了眉头：“我周游了大半个主世界，从没听说过斯通卡特家族或者类似你家的地方。假如这么做没有用，你接下来准备做什么？”

“接下来我要去找福奇，”斯塔克斯回答，“为了这个目的，我需要更好的装备和物资。我从小就学习挖矿，坦布尔斯港肯定会有人雇用我为他们工作。”

“我也从没听说过福奇这个人。”拉玛阿说道。

他们沉默着，站了一会儿，头上的天空出现了点点繁星。

“你觉得我的计划不可行吗？”斯塔克斯说道，觉得拉玛阿虽然这么想，但没有明说。

“确实不太好，斯塔克斯。”拉玛阿说道，“因为主世界很大，有人说无穷大。你可能会用一辈子来寻找福奇，依然一无所获。我不希望你年复一年地寻找他，最后还是要面对失败——虽然不是你的错——那样会使你充满愤怒和痛苦。”

“所以呢，我就应该全盘接受这个混蛋对我所做的一切吗？就应该让他逍遥法外吗？”

“斯塔克斯，我知道他毁了你过去的生活，但不能再让他夺走你的未来。”

斯塔克斯怒不可遏。拉玛阿说她会尽力提供帮助，但她知道斯塔克斯经历了什么吗？知道福奇究竟对斯塔克斯做过什么吗？

“听起来你已经对一切了然于胸。那我应该怎么做呢？”

“跟我和赫吉拉一起出发吧。世界这么大，肯定有很多可怕的东西，我不用说你也知道，但还有许多美好的事物。让我们带你去看看吧。”

“这么说我应该逃跑喽？”

“我没这么说。”

“可是，我听起来的确如此。也许逃避是你解决问题的方法，但我不会这么做。”

现在轮到拉玛阿生气了：“斯塔克斯·斯通卡特，你对我一点儿都不了解。你不知道我经历了什么，也不知道我是怎么面对那些事的。”

“你说得对，我并不了解你。”斯塔克斯语气生硬地说道，“而你对我的了解也不像你所认为的那么多。我建议我们还是继续放哨吧。”

第十五章

坦布尔斯港

早晨，所有人都在匆匆忙忙吃早餐的时候，斯塔克斯独自离开营火，翻过山丘，来到拉玛阿射中骷髅的那片草地上。他穿过高草丛奋力向前，露水打湿了他的裤子，最后找到一根骨头和一支箭——这是那个倒霉的骷髅留下来的所有东西。斯塔克斯把它们全都带回来，默默地交给了拉玛阿。他觉得它们可以充当和好的礼物。

拉玛阿微笑着拿起骨头，说这个将来可以做她家乡花园里骨粉的原料。她建议他自己收藏那支箭。可是，昨晚气头上说出的那些话似乎仍然萦绕在耳边，他们再也无法恢复第一次见面时轻松融洽的关系了。

商队一整天都在行进中。经过一番激烈的争论后，领队决定在黄昏时分停下来原地扎营，而不是连夜赶往坦布尔斯港。那天晚上，拉玛阿杀死了两只蜘蛛。她的箭射中蜘蛛后，它们的红眼睛瞬间变得暗淡无光。第二天早晨，拉玛阿得到了蜘蛛留下来的东西：两根长长的、非常结实的线。

“如果你下次再被困在悲伤之海，就可以用线和木棍做一根钓鱼竿。”她一边说，一边把线交给斯塔克斯。

她说得对。如果还要吃干海带，斯塔克斯非得把它们都吐出来不可。跟干海带相比，鱼肉可以说是美味佳肴。于是斯塔克斯把线卷起来，放进补给包里。

商队出发后不久，羊肠小道变成了人来人往的大道，路上的杂草都被踏平了。商队开始遇到其他旅行者，有背着兽皮的猎人，还有表情严肃、骑在马上呼啸而过的男男女女。一开始偶然碰到的旅行者逐渐变成了川流不息的人群。道路上布满车辙，变得坑坑洼洼的。赶车的、商人和守卫之间的话题也变成了什么时候到达坦布尔斯港，如果迟到了会如何。

当商队经过山脊的时候，已经是上午了，斯塔克斯看到城镇就在他们脚下。坦布尔斯港声名赫赫：它位于一个月牙形的海湾中，四周环绕着陡峭、不规则的小山，那些小山好像随时都会一头栽进水里。海湾里停满了高桅帆船和各式小船。在众多船只的上方，鳞次栉比的房子和商铺依山而建。

斯塔克斯从没见过这么大的城镇——斯通卡特家族办公室所在的小镇只有十几栋房子——他目瞪口呆地看着从四面八方涌入眼帘的建筑物。在这儿，镇上的居民看到商队很高兴，纷纷从窗户里探出头来跟老朋友打招呼，善意地嘲笑他们迟到了，或者只是挥挥手致意。人和牲畜组成的队伍沿着山坡蜿蜒而下，只有一头受惊的奶牛逃离队伍，需要有人过去牵它回来。车夫大声吆喝着，一边把牲畜赶到城镇中心广场上的围栏里，一边跟围观的人群显摆。集市就要营业了。工人们拉开五颜六色的横幅，商人们布置好了摊位。

“那是商队旅馆，”拉玛阿指着广场边上一家闹哄哄的客栈对他说，“你的报酬跟那里的商队代理领取。他们会给你一张床，让你今晚先对付一宿，明天只能靠你自己了。除非你改变主意，跟我和赫吉拉一起走。”

“不必了，”斯塔克斯回答，拉玛阿仍然想邀请他同行让他松了一口气，但感觉到她话里有话，“那么，你不留下来逛逛集市吗？”

拉玛阿摇了摇头：“我要继续往前走。我不喜欢城镇，买一堆东西会耽误我的事。但我每个月或者每两个月都会经过镇上一次。无论你在哪里，都可以托人带口信给杂货店的布鲁布斯。谁都认识布鲁布斯。这样我就能找到你了。”

斯塔克斯一口答应下来，拉玛阿笑了。他们彼此注视着对方，然后有点儿局促不安地握了握手。接着拉玛阿转身穿过市场上的人群离开了。她卷曲的黑发和绿色外套在斯塔克斯眼前闪过，然后她就不见了。

斯塔克斯叹了口气，不知道拉玛阿下次来镇上的时候会不会真的来找他。他无缘无故地朝她发脾气，担心还能不能保住在这个陌生城镇里唯一的朋友。

现在他不知道该做什么。在野外待了几天后，他觉得坦布尔斯港似乎异常繁忙，让人眼花缭乱的景象、嘈杂的声音和种种不同的气味使他应接不暇。斯塔克斯挤过广场上的人群，不断地向每个被他撞了或者被他的胳膊肘顶了的人道歉，他也不断被别人撞到或者胳膊肘顶到（每个人或多或少都得挨几下子）。最后他走到市场最外层的一圈建筑边上，靠在一个制桶商铺的墙上。商铺门上挂着一个巨大的桦木桶，清清楚楚地表明了这家店是干什么的。

“要是不算上溺尸在夜里发出的咕噜声，那破塔楼里倒是挺安静的。”斯塔克斯喃喃自语着，“你更喜欢那里吗？”

“我才不喜欢那里呢，陌生人。”一个男人弯腰扛着一捆沉重的牛皮说道，咧开嘴朝斯塔克斯嘿嘿一笑，然后向人群中挤过去了。

“好吧，我要做的第一件事是别再自言自语了。”斯塔克斯尴尬地说道，可这句话他也是大声说出来的，所以又引发了他跟一个对他的行为感觉莫名其妙的卖花人的一场口角。之后斯塔克斯呆呆地看着人群，眼前的繁忙景象让他头晕目眩。斯塔克斯想知道父亲是否来过坦布尔斯港，并试图想象着父亲在拥挤的人群中扛着漂洋过海带过来的沉重箱子，里面装满了宝石和矿石样品。父亲会和老熟人打招呼吗？他们会聊起遥远国度的奇闻逸事吗？父亲会在客栈歇歇脚，喝一碗汤吗？

虽然斯塔克斯不清楚父亲是否来过坦布尔斯港，但父亲一定见过这样的城镇。父亲在周游世界后回到家，把船停靠在船坞上，从船上下来，耳边除了农场动物的叫声，只有微风拂过桦树叶的沙沙声。斯塔克斯很想知道父亲当时的感觉。再次看到这宁静的田园风光，父亲是松了一口气，还是觉得实在无聊，所以一直数着日子，盼望下一次远航？可是斯塔克斯永远都不可能知道答案了。要是在父亲去世前亲口问一声多好啊，现在说什么都太迟了。

一个负责喊话的人大声宣布集市正式开始营业，人们欢呼起来。心急的买主争先恐后地抢购最好的原材料，小贩们在人群中走来走去，兜售各种美食。斯塔克斯占据着有利的位置，可以看见小贩们出售的东西包括西瓜、南瓜、面包、可可豆、肉串、烤鱼和一片片的蛋糕。看到这么多好吃的，他只好拍了拍咕咕直叫的肚子。

“很遗憾，可我觉得不会有人卖干海带。”斯塔克斯又开始自言自语，忘了刚刚发誓要改掉这个坏习惯，“还是想想能不能拿到报酬吧。”

他挤过人群，路过一个鱼贩子的摊位时，发现那个鱼贩子还真的在卖干海带，斯塔克斯不禁笑了起来。他推开商队旅舍的前门。旅舍里挤满了商队中的车夫和干体力活儿的工人们。他们高谈阔论，放声大笑，举杯庆祝自己平安抵达目的地。

一个看着有点儿眼熟的车夫给斯塔克斯指了去商队代理办公室的路。让斯塔克斯恼火的是，他竟然排在里佐和齐根的后面。他什么话都没对那两个讨厌的家伙说，希望对方也没认出自己来，因为他现在剪短了头发。可是过了一会儿，里佐用胳膊肘捅了一下齐根，两个人都盯着斯塔克斯笑起来。

“哎呀，这不是拉玛阿在路上捡的可爱的乞丐嘛！”里佐咯咯地笑着，说道，“您是斯塔克斯·沉船先生吧？反正名字差不多。”

“人家不是乞丐，而是隐士，”齐根说，“这位隐士年复一年地在沙子和盐堆里冥思苦想。”

“我说他是乞丐，你说他是隐士，”里佐耸了耸肩，“我们干脆说他是‘没用的懒汉’吧。这不就结了。”

斯塔克斯转身就走，根本不理睬他们，可是他们不想放过斯塔克斯。

“小心点儿，”斯塔克斯对里佐说，“斯塔克斯·沉船先生手里还有一把木剑呢。最好尊称他为斯塔克斯阁下，否则你会被劈成碎片的。”

“他的武器可不止一把剑，”里佐说道，“现在他手头有两支箭，有两支箭却没有弓！这是一个行走的军火库！斯塔克斯·沉船阁下，你还可以再投靠一支幸运的商队，当一个杰出的守卫！”

“我家里有一把钻石剑。”斯塔克斯用强硬的口气说道。

“你当然有。”齐根说道，“我敢打赌，你从头到脚都镶着钻石，斯塔克斯阁下。”

斯塔克斯默默地忍受着他们的冷嘲热讽，里佐和齐根拿到报酬后嘲弄地向斯塔克斯鞠了一躬才离开。

商队代理是个身材矮小的男人，坐在一间小小的办公室里，正在用一支羽毛笔在一本皮革封面的册子上写着什么。斯塔克斯走过来的时候，商队代理甚至连头都没抬。

“要绿宝石还是代金券？”商队代理用平淡的语气问道。

“什么？”斯塔克斯疑惑地问道。

“要绿宝石还是代金券？”商队代理重复了一次，“你想怎么拿报酬？”

“代金券是什么？”斯塔克斯问道。

商队代理叹了口气说：“你刚从驮甜菜根的驴背上摔下来吗？怎么连这都不知道？代金券可以在坦布尔斯港总店里用，是商队旅舍使用的货币，集市上信用比较好的商人都认可。好了，你叫什么名字？这个你总该知道吧。”

“斯塔克斯·斯通卡特。”

商队代理开始翻阅手里的册子，然后惊愕地皱起了眉头。

“我的名字可能在最后，”斯塔克斯说道，“抵达坦布尔斯港的前几天，我才签名。”

商队代理半信半疑地抬起头，亮晶晶的小眼睛把衣衫褴褛的斯塔克斯从头到脚打量了一遍，然后他摇了摇头，翻到了册子的末尾。

“我找到你的名字了。”商队代理说道，听起来有点儿失望，“好吧，这是你的报酬。对我们来说，你的工作量还不足以获得绿宝石。好好地使用你的代金券吧。”

斯塔克斯拿走了商队代理给的一张纸，上面有斯塔克斯的名字和一组写得很潦草的数字。斯塔克斯刚转身准备离开，又回过头问道："我的朋友说，我今晚在这里可以得到一个床位。是这样吗？"

"按理说，那是客栈老板的事情。"商队代理说着，一直看着册子，连头都没抬。

斯塔克斯心里顿时对坦布尔斯港充满了厌恶，但好在客栈老板和蔼可亲又乐于助人，把斯塔克斯领到专门为他保留的一个干干净净的小房间里，还给斯塔克斯指了一条去总店的路。不过客栈老板提醒斯塔克斯，因为这一天集市开放，所以镇上的每家店铺都关门了，总店也不例外。

斯塔克斯把房间收拾好之后，做了个深呼吸，又回到集市上。他穿过熙熙攘攘的人群，浏览每个摊位售卖的商品。摊子上的食品琳琅满目，有很多东西别说吃，他甚至连见都没见过。除了食物之外，他还看到许许多多新奇的玩意儿：木材商人的摊子上摆着精心切割过的木板，里面有斯塔克斯从没见过的稀有的黑色木材；铁匠的铺子里除了铁剑之外，还有一些闪耀着诡异的红色光芒的附魔剑；摆在地上的箱子里装满了精心整理过、染得五颜六色的羊毛；皮革匠和地毯匠拍着胸脯，为自家产品的质量打包票；铁匠们高举着用皮革、铁和锁链制成的盔甲；织布工承诺能做出任何有你想要的颜色和图案的旗帜；书商们努力展示着圣契和大部头的书里雪白的纸页。还有很多奇怪的东西——奇景画，装在盆里的奇花异草，水桶里养着的非常漂亮的彩色的鱼、甲壳光滑的乌龟和各种贝类。

就在几个星期以前，钱还不是问题。那时候，斯塔克斯兴高采烈地把各种小玩意儿塞满箱子，用古董装饰斯通卡特庄园的墙面。他尝试过很多奇怪的食物——至少是一部分奇怪的食物，还买了很少见的鱼喂蓝宝、翡翠和煤球儿。但现在，能吸引他的东西他都买不起，拉玛阿提醒过他存钱才是最重要的事。斯塔克斯只买了一块熟羊肉和一块饼干吃，打算明天去总店购买生活必需品。

眼下他想去城镇里逛逛。他离开集市，沿着码头信步而行。男人们和女人们正在从船上卸货。他们唱着歌儿，说说笑笑，把箱子、水桶、石块和一捆捆货物从甲板上传递下来，重新整理后整齐地码放在码头上。船帆卷起来了，但很多桅杆上还挂着五颜六色的旗帜，上面画着飘带、圆圈或者钻石之类的图案。

斯塔克斯穿过船坞。鱼贩子们挥着手招呼顾客，大声说自己卖的鱼特别新鲜，还在不停地扑腾呢。斯塔克斯顺着窄窄的路一直向前走，路的两边是木头和石头造的房屋，路面铺着鹅卵石。斯塔克斯发现自己不由自主地开始研究起石材的品质和成分来。

这条路连着市场，然后向远方延伸。斯塔克斯刚走了几分钟，路上的行人就越来越少，最后只剩下斯塔克斯和几个帮别人跑腿或闲逛的本地人。他停下脚步，俯瞰这座城镇，遥想着到达此地的第一位探险家把它建成理想的港湾之前，它是个什么样子。

闭上眼睛，斯塔克斯好像看到了当时的景象：半圆形的沙地紧挨着郁郁葱葱的草原，四周群山环抱。他还能想象出岸边有一座孤零零的简易住所，这是探险家在晚上躲避危险的庇护所。之后越来越多的人来到此地，再往后，居住在这里的人们聚集在一起，共同商讨如何处理各种事务，包括建造供船只停泊的码头，清理城镇公共区域，进行道路维护，以及其他杂七杂八的事情。

对斯塔克斯来说，做决定根本不算什么难事。在斯通卡特庄园，他可以做任何他想做的事，无须跟其他人协商。不过，和别人共同做决定就是另外一回事了。没有一栋房子或者一座庄园能够像坦布尔斯港一样具有如此丰富的创造力和对混乱的控制力。你需要和很多人一起合作——从而迎来更多的人；拆掉旧房子，建造新房子；开发新业务并且使其顺畅运作；把商品、艺术品、食物乃至奇闻逸事，总之把人们所需要的一切都集中起来。

望着脚下的城镇，斯塔克斯微笑起来。他仿佛看到这个海湾在坦布尔斯港建立之前原始又迷人的样子，但他也欣赏几代人创造和带来的每样东西。是所有人的努力造就了这个繁荣兴旺、魅力无穷的港口。

斯塔克斯慢慢走上山坡，周围的房子变得越来越小，房子间的距离越来越大，后来看到了独立的、用栅栏围起来的小院子。又走了几分钟，他来到一个尘土飞扬的路口，有五条道路在这里交会。几个指示牌分别指向不同的地方，其中四个地方的名字斯塔克斯从没听说过，而第五个地方的名字他曾经听别人提起过，但名字有细微的差别：坦布尔斯矿业公司。

“哈哈，如果说我见过什么好兆头的话，那它真算得上一个。”斯塔克斯说道。

斯塔克斯沿着这条路走向几座低矮的小山丘，最终他发现自己来到原本是一座山的山脚下，但现在山顶已经被精确地削平，这绝不可能是它原始的风貌。一条黑色隧道在围栏后面的山上张开血盆大口，围栏旁边是一座低矮且没有窗户的建筑物，它是用灰色石头盖的。斯塔克斯认出这些灰色石头是安山岩。这座建筑物有一扇橡木门，前面挂着一个牌子，牌子上写着：

矿业办公室

招聘有经验的工人

罪犯、懒汉、毛手毛脚的人和新手不要应聘

必须自带工具

斯塔克斯正要敲门，有人大声说办公室已经关门了。

“因为今天是节假日，又有集市。”一个瘸腿、驼背、留着灰色胡子的男人说道，他的腰间挂着一把锈迹斑斑的剑，“你是来应聘的矿工吗？经理的眼光是很挑剔的。”

“不是。”斯塔克斯说道，“嗯，是的。”

“什么？”那个人盯着斯塔克斯说，“朋友，说清楚，到底是不是？”

“我是矿工，但不是来应聘的。我来这里，只是因为我想回家。”

“除非你住在坦布尔斯港，否则我要说你来错地方了。”

“我的情况比较复杂。”斯塔克斯说道，“老板明天会来吗？”

“老板？我觉得他不会来。他住在那边几座山中的一栋大房子里，房子下面就是荒山野岭，”男人说着手一挥，不知道指的是哪个方向，“但是经理会来这里。她是坦妮太太，这两个字听起来像泰妮，但必须读作坦妮。别弄错了，否则有你好看的。所有的业务必须由她经手。”

“好的，”斯塔克斯说道，“那我明天再来。”

“要我提个醒吗，朋友？明天来的时候，记得带上工具。如果没有工具，她是不会见你的。还要穿上新衣服。我说过坦妮太太对员工是很挑剔的。你现在看起来像个乞丐或刚从海难中逃生的倒霉蛋。”

“您说得太对了，”斯塔克斯回答，接着向那个男人鞠了一躬，“明天见。”

第十六章

三个奇怪的家伙

当斯塔克斯回到镇上的时候，集市上的人群已经逐渐散去。商贩们正在收摊儿，车夫们从商队旅舍出来，把还没卖掉的牛、羊和猪赶回去。斯塔克斯用代金券买了碗炖菜，坐在客栈的公共休息室里吃。他周围坐的都是商人，他们正在交流今天集市的情况，旁边还有一些疲惫的顾客。

斯塔克斯不停地打着哈欠，吃完东西，就回到房间上床睡觉。他醒来的时候头昏脑涨，看着屋顶的橡木板和照进他小小的方形窗户上的阳光，好一会儿才想起来自己身在何处。

早上，吃过涂了蜂蜜的面包之后，斯塔克斯穿过镇上的街道。昨天喧嚣热闹的街道现在变得空荡荡的。他爬上楼梯，来到总店周围矮矮的门廊。两个上了年纪的居民正在闲聊，看到他，跟他道了声早安。斯塔克斯礼貌地点头回应，然后走了进去。

这家总店就像集市的缩小版，货架上堆得高高的是工具、用品和你能想到的商店里该有的东西，虽然没有昨天集市上卖的那些稀奇古怪的玩意儿，例如整箱的可可豆荚或者装在桶里的热带鱼。

“早上好，年轻的先生。我能为您效劳吗？”柜台后面一个身材矮胖、乐呵呵的人大声说道。

斯塔克斯原以为自己衣衫褴褛，会遭到冷嘲热讽，或者至少是个白眼。如此恭敬的问候让他放松下来。旁边的一个男人又高又瘦，正在柜台的另一头擦着一个金属桶。

“我要买新衣服，”斯塔克斯指着自己肮脏又难看的衬衫说，“能用代金券吗？”

“先生，当然可以。”男人匆匆瞥了一眼斯塔克斯递过来的纸片说道，“我以前没见过您，您是跟着商队一起来的吗？”

斯塔克斯忍不住想说一些过去的事情，不过马上又停下来。没有别人的帮助，他回不了家，而恰好眼前的这个人看起来很和善。

“是的，”斯塔克斯回答，“我是……唉，说来话长。我被人扔在了荒岛上。”

“听起来您受过不少罪，幸好已经熬过去了。”商店老板说道，“我叫布鲁布斯，那边那个闷声不响的大个子叫辛子。”

“我是斯塔克斯·斯通卡特。”

布鲁布斯热情洋溢地握了握斯塔克斯的手，辛子只是看了看斯塔克斯，然后矜持地点点头。

“很高兴见到你，斯塔克斯！不过恐怕我们没有这么漂亮的衬衫。即使经过重重磨难，也能看出你的衬衫是高档货。”

“没关系，”斯塔克斯说道，“我不需要花里胡哨的东西，买工作服就可以了。我就是随便问问，你们谁熟悉悲伤之海的那一边？”

“这可不好说，”布鲁布斯说道，“其实我从没离开过坦布尔斯港一天车程的范围。辛子，你呢？”

又高又瘦的辛子也摇了摇头。

“你可以去码头碰碰运气。因为开了集市，我昨天看到的停靠在码头的船比过去四五个月的都多，”布鲁布斯说道，“当然，集市结束之后大部分船只已经起锚离开了。”

斯塔克斯恨不得踢自己一脚。昨天，镇上和集市热闹的场景和嘈杂的声音让他应接不暇，他压根儿没想起来要找一位船长问问情况。

“斯塔克斯，你是从那边来的吗，”布鲁布斯问道，“悲伤之海对岸？”

斯塔克斯马上就对这个眼神温和的男人产生了好感，点了点头说：“遗憾的是我不知道怎么回去。”

“嗯，我和辛子会帮你留意消息的，”布鲁布斯说道，“现在我们帮你准备衣服。”

布鲁布斯愉快地帮斯塔克斯打点一切。斯塔克斯挑了一件朴素的棕色衬衫和一条蓝色裤子，在总店后边换上了。

“很不错，”布鲁布斯说道，拎着斯塔克斯那套结了一层盐花、破烂不堪的旧衣服问道，“这些怎么处理？”

“烧了吧。”斯塔克斯嫌弃地说道。

“嗯，扔到熔炉里就完事儿了。现在你焕然一新啦，而且马上就会有一个新家。”

斯塔克斯明白布鲁布斯想尽量表示友好，但布鲁布斯暗示斯塔克斯忘掉以前的家，这让斯塔克斯感到很沮丧。布鲁布斯也意识到斯塔克斯情绪的变化，于是伸出一只手拍了拍斯塔克斯的后背，另一只手指向店里的其他商品。

“今天你还需要别的东西吗？”

斯塔克斯想起矿业公司的那个男人曾经提醒过自己，坦妮太太对她要雇用的工人是有严格要求的。

“一把镐。”他说道。

“当然有！我拿给你看看。”

布鲁布斯走进里间，大声介绍着店里各种镐的优点。斯塔克斯瞥了一眼代金券，不知道自己能否买得起一件体面的装备，考虑着是否应该花光剩下的钱。斯塔克斯幻想着去拜访坦妮太太，他手里拿着一把亮闪闪的镐，却发现她是父亲的老朋友，非常乐意帮他回家，结果他却因为买了一把镐，所以没钱买一张渡过悲伤之海的船票。

“要是最终沦落到在矿井里工作，那实在是太蠢了。”斯塔克斯大声说道。事实证明，要改掉自言自语的习惯真的很难。

“斯塔克斯，你在说什么？”布鲁布斯从里间探出头来问道。

“他在自言自语。”辛子抱怨道。

“是吗？让他自言自语去吧！他当然没必要和你说话，这是你六个星期以来说话最多的一次了。”

辛子嘟囔着——也许只是嘴唇动了动——接着擦桶去了。

“斯塔克斯，眼下我们店里只有这一把镐。”布鲁布斯说道。他手里的镐沉甸甸的，是用木头、石头和铁制作而成的。

斯塔克斯打算买下这把镐，因为它的做工精良。等他回到家，就把福奇和匪徒们偷走的东西全都换成新的。假如他必须工作好几个星期才能凑够一张船票怎么办？从沙漠塔楼的废墟脱困之后，难道不该买点儿什么，为自己的好运气庆贺一下吗？

然而，还有一件事。

“能否给这把镐配一根长点儿的柄？”斯塔克斯问道，“我想要刚好一格长的柄，这个柄看起来有点儿短。”

布鲁布斯看了看辛子，对方耸了耸肩。

“完全没有问题，”布鲁布斯说道，“可我能问问为什么吗？”

“这是我父亲的习惯，也是我一贯的做法。”斯塔克斯说道。

斯塔克斯买下那把镐，布鲁布斯按照斯塔克斯的要求改装了它。这样一来斯塔克斯的代金券就全都用完了。向布鲁布斯和辛子告别后，斯塔克斯把这把新的镐扛在肩上，信心十足地爬上山坡，来到坦布尔斯矿业公司。这次矿业公司办公室的门开着。留着灰胡子的保安扫了一眼，好像没有认出斯塔克斯来，斯塔克斯觉得这是件好事。他有礼貌地向保安点点头，走进了办公室。桌子后面坐着一个头发花白、脸颊瘦削的女人。桌上堆满了账本，还放着一个牌子，上面写着：

古尼维尔·坦妮太太

经理

她长得有点儿像斯塔克斯的祖母。记忆里祖母虽然身材瘦削，却很结实，而且性格坚韧不拔。斯塔克斯觉得这件事有门儿。

坦妮太太的黑眼珠从他的衣服移到那把镐上，最后落在他的脸上。

“镐是全新的，从来没用过吧？”她说道，听起来好像是斥责，“上边没有任何划痕和磨损。”

斯塔克斯原本非常担心如果来的时候没有带镐，坦妮太太会瞧不上他，却没料到她会为了他带着镐而指责他，这让他觉得非常不公平。斯塔克斯不知道该怎么办，只好张口结舌地站在那儿。

“那把旧的镐弄丢了。”最后他说道。

“粗心大意，”坦妮太太厉声说道，语气一点儿都不慈祥，“我们这儿绝不允许这样的事发生。”

斯塔克斯想解释一下他的遭遇，但还是放弃了。坦妮太太可能会认为他的家园被毁以及他被困在荒凉的海滩上都是他的粗心大意导致的。

我有义务提醒各位，斯塔克斯认识的人并不多。在他成年以前，大部分时间他都是和猫咪、花草树木一起度过的——这些伙伴虽然可爱，但不会跟他交谈。于是斯塔克斯变得很孤僻，在自己的庄园里与世隔绝。斯塔克斯觉得自己完全不会和别人打交道。

现在他置身于主世界，发现了很多人身上有我们已然熟知的那种东西：表面上，他们很有趣，但不是那种让你发笑的有趣，虽然这是一个人的优秀品质。有趣这个词还有另外一种含义，那就是独特。我们所有人在许多方面都很独特，即使不被别人了解，我们也不在意，大部分的独特是对人无害而且不惊扰他人的。但很不幸，有一些人的独特之处让他们非常难以相处或者让人很不愉快。斯塔克斯不清楚坦妮太太的独特属于哪一种，他所能了解的就是她在面试中的表现。假如坦妮太太的独特刚好是最麻烦的那种，情况可就不妙了。

“你用过丢的那把镐吗？”过了一会儿，坦妮太太问道。

“当然用过。”斯塔克斯回答，尽量让自己的措辞更吸引人，“是这样的，实际上我干了一辈子矿工，我叫斯塔克斯——全名是斯塔克斯·斯通卡特。‘斯通卡特的名字就是金字招牌’，我父亲以前总是这么说。”

斯塔克斯希望斯通卡特这个响亮的名头能让坦妮太太吃惊地抬起头来，然而她只是发出一些毫无意义的声音，类似“啊”和“嗯”之类的，或者只是嘟囔了一句什么。

“您认识我的父亲吗？”斯塔克斯问道，“他一直为我们家族的矿业公司工作，经常到处游历。我想他可能来过坦布尔斯港。”

“我从没听说过斯通卡特这个名字。”坦妮太太说道，斯塔克斯泄气地低下了头。

坦妮太太从堆积如山的账册里取出一本翻开：“现在我要审核你的资历。你有恐高症吗？”

“没有。”斯塔克斯说道。他想起在斯通卡特家族的矿井里，福奇·坦普洛站在楼梯边缘，因为恐惧而往后躲的样子。可那个人把斯塔克斯家洗劫一空，然后毁了一切。

“你有幽闭恐惧症的病史吗？也就是对狭小空间的恐惧症。”

“我听说过。”

“很好，你有这种病史吗？”

“我没有幽闭恐惧症病史。”

“你怕黑吗？”

“不怕。”

“你害怕掉进熔岩里被烧死吗？”

“什么？”

“你害怕掉进——”

“当然害怕，任何一个有理智的人都会害怕的。”

“嗯。”坦妮太太说道，在另一行打了一个钩。

“最关键的一点是别掉进熔岩里，对不对？”斯塔克斯问道，“我的祖母教会我的父亲怎样避免掉进熔岩里去，而我的父亲则把这个技巧教给了我。他还教我如何判断是否在一个熔岩池底下挖掘，那才是最危险的。”

“我又不雇用你的祖母和父亲。”坦妮太太说道，“你怎样看待被僵尸砍成碎片，被骷髅射成刺猬，还有被苦力怕炸得粉身碎骨？这些是不是让你很害怕？”

“非常害怕。”

“即便如此，你也想当矿工吗？”坦妮太太问道，她的身体往后靠，双手交叉抱在胸前。

“那些事情听起来很可怕，但只有你在矿井下犯了错才会发生。”斯塔克斯说道，“正确地放置光源就能把怪物挡在外面。假如你凿开了一个洞穴或者一道裂缝，先把通道堵住，然后找另外一条路绕过去，或者带着足够的人手慢慢地进入，这样做就能避免危险。这是我在家族矿井里工作时学到的知识。”

坦妮太太盯着斯塔克斯好一会儿，竟然微微一笑，出乎他的意料。

“招进来一个掌握采矿常识的人真是太好了，”她说道，“很多应聘的人连用镐的哪一头来凿岩石都不知道。你什么时候能来上班？”

本来斯塔克斯并不是非要找一份工作不可，但现在对追踪福奇和回家没有丝毫头绪，还有个原因就是他囊中羞涩……

“现在可以吗？”斯塔克斯问道。

“年轻人就是急性子，非常好。”坦妮太太说道，“既然你一眼看上去不是个笨蛋，还挺适合这份工作的，那我就说说我们是怎么干活儿的吧：工作的时候三个人一组，两个矿工负责挖掘，一个矿工负责监督。每个人轮换不同的岗位，把矿石和宝石收集起来送到地面上。矿工按日领取薪金。只要挖到东西，团队还会得到奖金。挖到闪长岩和花岗岩的奖金比较低，挖到煤炭、铁块和红石的奖金比较高，挖到黄金、青金石和钻石还有额外的奖金。”

“绿宝石呢？”

“假如你能在坦布尔斯地底下挖到绿宝石，那你就创纪录了。”坦妮太太说道，“你将从矿井的上层开始工作。这个月巴纳克先生负责管理采矿队伍，他手下缺一个人，所以我让你跟着他。你会发现他是个有趣的人。”

斯塔克斯不清楚这句话是什么意思，也不能确定自己是否喜欢她说的工作，可坦妮太太还没说完呢。

“巴纳克先生不好相处，但你要有耐心。你只要忍耐几个星期，等工作上手后，我就把你换到采集宝石的队伍里去。当然，要是你偷懒的话，我会马上开除你——别怪我没有事先通知。还有什么问题吗？”

“我睡在哪儿？”斯塔克斯问道。

“矿工宿舍。不开工的日子，如果你在那里睡觉或者吃饭，费用从工资里扣除；如果在井下工作的话，一切免费。你还有其他问题吗？”

斯塔克斯摇了摇头，这么快就确定了一切，他有点儿反应不过来：“没有问题了。”

“欢迎来上班，”坦妮太太说道，“先去矿井入口的那栋房子找丽娅小姐，她会给你分配一张床和一口装私人物品的箱子，给你配上火把和口粮。拿到东西后，如果你没事，就跟着巴纳克先生的团队一起进矿井。祝你好运，斯通卡特先生。”

斯塔克斯跟坦妮太太握了握手，拿上镐，向采石场入口走去。

“想想看，祖母也是个古怪又倔强的老人家呢。”他自言自语。沉浸在回忆中的他露出了微笑。

第十七章

下矿井

就这样，斯塔克斯变成了坦布尔斯矿业公司的一名矿工。

巴纳克先生团队里的其他矿工让他有种熟悉的感觉，很像他记忆中斯通卡特家族矿井的学徒工。他们当然不是同一批人，但巴纳克团队里的矿工确实让斯塔克斯想起了以前受雇于自己家族的矿工。

克瑞索喜欢安安静静地工作，除了举起他肌肉发达的手臂挥镐，把岩石一块接一块地砸成松散的碎片外，不喜欢其他任何声音；霍迪的性格像个大孩子，他喜欢聊天，到处吹嘘采矿赚大钱后要做大事；比卢普斯就像斯塔克斯父亲提过的一位矿务律师，对任何事情都满腹牢骚，总是有自己的不同意见；坦纳对岩石成分的变化很有兴趣，但对安全措施粗心大意，常常忘带防护装备；吉尔沃刚好相反，如果有什么东西不符合他的要求，他甚至会拒绝挖矿。还有一些矿工，比如派克斯、吉本斯、乌利亚斯，还有其他一些他还没有弄清楚名字的人，这些人除了做好本职工作然后回家外，没有给斯塔克斯留下特别的印象。

唯一让斯塔克斯搞不懂的矿工是个名叫奥斯克·菲卡的年轻女人。

奥斯克皮肤白皙，有一头乱糟糟的红头发。在挖矿方面她不是特别在行：一方面，她不是很强壮，其他身体强壮的矿工还在岩石上凿着的时候，她经常要停下来拄着镐休息；另一方面，她经常分心，常常对那些愿意听她瞎扯的人讲述关于自己梦想的伟大发明，说如果坚持下去，必然会改变世界。奥斯克解释说，实现这些奇思妙想最关键的东西就是红石。

斯塔克斯对斯通卡特家族矿井里的红石非常熟悉：它是一种在地下深处发现的闪闪发光的红色矿物质，是制造指南针和钟表的原料。但一直以来，市场对红石的需求并不大，红石往往会被储存起来。斯塔克斯的祖母说，红石"虽然漂亮，但没什么用"，所以斯塔克斯一直也是这样认为的。

除了巴纳克先生，其他矿工都能容忍奥斯克，因为她和蔼可亲并且总是心情愉快。巴纳克先生讨厌奥斯克，动不动就找机会斥责她。

还记得我们讨论过人们的独特之处总是很有意思的吗？很不幸，有时候这种独特会给其他人造成负担。恐怕这是对巴纳克先生很准确的描述。

只用了几秒钟，斯塔克斯就明白自己和巴纳克的关系好不了。巴纳克是个满脸怒气的大块头，跟斯塔克斯握手的时候非常用力，握得斯塔克斯的手都疼了。然后巴纳克说："听说你是个富二代。"

斯塔克斯刚要解释自己的财产不过是一套衣服、一把镐、一把木剑、一张床、两支箭（连张弓都没有）、两根线和一个指南针，还有坦布尔斯港总店里得到的面值很低的代金券。这些东西加起来肯定不能叫作富有，但他感觉巴纳克对此并不感兴趣——事实上，巴纳克已经警告过斯塔克斯，绝对不会容忍懒人，因为采矿是很严肃的行业。巴纳克大声说了一些话，其实是向斯塔克斯和其他矿工表明，他——巴纳克先生，必须拥有绝对的权威。

所以斯塔克斯只能回答"是的，阁下"和"不是，阁下"，只能寄希望于巴纳克在看到斯塔克斯真的很懂采矿后，两个人能够相处得融洽一些。

有意思的是，斯塔克斯不得不承认，直到最近自己依然是个懒汉，除了砍掉偶尔长出来的小橡树外，整天无所事事。他都忘了自己上一次到斯通卡特家族矿井下工作是什么时候的事了。

斯塔克斯可不想把这些事告诉巴纳克，只有自己努力工作，才能让对方没有办法抱怨。让斯塔克斯感到欣慰的是，他发现这几天干的活儿（包括从沉船上砍木头和不停地划船）

让他的双手更结实，手臂更强壮。在矿井里干了一整天的活儿，虽然中间没有休息，他也能应付。

斯塔克斯惊讶地发现，虽然在矿井里的工作中断了这么久，其实自己很享受进入地下的时光。他很快进入状态，习惯了挖矿——放好火把，感觉镐的尖端凿进岩石里，打碎面前的一块石头并清理干净，然后探查底下有什么东西。

他还记得父亲教过的预防措施：挥镐的时候，必须确保身后没人；保持矿井里灯火通明；检查头顶、四周及脚下是否有水渗出或者是否温度过高；倾听是否有僵尸的咆哮声和汩汩的流水声。

对斯塔克斯来说，这些都是轻车熟路的事，而且他也能从中发现不少乐趣，乐趣来自带着点儿凉意的风，线条清晰的岩石，还有铁器砸过岩石那种轻微又刺鼻的煳味。在坦布尔斯的地下工作还不算坏。可这项工作他并不想干太久，更不想一辈子都这么过，但这还不是斯塔克斯最害怕的那种折磨。

至少在巴纳克离开斯塔克斯和其他矿工的时候，斯塔克斯是愉快的，只是这种情况很少发生。巴纳克总能找到理由批评斯塔克斯和其他人，而斯塔克斯是最让巴纳克生气、让巴纳克大喊大叫的人。巴纳克对斯塔克斯的抱怨主要是动作慢，不论是负责挖掘还是当监工都这样。在巴纳克眼里，斯塔克斯做任何事都需要花额外的时间，这不是因为斯塔克斯重视安全，而是他为自己想偷懒找的借口。

他们之间的第一次冲突发生在斯塔克斯上班两周后，也就是这个月的最后一天。另一位团队负责人温文尔雅的库普先生要和巴纳克轮班开采矿石。巴纳克的团队从第二天开始就要在矿井里更深的地方工作了，那里的矿石更多。这意味着巴纳克团队的矿工和巴纳克本人有可能拿到更多的奖金。

那天轮到斯塔克斯当监工，于是他命令两个负责挖掘的工人——刚好轮到霍迪和吉尔沃——按照父亲教他的方法采矿。首先他们挖了一条两格宽、六十四格长的主隧道，这样矿工们就可以并肩工作了。他们把火把插在隧道的左侧——只能插在左侧——每八格放一支火把。

你可能觉得这些尺寸过于精确了，但我可以告诉你，它们是正确的。你是不是很想知道斯塔克斯是如何在地底下精确测量距离的？答案就在他要求布鲁布斯改装的镐柄上。镐柄刚好是一格的长度，这样一来，镐不仅可以用来开凿岩石，同时也是一件精确的测量工具。当斯塔克斯第一次给矿工们演示时，大家都纷纷表示赞赏。现在他们的挖掘工作变得很精确，斯塔克斯几乎不用去纠正他们。

霍迪兴致勃勃描述自己要建造的海底玻璃房，这让吉尔沃分散了注意力。除此之外，连吉尔沃也觉得没什么好抱怨的。这座房子是霍迪打算为心上人建造的，他们为公司找到钻石矿脉后拿到一大笔财富就可以实现这个愿望了。这让斯塔克斯想起了悲伤之海那些长着尖刺和鳞片的守卫者——他的胸口被严重烧伤，留下一道粉红色的伤疤，他怀疑这伤疤一辈子都不会消失。斯塔克斯开始发抖，可他并不想告诉霍迪自己与死神擦肩而过的经历。只要霍迪能努力工作，就让他一直做着海底玻璃房的美梦也没什么坏处。

他们用了差不多一个上午的时间挖掘主隧道，还发现了几条短的闪长岩矿脉和一条花岗岩矿脉。在斯塔克斯的坚持下，霍迪和吉尔沃把他们挖出来的那些碎石头拖到隧道的交汇处。那里有间休息室，他们把碎石头放在箱子里当作贮存石料。他们回来后，斯塔克斯检查了干净、笔直的主隧道，非常满意。

“好了，先生们，赚钱的时候到了。”他说道，指挥其他两个人在主隧道两边各挖一条分支隧道。他解释说，这两条分支隧道正好长十六格，在八格的位置放置一支火把，隧道尽头还有一支火把。

吉尔沃在右边的分支隧道走了一半的时候遇到煤层，几分钟后霍迪大叫起来，说他在自己这条隧道的顶部发现了铁矿。斯塔克斯让兴奋的霍迪冷静下来，找到了吉尔沃。隧道顶部的铁矿石矿脉弯弯曲曲，只有几格长，而煤炭矿脉却很长，一直延伸到下一条分支隧道的位置。

矿脉被他们开采一空，斯塔克斯让其他两个人把煤炭和铁矿石搁一边，先用鹅卵石填平空隙，修复分支隧道原先的路线，而不是放着挖得千疮百孔的坑道不理不睬。然后他命令大家停下来，一起坐在主隧道里，吃着香甜又松软的面包，上面的蜂蜜是斯塔克斯去总店的路上买来的。

他们还没吃完这顿简单的午餐，巴纳克就来了。

“你们偷懒！”他大吼着，大步走下隧道后站住了，双手叉腰俯视着他们仨，“游手好闲的懒汉，浪费公司的钱，让我的奖金泡汤了！”

霍迪和吉尔沃几乎同时跳了起来，紧张地眨着眼睛，但斯塔克斯慢条斯理地吃完最后一口面包才站起来。

“嗨，不用站起来了，斯塔克斯阁下。”巴纳克冷笑着说道，“在其他人努力工作的时候，你们为什么不把余下的时间也花在吃东西和打盹儿上呢？”

斯塔克斯很好奇，巴纳克是如何知道“斯塔克斯阁下”这个带有侮辱性的外号的——难道他认识商队的齐根和里佐吗？斯塔克斯想起来，就在几个星期之前，自己确实成天都在吃东西和打盹儿。如果能回到那种生活中，他就太开心了。但无论如何，他都不需要跟巴纳克挑明。

“至于你的奖金，巴纳克先生，我很自豪地告诉你，今天早上我们的收获不小，”斯塔克斯说道，“吉尔沃先生发现了一条煤炭矿脉，霍迪先生发现了一条铁矿脉。”

“‘至于你的奖金，’”巴纳克傲慢地说道，声音越来越大，模仿着斯塔克斯的语气，“先生这个，先生那个。你别糊弄我，斯塔克斯阁下。别想用谦恭的态度掩饰你无所事事的真相。如果你坚持工作而不是给自己放假的话，你还能发现什么？想过没有？”斯塔克斯想为自己辩解，但巴纳克已经大步跨过了右边的分支隧道。巴纳克的脸变得通红，他越来越生气。

“这就是你找到煤炭的地方吗？你们为什么把墙壁都封起来？浪费时间！到底有什么用？这样墙面看起来更漂亮吗？我不知道你在你父亲的矿井里是怎么工作的，斯塔克斯阁下，但是在这里不需要好看，我只要矿石和宝石！”

吉尔沃张开嘴正要抗议，但是斯塔克斯摇了摇头。

“这么做不是为了让墙壁更好看，”斯塔克斯告诉巴纳克，“是为了——”

“为了你始终能知道自己的位置。”另一个声音接着说。

说话的是坦妮太太，她的脸色比斯塔克斯第一次见她那天更加严厉。巴纳克看起来很惊慌，坦妮太太在主隧道中来来回回地走了好几趟，然后检查了两条分支隧道。

“斯塔克斯，我看到你已经开挖了第一条主隧道，”她说，“下一条主隧道的长度是多少？”

“八格长，”斯塔克斯回答，“接着挖一条与主隧道平行的隧道，也是八格长，每八格放一支火把，走廊尽头再放一支火把，这样就形成了一个网络。”

“这张网络的每一处都被照得亮堂堂的，你用最少的火把做到了这一点，”坦妮太太说道，“火把必须在隧道左侧，对吗？”

斯塔克斯点点头。

“不管矿洞中的网络如何扩张，用这种方法永远都不会迷路，”坦妮太太说道，转过身威严地盯着巴纳克，“如果你不知道自己的位置，只要保持火把在你的右侧，一直走，就能到达一条比较宽的隧道了。斯塔克斯，这就是你们家族地下隧道的开凿方法，对吧？”

“是的，”斯塔克斯说道，“这套系统是我的父亲和祖母一起研究出来的。”

“他们真是非常杰出的矿工，”坦妮太太说道，“巴纳克先生，这就是我一直跟你说的系统。我说过不止一次，而是好几次。我们弄一个示范工程吧。斯塔克斯，我要求用你的方法建成一个隧道网络。完成以后，我们统计一下所耗费的时间和矿石产出数量。结果可能……对我们团队非常有益。”

“遵命，夫人。”斯塔克斯说道。

“好吧，继续工作。”坦妮太太说道，然后迅速地转身，顺着来时的隧道回去了。

斯塔克斯马上就做出决定，还是学聪明点儿，别再让巴纳克的处境变得更尴尬。

“吉尔沃先生，霍迪先生，我们仨继续干活儿，”斯塔克斯说道，为了表示强调还拍了一下手，特地不往巴纳克那边看，“照着坦妮太太说的做，快点儿。”

吉尔沃和霍迪举起镐，跟着斯塔克斯往支线隧道的深处走去，但斯塔克斯明显感受到巴纳克恶狠狠的目光，甚至还能感觉到巴纳克胸中燃烧的怒火不亚于悲伤之海里的守卫者们。斯塔克斯预感到以后会有更多的麻烦。

吉尔沃也有相同的感觉。

“这可糟了。”在巴纳克撇下他们三个人离开后，吉尔沃小声对斯塔克斯说，“以后他肯定会每天死盯着我们，怕我们拖了他的后腿，让他拿不到奖金，还会找碴儿说我们企图欺骗他或偷懒。”

“别担心那些事。”斯塔克斯说道，“我们唯一能做的就是努力工作，希望能找到储量丰富的矿脉。跟着我没错，走着瞧吧，今天我们不是已经发现煤矿和铁矿了吗？”

“对巴纳克来说，这远远不够。”霍迪说道，“自从白兰地山矿破产以后，他就一无所有了。”

“别提那个名字，”吉尔沃面露怒容，厉声说道，“那个名字太不吉利了。”

“对不起。”霍迪说道，要不是斯塔克斯继续追问，他肯定会保持缄默。

“白兰地山矿是怎么回事？”

霍迪看了看吉尔沃，吉尔沃却厌恶地高举双手。

“它就在东边山坡的另一侧，”霍迪说道，“巴纳克跟坦妮夫妇打包票说下边是宝石矿，在遭到质疑后，巴纳克一赌气自己也砸了很多本钱下去，结果证明他失算了。打那以后，为了把坦妮夫妇和自己的血本赚回来，他疯狂地挖矿。”

“真有那么不吉利吗？”斯塔克斯问道。早些年他认识一些迷信的矿工，每个人都知道采矿业变幻莫测——可能你跟钻石矿脉的距离只有一格，却一千年都找不到它。倒霉矿工的故事他听过不少，但不吉利的矿井听起来还挺稀奇的。

“斯塔克斯，我在那儿工作过，这些都是真的。”吉尔沃说道，“日复一日地挖，可是除了石头，什么都没有。我们运出了一百多个装满岩石的箱子，只挖出两块摞在一起的煤。矿工们从没见过这样的情况，所以现在对它避而不谈。假如巴纳克先生无意中听到谁提起‘白兰地’这个名字，他肯定会大发雷霆，接下来几天有那个人好受的。”

“原来如此，”斯塔克斯说道，“多说一些这口矿井的情况，我想知道关于这口矿井的一切。”

第十八章

奇怪的人

在坦布尔斯矿业公司上班的这段时间，斯塔克斯养成了每隔三四天就去逛一次总店的习惯。去矿工宿舍以外的地方走走，不用谈论矿石和宝石的话题，能让他放松下来，而且他很喜欢布鲁布斯随时提供的各种新闻和小道消息。

每次来总店的时候，斯塔克斯总会跟布鲁布斯打听有没有旅行者提起过悲伤之海以外的那片土地，但得到的答案都是否定的。后来，斯塔克斯在总店里一次又一次听到令人失望的回复后，心里明白不可能有其他答案了。如果他想回家，看起来没办法指望某个消息灵通的船长带他走了，必须想其他办法。

斯塔克斯唯一能想到的解决方法却把自己吓了一跳：必须找到福奇·坦普洛。只有福奇才知道如何从悲伤之海的东岸回到斯通卡特庄园。当然，还有一个原因，福奇必须为他所犯的罪行付出代价。

然而斯塔克斯一边摆弄着福奇掉落的指南针，一边幻想着复仇，他还是无法想象如何面对福奇这个残忍的匪徒。事实证明，在过去的几个星期里，斯塔克斯能够克服困难，在危险的处境中生存下来，他还记得挖矿的手艺，并且习惯了在地底下长时间辛苦劳动。可这些并不能让他变成一位战士。斯塔克斯手头除了一把木剑和两支捡来的箭外，并没有其他像样的武器。他明白，自己必须有更多的筹码，才能对抗福奇。

因此，当斯塔克斯无意中听到布鲁布斯和一个皮革商人谈论一个他们称之为大当家的人时，斯塔克斯觉得自己的运气来了。听着他们的谈话内容，斯塔克斯感觉无论这个神秘的人物是谁，都当得起大当家这个响当当的名头。

接着，布鲁布斯和皮革商人为一船兽皮讨价还价。这时斯塔克斯想起来，他以前听其他矿工、总店的顾客或者客栈里的本地居民提起过大当家这个名字。当皮革商人离开的时候，斯塔克斯装作不经意地走近柜台。

“你们刚才谈到一个名叫大当家的人，”斯塔克斯问道，“他是谁？”

“你还不知道谁是大当家？”布鲁布斯惊讶地看着斯塔克斯说，“是谁将达克·乌里克绳之以法的？是谁捣毁斯普林特家下面的苦力怕老巢的？又是谁让穆拉文的强盗们逃往荒野的？”

斯塔克斯摇了摇头。

“啊，他是我们的英雄，”布鲁布斯说道，“在镇子外头、东边山上住了一个星期啦。尽管我怀疑他去没去过悲伤之海以外的地方，如果你想问的是这个的话。”

“不，那不是我所说的地方。”斯塔克斯说道，“那么，他是个经验丰富的战士？”

“如果传说是真的，他就是这一带最厉害的剑客。”布鲁布斯说道，“虽然我好多年没见过大当家，可他以前经常来这里。据说他以自己的城堡为基地，去一些奇怪的地方探险，比如下界乃至末路之地。无论在什么地方，只要有恶魔欺凌好人，他都会出现。”

斯塔克斯心中再次燃起了希望。他认为自己是好人，所以才会遭遇恶魔的暴行。

“因此人们总是向他求助？”斯塔克斯问布鲁布斯。

“确实如此，”布鲁布斯回答道。“虽然我听说大当家会向求助的人索要他们负担得起的报酬，但不是为了自己，而是为了能够帮助其他人。”

“那他是个见钱眼开的人吗？”斯塔克斯问道。

布鲁布斯一开始想否认，然后笑着说：“听起来好像是这样的，对不对？斯塔克斯，我来给你上一课：别以为真实的英雄都和传说中一样。事实上并非如此，我认为把他们放在一起来比较并不公平。一群穷得叮当响的农民向大当家求助，想赶走穆拉文的强盗，我听说大当家同意了，只不过让农民们提供够他吃一个星期的面包。可法纳卢王室的双胞胎被绑架，大当家解救了王子和公主，作为报酬，国王和王后同意在孩子们下个生日之前免除一切税收。这很公平，对不对？”

“你说得对。”斯塔克斯说道，谢过布鲁布斯后离开了总店。他陷入沉思，试着想象自己来到大当家的山顶城堡，向这位了不起的勇士讲述福奇·坦普洛对自己所犯下的罪行后，大当家会说些什么。

斯塔克斯不愿意承认自己的经历跟王子和公主的失踪案很相像，都比农民受到强盗的骚扰严重得多，这就意味着大当家开的价很可能比够他吃一个星期的面包高多了。矿工拿到的工资和奖金太少了，只够总店里的花销，离皇室赎金的数额差得太远了。

斯塔克斯忽然有了主意。

“你想做什么？”坦妮太太问道。

“重新开采白兰地山矿，”斯塔克斯说道，“我不相信它不吉利或者被诅咒过，不管你的矿工们怎么想。我想试试用我的系统，嗯，我们家族的系统，看能为你挖到什么宝贝。”

坦妮太太在桌子的另一边凝视了他好一会儿，目光无比犀利。

“我在你和其他人面前让巴纳克难堪，是因为我已经忍了他很久。”她说道，“我已经说得很清楚，如果你开采白兰地山矿是为了再次打击他，那可不行。这就是问题所在，不是吗？”

“当然不是。”斯塔克斯回答。

“那是为什么？”

“为了正义。”斯塔克斯冷峻地说道，“有个人毁了我的人生，我要让他为此付出代价。”

“把整件事的来龙去脉讲一下。”坦妮太太说道。

于是斯塔克斯原原本本向她讲述了福奇·坦普洛如何洗劫了他家，他如何被困在孤岛上，找不到回家的路，还有关于大当家的事。坦妮太太把胳膊肘放在面前的桌子上，指尖搭在一起，面色凝重地听着。

“我知道大当家这个人，可没见过他。”坦妮太太说道，“你想雇用他帮你找到福奇·坦普洛，并且将其绳之以法。可如果这么做，你需要钱。”

“没错。”

“别担心，你正在赚钱。”坦妮太太说道，“上一次挖矿所得的奖金很丰厚，下个月你将加入挖掘宝石的队伍，有望拿到更多的奖金。”

“我知道，但时间有点儿紧。”

“明白了。在这种情况下不要优柔寡断、扭扭捏捏的，说说你的建议吧。”

斯塔克斯低头看着自己的双手。因为整天抡镐，他的手掌布满了老茧，非常粗糙。

“我想利用业余时间挖掘白兰地山矿，任何自愿跟我一起工作的矿工都可以来。你支付他们的工资，但不用支付我的工资；其他矿工还可以领取标准奖金，我来拿队长奖金；当然，你拿老板应得的那部分。”

“即使白兰地山矿的报酬符合你的预期，也不足以支付你雇用大当家的费用。”

“我知道。”斯塔克斯说道。

“你打算怎么办？”

“如果白兰地山矿回报丰厚，你可以扩大经营范围，雇用更多矿工。”

“你想当队长，”坦妮太太说道，“是这样吗？”

“你说得对。”

斯塔克斯耐心等待坦妮太太思考这个提议。他几乎能看见她的大脑正飞快地运转着，然后反复推算。

“我有几个条件。”她说道，“第一，你每晚最多轮班工作四个小时，我可不想让一群疲惫的矿工在正常工作时间出岔子；第二，必须是三人一组——你和另外两个矿工；第三，你只能用这个月剩下的时间证明自己的判断是正确的，过期不候。”

斯塔克斯盘算了一下，坦妮太太给他的时间大概是一个星期。他有点儿担心来不及，但还是点了点头。

“第四，巴纳克要平分你的矿工队长奖金。”

斯塔克斯正要反对，坦妮太太举起手制止了他：“斯塔克斯，我知道巴纳克很难相处。实际上我了解的情况比你多。但他从一开始就跟着我和我的丈夫，那时候我们只是在山洞里胡乱掏东西的两个傻瓜。他对我们很忠诚，所以我不能亏待他，巴纳克必须拿到属于他的那一份儿。”

“好吧。”斯塔克斯说道，好像自己没有选择的余地。

“你想叫上哪几个矿工？”

“克瑞索和坦纳。”斯塔克斯说道。

“这两个人都不能跟着你，”坦妮太太说道，“他俩是每个队长都看重的矿工，我要把他们放在最重要的位置。”

“那就霍迪吧。”

“你要是选霍迪的话，必须把奥斯克带上。”坦妮太太说道。

“那个小发明家吗？她连镐都抡不动。”

“我知道她不是个好矿工，不过我觉得她为你工作肯定比为巴纳克工作卖力多了。”坦妮太太说道，“事实上她很聪明。现在我提最后一个条件：我要你去镇子边上她的实验室参观。我无法判断奥斯克到底是天才还是疯子，或者兼而有之。我需要另外一个人的意见，才能得出结论。”

“也就是说，”斯塔克斯确认道，“每晚一班，奥斯克和霍迪归我管，巴纳克拿一份儿钱，我一直干到这个月底。首先我要去看看奥斯克的‘疯狂机器’。”

“没错。”坦妮太太回应道。

“成交。”斯塔克斯说道，比了一个成功的手势。

斯塔克斯请了一天假。时间宝贵，不能浪费。那天下午，斯塔克斯征得坦妮太太的许可，前往奥斯克的实验室。

按照坦妮太太的指点，斯塔克斯找到了坦布尔斯港郊外的一栋小房子，这栋房子给他留下了深刻的印象。和周围的房子一样，房子前面的一小片草地上摆放着得到精心照管的鲜花。这栋房子门口没有火把或者灯笼照明，却摆着一个奇特的多面立方体。

“真奇怪。”斯塔克斯说。他还没有彻底改掉自言自语的习惯，在周围有其他人的时候还能忍住，但现在只有他一个人。

他走到门廊上，发现房子的前门是用铁做的，不是坦布尔斯港常见的橡木或者白桦木门。斯塔克斯敲了敲门，被敲击金属发出的当当声吓了一跳，然后等待着。

没人开门，斯塔克斯又敲了敲门。这次他听到里面有个沉闷的声音在喊着什么。

“听不清！”他大叫着。

“那个按钮！摁那个按钮！”

斯塔克斯发现门旁边有一个小木块，就按了一下。房子里传来悦耳的铃声，门猛然打开了，差点儿撞上他的头。斯塔克斯后退一步，发现门口那个奇怪的立方体发出暖黄色的光芒。

奥斯克来到门口，穿着一条遍布红色污点和条纹的皮围裙。

“啊呀，斯塔克斯你好！”她说道，“你没看见牌子吗？”

“这里没有牌子呀。”斯塔克斯回答。

“没有？天哪，你说对了，没有牌子。我忘了把它挂上去，这太麻烦了。”

奥斯克转身进去，过了一会儿，拿着一块写着“请按门铃”的牌子回来了，然后把牌子靠在房子外面的墙上。

“这是红石电路，”她解释道，“我可以通过它来开门，当我在实验室的时候它可以给我报信，这样我就能决定见不见来访者了。我正在考虑在门廊地上挖个坑，你懂的，主要因为总有推销员上门。哈哈，开玩笑，那样会惹麻烦的。总之，这个装置是不是很厉害？再加上它能让灯亮起来，所以你在夜里也能看得清清楚楚。”

“灯在门外面，”斯塔克斯告诉她，“如果你已经走到门前，灯才亮起来，那就有点儿晚了。”

“哎呀，你说得对。我怎么没想到这一点。”

奥斯克看起来垂头丧气的，斯塔克斯为她感到难过。“对你来说，这是一件小事，要改过来的话轻而易举。”他安慰道。

“对，小菜一碟！你说得对，轻而易举！其实我应该能让灯在黄昏的时候自动亮起来。这个主意不错。谢谢你，斯塔克斯！”

“别客气。”斯塔克斯茫然地回答，其实他并没有想这么多。

“总之，见到你真高兴。我曾经建议坦妮太太派你来看看我的发明，结果你真的来了。非常欢迎！赶快进来！”

“等等，你让她派我来的？”

“当然啦，你那个小窍门，是改装镐的手柄吧？真是个很有意思的创新。采矿业需要更多的发明创造。而且，我的中间名[7]就是‘创造’。其实我中间名是尤妮丝，不过没关系。赶快进来，我有很多东西给你看！”

奥斯克家里一片狼藉，地上到处都是装备，好像刚刮过一阵龙卷风似的。奥斯克领着斯塔克斯来到房间角落的一扇活板门前面，按了一下门边的按钮，但没有动静。

“真麻烦。”奥斯克试了很多次都没有反应，于是自己伸手打开活板门走下了梯子。

斯塔克斯跟在她身后，进入一间乱糟糟的地下实验室，里面堆满了各式各样让人眼花缭乱的东西：铁轨、像是用鹅卵石做的低矮方墩和戳着木棍的石块。桌上堆着好多书，纸上潦草地画着表格，看起来黏糊糊的球带着难看的绿色，还有一堆堆颜色鲜艳的红石粉末。

“你挖矿所得的报酬全都用在这儿了吗？”斯塔克斯吃惊地问道。

“什么？不是的，我只是为坦妮太太工作，因为我觉得这会给我带来发明的灵感，而且她以优惠价卖给我红石。”

“明白了。奥斯克，你究竟是做什么的呢？”

⑦一些国家或民族的人姓名中首尾之间的字或单词。

“嗨，只要有人付钱，让我做什么都可以！”奥斯克笑嘻嘻地说，“现在不都是这样吗？事实上，我是附魔师——坦布尔斯港数一数二的附魔师。嗯，还有格林布尔，他也很厉害，可能我排名第三吧。无论如何，我是个正宗的附魔师，但说实话，这让我很烦。所以我也是建筑师和工程师。我的目标是成为发明家。”

“发明家？”斯塔克斯问道。

作为回答，奥斯克捧起一把深红色的粉末。

“你知道这是什么吧？”

“当然知道，”斯塔克斯回答，“这是红石。人们常常用它来制作指南针和钟表。”说话的时候，斯塔克斯的手不自觉地在口袋里摸索指南针，他还幻想着用钻石剑对准福奇·坦普洛。

“指南针和钟表？”奥斯克反问道，头摇得像拨浪鼓，“好好想想吧，斯塔克斯！红石的作用远不止这些！你可以用它来传送能量和制造机器。这样吧，我给你看样东西，它可能会改变整个采矿业。哎呀，那张示意图哪儿去了？”

奥斯克整理了一下文件，拿起又扔下画着各种复杂装置的图纸，然后把其中一张伸到了斯塔克斯的鼻子底下：上面是一套庞大的方块和杠杆的组合系统，在上面标着……

“它可以激活 TNT？”

“太对了！”奥斯克激动地说，“你看，这套装置可以自动完成排水作业，能在一天中合适的时间段清理一个巨大的采石场，那样我们就可以加快坦布尔斯港的工作进度。”

“假如有足够的TNT，我们能摧毁一座城市，”斯塔克斯说道，“运气好的话，还能得到一大批绿宝石，甚至能把采石场买下来。而且如果坦妮太太不介意的话，我们还能把这座山夷为平地。”

“嗯，这仅仅是个设想。”奥斯克带着戒备的神情说道。

“很聪明。”斯塔克斯说道，其实他觉得奥斯克提出的关于机器的设想很吓人，“奥斯克，你了解我们的矿场。有没有小点儿的东西，而且更便宜些的？”

“当然有，等着！”

奥斯克急忙跑到一组书架那里，一头扎了进去，接着响起嗡嗡声和咔嗒声，闹出一阵很大的动静来。过了一会儿，奥斯克出来了，身上穿着皮革盔甲，一只手拿着镐，另一只手拎着一个铁桶。

“看！”她放下镐，做了个鬼脸，摆摆手说，“这是我的失误，手放错地方了。我管这个叫作‘矿工瞬间装备’，最多三十秒就能穿好装备出门，顶呱呱！”

“它能有效防止坦纳忘记自己的装备，”斯塔克斯说道，“但是你知道，很多人在地下是不穿盔甲的，那东西太重了。我能自己拿镐，要感谢一种叫作对生拇指的附魔术。”

“好吧，如果你想用老办法做事情的话，也没问题。”奥斯克嘟囔着脱下了盔甲，但是过了一会儿又兴高采烈地说，“这个（光线传感器）怎么样，看到了吗？它能感知夜幕降临，把矿井下所有的红石灯打开。”

“奥斯克，即使在白天，井下也很黑，你必须一直开着灯。”

“哎呀，你说得太对了。不知道怎么回事，我总是忘记这一点。”奥斯克低头看着地板，“你肯定会告诉坦妮太太我是个疯子，是吧？”她难过地问道。

“我会告诉坦妮太太，你有许多很棒的想法，要实现它们只需多做一点儿工作罢了，”斯塔克斯说道，“我的建议是你可以多思考一下我们每次上班都要面对的危险。有没有一种机器可以探测到几格外的宝石，或者能够感知远处的流水和熔岩？有没有能够中和熔岩的机器？”

奥斯克皱起眉头，双手拨弄着皮围裙，红石粉四处飞扬。

“最后一个想法很有趣，”她说，“嗯，当然首先得有水。也许你可以运用光线传感器以及活塞封闭该区域。那可能有效果，让我好好思考一下。”

“这个机器肯定能引起坦妮太太的兴趣，”斯塔克斯说道，“但一定记得它的体积要小，而且不能太贵。”

“好吧，真麻烦，”奥斯克回答道，“可我能够突破局限。局限也能催生出天才来，当然金钱的作用更大。斯塔克斯，我知道你不相信我，但红石代表着未来。你可以用它制作任何东西，它可以改变采矿业、农业、旅游业和更多的行业。”

“奥斯克，我相信你，”斯塔克斯说道，“而且我要给你一个建议——说不定能让你产生新的灵感。”

“洗耳恭听。”奥斯克说道。

于是斯塔克斯把自己对于白兰地山矿的计划告诉她，连坦妮太太开的条件也和盘托出。

“如果找到的红石矿能分给我一些的话，我就加入你的队伍。”奥斯克笑着说。

“奥斯克，如果找到红石，全都归你。”斯塔克斯说道。他真希望白兰地山的矿井里到处都是红石——当然还有其他矿石。

第十九章

不祥的矿场

让斯塔克斯感到欣慰的是，霍迪也接受了他的邀请。现在斯塔克斯拉起了一支队伍。

矿工们都喜欢说长道短，斯塔克斯和坦妮太太达成的协议马上传到巴纳克的耳朵里。一天的工作结束后，斯塔克斯、奥斯克和霍迪正在收拾设备，巴纳克大摇大摆地走进矿工宿舍。

“妈呀！”霍迪吓了一跳。

巴纳克的脸变成了赤红色，他那亮晶晶的黑眼睛疑虑重重，滴溜溜地乱转。他一眼就看见斯塔克斯，于是停下脚步，嘴角抽搐着，接着放声大笑。

“你还真以为能从那个该死的矿洞里榨出油水吗？”巴纳克喘着粗气接着说，“你觉得自己比所有人都聪明，是吗？好吧，欢迎你浪费时间去尝试——谁信你，谁是傻瓜。那个矿洞属于你，斯塔克斯阁下，真想亲眼看着你死在里面。”

说完，巴纳克咯咯笑着，离开了。

“嗯，那不挺好的？”斯塔克斯微笑着说道，“要是这个星期我们都变成大富翁，我真想看看他那张脸往哪儿搁。”

一个小时后，他们打开了白兰地山矿场入口的大门，开始勘探那些穿过岩石的隧道。

在这个过程中，斯塔克斯不断地发出啧啧声。挖掘过的地方到处都挂着巴纳克写的牌子，隧道杂乱地向各个方向延伸。斯塔克斯想都不用想，就知道鲁莽的巴纳克没有任何依据，仅凭直觉就指挥矿工们乱挖一气。巴纳克不耐烦地监督着矿工们把越来越多的岩石清理出去。一旦发现矿工们没有在山体下挖到他预想的巨额财富，他就怪罪矿工们。

巴纳克毫无章法的工作作风完全引不起斯塔克斯的兴趣。斯塔克斯把整个矿井都逛了一遍——谢天谢地，黑暗中好像并没有怪物——于是斯塔克斯、奥斯克和霍迪在浅层隧道中间坐下来，商量接下来怎么办。

“这口矿井最大的问题是巴纳克先生挖得不够深，”斯塔克斯解释道，“他不走运，没有发现足够多的铁和煤，更不用说黄金了，所以我对他两手空空地从宝石矿里走出来也不觉得奇怪。”

奥斯克咧嘴笑了起来——她痛恨巴纳克，因为对方总是找各种机会嘲笑她对红石的信念——可是霍迪听得聚精会神，对斯塔克斯说的每个字都不放过。斯塔克斯希望能证明这个年轻人对自己的信任没有错。

“嗨，我父亲曾经通过一个系统来寻找最有价值的矿藏，”他解释道，“从海平面向下，为找到矿藏测算合适的深度。遗憾的是，我在这里没办法确定海平面的位置，我也不知道父亲是如何计算的。”

“斯塔克斯，你是想让我做出一个类似的东西吗？”奥斯克问道，“那太难了。”

“奥斯克，这东西真的很神奇，一定要好好想想。不过，我们还有其他的办法来确定正确的深度。我们不从海平面以下开始挖掘，而是从基岩开始。”

“基岩？”霍迪问道，“斯塔克斯先生，我从没见过别人这么干。难道不是基岩构成了主世界中心的地层吗？”

“很有可能。老实说，我的知识很贫乏。”斯塔克斯说道，“不过，幸运的是，你不用挖到主世界的中心那么深去找基岩，我们在熔岩线以下也能找到基岩。这些你们应该知道，对不对？”

奥斯克摇了摇头，霍迪却点了点头。

“在这个深度，你可以发现很多熔岩湖。”霍迪说道。

“完全正确，”斯塔克斯说道，“理想的宝石矿藏所在的深度正好在这条线上面。因此最危险的环节就是我们全力挖到基岩，得到正确的测量结果，然后返回安全的地方。在你们用镐凿开岩石之前，必须检查它是否过热。假如看到了蒸气，或者在头顶和四壁发现了碎石，千万不要傻乎乎地站着。听到喷溅或者冒泡的声音，也要立刻逃跑。另外，手边必须随时随地准备一桶水，千万别忘了这一点。如果我判断无误，咱们就能在脚下的某个地方找到财富了——而且是巨额财富！霍迪，这样你就可以为心上人建造海底玻璃房了。但如果你死了，就什么都建不了啦。切记，切记！”

奥斯克朝斯塔克斯竖起大拇指，霍迪笑嘻嘻地鼓起掌来。

他们开始向下挖掘，楼梯非常窄。他们顺着楼梯一直往左拐、往下走，如果速度太快的话，就会晕头转向。让斯塔克斯欣慰的是，他们在往下挖掘的时候没有遇到熔岩；让他失望的是，他们没有发现任何有价值的矿石或者宝石，连一条小的煤矿矿脉都没有发现。第一晚的工作结束后，斯塔克斯动摇了，开始担心传言竟然是事实，白兰地矿山真的被诅咒了。可他并没表露出来，只是微笑着让其他人去休息。

斯塔克斯第二天很疲惫，但发誓要继续推进工作。吃完晚饭，他和奥斯克、霍迪又开始了晚间的挖掘工作。他们向下挖了两个小时。突然，霍迪的镐砸到了什么东西，发出“叮”的一声，声音尖锐刺耳。

“放轻松，”斯塔克斯说道，“我们把这儿清理干净，看看能发现什么东西。有时黑曜石也会发出这种声音。”

就要见到基岩了，这对霍迪来说还是第一次，他很激动。接着斯塔克斯和奥斯克退到霍迪上面一格的地方，年轻力壮的霍迪不断地把松动的岩石清走。下面露出来的就是基岩——一种深灰色有纹理的岩石。更要命的是，这种石头坚硬无比。对着一大块基岩，就算他们仨不断地用锤子敲敲打打，直到腰也弯了，背也驼了，再弄坏几百件铁制工具，也没法伤及基岩分毫。

“我们现在可以回头向上挖掘了吗？”霍迪问道。他大汗淋漓，气喘吁吁，但笑容灿烂。他很高兴第一个达成了既定的目标。

“还不行，”斯塔克斯说道，“基岩分布的地层不是一条直线，更像一条有起伏的波浪线。我们必须找到最低点，以此为基准决定向上挖多远。”

“我从来不知道采矿有这么多学问，”奥斯克说道，“我以为把镐凿进岩石里就行了。”

“差不多是这样，”斯塔克斯说道，“我的祖母以前常说，采矿就是把镐凿进合适的岩石里。”

三个人在楼梯上分开，挖出一个足够所有人站进去的房间。斯塔克斯不断提醒奥斯克检查四周是否有温度升高的地方，同时确保水桶就在身边，告诫她不要喋喋不休地谈论怎样用红石制作深度测量仪。斯塔克斯还要再三跟霍迪保证，钻研如何才能敲碎基岩没有任何意义，因为霍迪对基岩下面的东西有强烈的好奇心。

正如斯塔克斯预测的那样，基岩与其他种类的石头混在一起，边缘变成一道波浪形的线忽上忽下。将近四个小时过去了，斯塔克斯停下手头的工作，三个人在岩石上开凿出来的房间里到处勘察，确定最低点。

“我认为这里就是我们要找的最低点，没有更低的地方了。”斯塔克斯说道，“干得好，伙计们。明天我们要努力往上走，开始真正的挖掘工作。”

找出合适的深度这个任务单调而乏味，但最终圆满地完成了，斯塔克斯发现自己迫不及待地想完成第二天在矿井里的工作——焦急地等待远比时时刻刻被巴纳克折磨更加难熬。巴纳克时而嘲讽斯塔克斯业余时间的采矿计划，时而用带有一丝担忧的语气询问斯塔克斯是否发现了什么。斯塔克斯对巴纳克保持着一种有礼貌的缄默，他小心翼翼，尽量不给巴纳克留下任何把柄。但不管斯塔克斯怎样努力，巴纳克总能找到借口对斯塔克斯大喊大叫。最后，斯塔克斯疲惫不堪地挨过了这个正常班。

看到奥斯克和霍迪迫不及待要按计划继续工作，斯塔克斯的精神马上振作起来。他们沿着在岩石上开凿出来的坚固楼梯走下去，一直到达基岩室。斯塔克斯在他们找到的最低点跪下来，把镐柄的末端放在地上，测量房间底部到顶部的距离。

“大约三格高，”斯塔克斯说道，“跟我预想的一样，所以我们现在从顶部向上挖九格。现在开始挖吧。”

在斯塔克斯的坚持下，他们缓慢地开凿了一条往上走的新楼梯。他们总是沿着一侧开凿，而不是直接在头顶上方动工。几分钟后，斯塔克斯叫大家停下，然后让霍迪测量基岩上方十二格的高度。年轻的矿工照做后向斯塔克斯汇报，斯塔克斯亲自检查并确认了一下这个数字。

“非常好，”斯塔克斯检查后说道，“这应该就是宝石层的理想高度。我们还有差不多一个小时的时间，就从主隧道挖起吧。主隧道宽两格，长六十四格。说不定我们今晚还能找到些东西。”

很快就有结果了——一条铁矿脉蜿蜒地穿行在支线隧道顶部。他们跟着铁矿脉向前走，直到它消失在离他们头顶几格高的地方。然后他们把挖走岩石后留下的空隙填上。斯塔克斯非常高兴这么快就成功了。然而在接下来的时间里，他们一无所获。奥斯克和霍迪仍然很乐观。他们把工具收拾好，坚信明天事实会证明斯塔克斯对矿井价值的判断是正确的。

然而事与愿违。在挖掘主隧道时，他们只找到一些很短的煤矿矿脉。第二天的结果同样让人失望。他们挖了六条支线隧道，除了一些零星的煤炭和铁之外，什么都没有发现——可能比巴纳克找到的东西多一点儿，但跟他们付出的时间相比还远远不够，当然无法说服坦妮太太雇用更多的矿工来帮忙了。

他们艰难地回到地面时，霍迪沮丧地嘟囔着爷爷告诉过他出没于矿井的小精灵的故事，它们会抢在矿工队伍前头动手脚，一边咯咯地笑着，一边偷走宝石，再用普通的岩石替换掉宝石。奥斯克只是耷拉着脑袋，她希望至少能找到一些红石。斯塔克斯向他们保证明天情况会不同，但他的言辞听起来非常空洞，笑容也是勉强挤出来的。

只剩下两个晚上留给斯塔克斯赌一把了。在白天的工作中，斯塔克斯犯了不少错误，遭到巴纳克严厉的指责。斯塔克斯不得不承认自己确实做得不好。他累坏了，因为晚上的额外工作使他的睡眠严重不足，他知道奥斯克和霍迪也在受着相同的煎熬。

斯塔克斯的父亲曾经教导过他，希望和运气这些概念性的东西不属于采矿业，唯一可信的是计算和程序必须正确——不过信心、耐心和信念可以提升找到财富的概率。

可斯塔克斯还是希望能有一点儿运气。前两天晚上的发现让他们振作起来，支撑着他们在最后两个晚上坚持推进的信念。他现在不敢奢望找到地下价值最高的钻石矿，可哪怕一条小小的金矿脉或者青金石矿脉都足以激励他们前进。哪怕只能发现一点点红石，也能让奥斯克高兴起来。

然而除了又找到一些煤和铁之外，他们什么都没发现。工作时间还剩一个多小时，霍迪问是不是该睡觉了。计划开始以来，霍迪第一次这么问。奥斯克和霍迪步履沉重，神情沮丧，全身酸疼，筋疲力尽。斯塔克斯好不容易才鼓起勇气说出那些让他们重新振作起来的话。

“再坚持一个晚上，”斯塔克斯对他俩说道，“事情还会有转机的。”

第二天白天，斯塔克斯变得很迟钝，几乎听不到巴纳克的奚落。巴纳克说，一旦坦妮太太宣布计划失败，他会把斯塔克斯当作一头租来的驴子那样驱使。每个人都知道这个结果，只有斯塔克斯和两个被骗的傻瓜不知道。

斯塔克斯以为奥斯克和霍迪在最后一晚会失约，没想到他们还是来了。他们的确来了，但在下到白兰地山底下时，一句话都没说。

他们还剩下三条支线隧道没有挖掘——两条在主隧道左边，一条在右边——斯塔克斯不清楚如果有足够的时间完成工作，他们得有多累，但现在别无他法，只能鼓足干劲。

第一条隧道的产出是一段红石矿脉，斯塔克斯看着快乐的奥斯克笑了。起码在这次不幸的挖掘中，小发明家能得到一些她想要的东西。第二条隧道挖到一半的时候，斯塔克斯注意到自己出汗比平时多，于是向霍迪大喊，让霍迪停下来。

霍迪停下了手中的镐，吃惊地转过身来。

“检查一下那块岩石是不是热的。”斯塔克斯说道。

“还行，”霍迪说道，拍了拍墙壁，“看到没？它——等等，你说对了，确实很热。”

“嘘，”奥斯克说道，举起一只手，“我听到了什么声音。”

斯塔克斯也听到了，在岩壁后面传来咕嘟咕嘟的冒泡声和汩汩的声音。

“熔岩。”他说道。

“我们要停下吗？”霍迪问道。

“先观望一下，”斯塔克斯说道，“但我们必须小心。现在向头顶挖掘，垫高地面，确保我们比熔岩的位置高，从那个地方开始挖。”

奥斯克和霍迪照他说的做了，在高温的隧道里大家全都汗如雨下。

“干得好，霍迪。”斯塔克斯说道，“奥斯克，准备好水桶，熔岩一流进来就把水泼上去。”

霍迪一边向岩壁挥镐，一边嘟嘟囔囔。凿了三下以后，岩壁向外炸开了。刺眼的光线瞬间照亮整条隧道，他们被突如其来的强光晃得睁不开眼。在适应了光线后，越过霍迪的肩膀，斯塔克斯看到墙外是冒着泡的熔岩湖，熔岩后面还有一些明亮的东西……

一支箭擦着斯塔克斯的耳朵飞过，他的头发都立起来了。箭在隧道墙壁上反弹回来，发出嗖嗖的响声。

“骷髅！”霍迪大喊起来，“堵上，堵上！要不它们就进来了！”

“不行！”斯塔克斯吼道，把自己也吓了一跳。他从奥斯克和霍迪身边挤过去，爬过缝隙，气喘吁吁地站在熔岩湖的石头边缘。他面前有两具骷髅，它们张弓搭箭，头颅在脊椎骨上疯狂地旋转着。

奥斯克和霍迪大喊着，但斯塔克斯根本听不到他俩的声音。他扬起镐，朝第一具骷髅抡过去，那只怪物倒在身后的熔岩湖里，它的弓燃烧起来，然后消失在熔岩中。一团溅起来的熔岩击中了斯塔克斯的胳膊，疼得他直叫唤。

第二具骷髅也射出一支箭，斯塔克斯痛苦地呻吟着。他用镐朝着骷髅疯狂地挥过去，落空了，然后紧接着又是一下。骷髅张开了嘴，但没有发出声音。斯塔克斯不停地抡着镐砸下去，一下又一下。

有人在喊他的名字。他听出来了，是奥斯克在喊他。

“斯塔克斯！停下来！它们消失了！你没事了！”

斯塔克斯放下镐坐下来，气喘吁吁地把双手放在膝盖上。

“看一下……看一下洞穴的其他部分，”他艰难地说道，“确保没有其他骷髅了。”

“我看过了，”奥斯克说道，“只有这几个。但是斯塔克斯，你看那儿！”

斯塔克斯往奥斯克指的方向望去，地面和墙壁上有东西在闪闪发光，那是金子。另外，深红色、闪着微光的是红石，发出星星点点蓝光的是青金石。靠近顶部的地方，有什么东西发出像冰一样的寒光。

“那些不就是我日思夜想的东西吗？”霍迪无比震惊地问道。

“当然，”斯塔克斯说着，放声大笑，“那些都是钻石！”

第二十章

事故

在白兰地山底下的熔岩洞穴是宝石矿脉的起点，在接下来的几天里，财富源源不断地从这口矿井涌出，连资格很老的矿工也惊喜地吹起了口哨。斯塔克斯变成了英雄，人们无数次请他讲述在山洞里和骷髅搏斗的故事。有很多夸大其词的版本在矿工和坦布尔斯港的居民中间流传了好几轮，他不得不出面否认那些言过其实的内容。

他确信，几年后这个故事就会变成传说，讲故事的矿工会发誓自己当时就在现场，绘声绘色地描述斯塔克斯如何击溃十几具骷髅，那些骷髅全都穿着钻石盔甲，射出燃烧的箭。

坦妮太太当然高兴坏了。她把所有矿工都集中起来，宣布坦布尔斯矿业公司将招募更多矿工，以便进行进一步的挖掘。她还当众在斯塔克斯的脸颊上亲了一下，这是一个祖母般的亲吻。

甚至连巴纳克都对斯塔克斯表示祝贺——这是巴纳克应该做的，尽管这件事弄得他极其尴尬，因为自始至终巴纳克都在竭尽所能地嘲笑整个计划。至于斯塔克斯，他得到了一袋子绿宝石和脸颊上的一个吻。可他心里很清楚，这些东西肯定不够雇用大当家，但这只是个开始。一旦他当上队长，如果坦布尔斯矿业公司持续盈利的话，他的收入就会稳步增长。

斯塔克斯每天晚上坐在宿舍里，低头盯着指南针，回想着福奇·坦普洛这个人以及自己因他而遭受的痛苦。有时斯塔克斯想象自己拿着这袋绿宝石去总店，买一套盔甲穿上，再买一把锋利的宝剑。然后他雄赳赳气昂昂地离开坦布尔斯港，到处搜寻福奇，最终找到福奇报仇雪恨——当然他也可能因此而丧命。

可是，谁都无法保证他一定能找到福奇，从宝石中获得的财富并不能使斯塔克斯变成一名战士。斯塔克斯告诉自己，一个明智的人必须有耐心。他有一份给自己带来财富的工作，可以筹划打败福奇，这样他就有机会回家了。

有想法是容易的，说服自己相信却很难。一个又一个夜晚，斯塔克斯盯着手里的指南针，而指南针好像总是在嘲笑他。

斯塔克斯还有一个问题：在坦妮太太招募到足够多的矿工来接手白兰地山矿的业务之前，斯塔克斯还需要在巴纳克手下干活儿。

一开始，斯塔克斯觉得情况还没那么糟，巴纳克不再讥讽地称他为“斯塔克斯阁下”，并且和以前相比，巴纳克对斯塔克斯还算尊重。但斯塔克斯在白兰地山矿的成功好像激起了巴纳克对金钱的渴望，巴纳克蠢蠢欲动，并暗下决心要证明斯塔克斯能做到的，他巴纳克也能做到。

转眼一个月过去了。巴纳克的队伍在矿井深处寻找宝石，库普先生的队伍在浅层矿洞寻找矿石。巴纳克逼迫矿工们加班加点，命令他们四处挖掘。看到这个情况，斯塔克斯决定把巴纳克叫到一边，讲解父亲多年前教过的方法，寻找一切机会最大限度地发掘矿藏。

巴纳克听着，眼睛眯成一条缝。斯塔克斯解释为什么要把镐柄改装成一格长，以及怎样用它来测量距离，从而确保在熔岩线以上挖掘。

就在此时，巴纳克突然转身，背对着他。

“斯塔克斯，别再撒谎了。”巴纳克说道，“行行好，别再讲那个骗人的熔岩洞里的英雄故事了。你就是在基岩上发现了矿脉，我俩都心知肚明。所以这就是我们要挖掘的地方。”

“巴纳克先生，熔岩洞是真的。再挖一个星期左右，我就能让你看到熔岩洞。如果我们从下面开始挖掘，我们的问题就不仅仅是骷髅了，所有人都会死的！巴纳克先生，你不能那么做！”

巴纳克伸手抓住斯塔克斯的衬衫，把斯塔克斯一把拽过来。

巴纳克用低沉而威严的声音说道：“别对我指手画脚的。

我在地下挖矿谋生的时候，你还穿着开裆裤呢。别提你那些勘察墙壁的热度，还有你嚷嚷的特殊地层和发热点。只要队长下命令，你就得乖乖照办。”

第二天，巴纳克命令大家挖掘了一条一直向下通往基岩的楼梯——一碰到基岩，他就命令矿工们挖出一条两格宽的主隧道。

坦妮太太给奥斯克放了一天假，让奥斯克全力以赴制造出一个深度测量仪，可斯塔克斯怀疑这种东西能否造得出来。坦纳顶替了小发明家奥斯克的空缺，这让斯塔克斯很紧张：坦纳甚至比奥斯克还要健忘，有时会忘记带水桶和火把，甚至连镐都能落下。

不过幸好还有霍迪在。趁巴纳克不注意，在斯塔克斯休息的时候，霍迪把斯塔克斯叫到一旁。

“我们为什么要在这儿挖掘？”霍迪问，“你告诉过我们，首先应该向上挖。”

“那是咱们队长的命令。”斯塔克斯不情愿地说道，他可不想让霍迪冒险去和暴跳如雷的巴纳克唱反调。

可坦纳就没这么矜持了。“我们这么挖，是因为队长是个蠢货。”他说道。

“一定要记得检查为应对熔岩准备的安全措施，”斯塔克斯说道，“我说坦纳，水桶在哪儿？”

“哎呀，我把它忘在拐角了！等我一分钟。”

“你可千万不能忘呀，”斯塔克斯说道，“永远都不能忘！”

挖掘进展缓慢，矿工们不断地碰到基岩，不得不在周围寻找路径。斯塔克斯希望他们找不到什么值钱的东西，超低回报可能会让巴纳克接受斯塔克斯说的都是对的这个事实。可是换班还不到一个小时，吉尔沃的小组就发现了一条金矿脉；又过了一个小时，皮克斯的小组挖到一条蜿蜒的小青金石矿脉。

午餐时间到了，巴纳克沿着主隧道一路走过去，拍着所有人的后背哈哈大笑，好像他已经预见到源源不断的财富流进口袋似的。

“别以为就白兰地山矿能让人发财，走着瞧吧！”他大声宣布，然后命令矿工们提前二十分钟上班，丝毫不理睬比卢普斯强烈抗议说这是对工作守则的粗暴践踏。其他矿工对比卢普斯的话置若罔闻，这也不奇怪。这位严格遵守规章制度的矿工每天都在抱怨各种违规行为。当然还有另一个原因，他们惧怕巴纳克和他的暴脾气。

大家没有太多怨言，斯塔克斯知道为什么：他们都想找到更多的财富，这样回家时才能拿更多的奖金。

可这太危险了，在矿井下，匆忙赶进度的行为可能是致命的。

巴纳克返回地面，到丽娅小姐那里去拿更多的设备。这时候，斯塔克斯迅速地把所有采矿小组的装备都检查了一遍，敦促伙伴们务必要注意探查岩石的热度和周围是否有变硬的熔岩。如果被巴纳克发现的话，他肯定会不高兴，但这总比什么都不做好。

半小时后巴纳克回来了，朝矿工们大吼着让加快速度。他发现斯塔克斯、坦纳和霍迪在一块基岩旁边干活儿，他们手里的镐上下翻飞，在深灰色的岩石上砸出了火星。

“你们为什么比其他小组落后了半条隧道？”巴纳克责问道，“你们仨简直就是老爷车！这个有点儿钱的马屁精不过是在别人开的矿里撞大运，你们以为就可以坐在门廊椅子上假装挥镐了吗？哼，在我的班上休想偷懒，快点儿！”

巴纳克怒气冲冲地对他们大喊大叫，斯塔克斯愤怒地摇了摇头。

“他有种，胆敢说我们是老爷车！”坦纳念叨着，“我要给他点儿颜色瞧瞧。嘿，霍迪，我打赌一个半小时以内我们就能挖出一条支线隧道。咱们接着干怎么样？”

“别这样。”斯塔克斯说道，“我的父亲教导过我，该挖多少挖多少，该拿多少拿多少。”

但坦纳和霍迪心意已决，他们拼尽全力抡着镐，凿得隧道里碎石乱飞。轮到斯塔克斯跟在他们后面，清理掉落的石头了。他不停地在隧道里跑来跑去，把石头运到地面上，然后返回隧道去搬运更多的石头。

他走回去的时候听到了一种奇怪的空洞响声，紧接着是咝咝声。他们挖的隧道为了避过一个基岩结，所以往右拐了，因此斯塔克斯没办法直接看见坦纳和霍迪工作的地方。但他看到了转弯处的亮光比火把那种柔和的光芒耀眼得多。

紧接着，霍迪大叫起来："这里有熔岩！坦纳！快去拿水桶！快去拿水桶！"

霍迪不住地嘶吼着。

斯塔克斯狂奔起来，却被什么东西绊了一下。绊倒他的是一个水桶，它又被坦纳落在后面了。斯塔克斯一把提起水桶，跑过拐角。眼前的景象告诉他，最糟糕的情况发生了，他来晚了。

第二十一章

斯塔克斯重新出发

“你确定不会改主意吗？”坦妮太太这话已经问了四五次。

“是的，我决定了。”斯塔克斯说道。他坐在坦妮太太的办公室里，所有装备都打包好了。

“斯塔克斯，那不是你的错。”坦妮太太说道，“你知道，我在矿井下边有耳目。我听说就在事故发生之前，你还因为安全问题，对所有采矿小组提出警示。我知道坦纳有多少次忘了带上水桶。我还知道巴纳克不顾你的事先警告，坚持挖得过深。你已经尽可能地做了该做的事。”

“也许吧，可我还是考虑不周。现在霍迪死了，我有责任。”

“人死不能复生，就是把所有责任都揽上身，他也回不来了。斯塔克斯，这是一场意外的事故，事故可能发生在某个矿工身上，也可能发生在整组人身上。事实上事故经常发生在某个人身上，因为当你非常疲惫的时候，旁边没有人提醒你什么该做、什么不该做。”

“既然铸成大错，我就是唯一应该付出代价的人，”斯塔克斯说道，“这样我才安心。”

坦妮太太看了他好一会儿，她的眼神在斯塔克斯脸上探究良久，接着她点了点头。

“因此你的计划是去内陆地区建立自己的家园，”她说道，“斯塔克斯，矿井之外法律管不到，也没有你熟悉的人，在你需要帮助的时候，没人能伸出援手。”

“我知道，”斯塔克斯说道，一边拍了拍身边的剑，握住剑柄，从剑鞘中把剑拔出来一截，“这真的是铁剑，不是木头剑。”

“好吧，这是个良好的开端。”坦妮太太说道，“看来你已经去找过布鲁布斯和辛子了。”

斯塔克斯点点头：“我的其他装备还放在那儿呢，还有我的地契。”

那把铁剑、各种装备和地契花掉了斯塔克斯在坦布尔斯矿业公司收入的三分之二，剩下的钱他暂时没有动用，以备不时之需。但斯塔克斯不想谈论自己手头到底还有多少钱，如果他说出来，坦妮太太可能会尽力劝说他放弃最后一件他认为自己应该去做的事情。

斯塔克斯把手伸进腰包里，掏出三颗绿宝石，在坦妮太太的桌子上摆成一排。

“能把这些转交给霍迪的心上人吗？”他问道，“如果想盖一座霍迪经常提到的海底玻璃房，这些是不够的，但可以帮她得到一些小一点儿的东西。”

坦妮太太点了点头，把这些绿宝石塞进桌子的抽屉里说：“我们会照顾她的。我们这么做不只是为了她，也是为了我们自己。每个轮班的人都拿出了一部分工资，巴纳克甚至想拿出他在白兰地山矿所获得的奖金的一半。”

这些情况出乎斯塔克斯的意料，他差点儿没控制住自己的情绪。

“我没办法说服你不要离开，所以自己去了一趟总店，”坦妮太太说道，“我有东西给你。”

说着她快步走进里间，一分钟后拿着一个外面裹着一层纸的T字形东西出来了，示意斯塔克斯自己打开它。他撕开纸，看见一把崭新的镐——顶端镶嵌的钻石闪着光。

“你那把铁镐看起来有点儿旧。一个人在外面的时候，它不太好用。”坦妮太太说道，“你量一下这把镐的手柄，刚好是一格长。”

斯塔克斯结结巴巴地说了声谢谢，伸出手去握坦妮太太的手。

“唉，过来，你这个傻孩子。”坦妮太太说着，拥抱了他，还在他的脸颊上吻了一下，“我不想失去你，但我这么多年认识了不少傻乎乎的小家伙，所以知道你已经下定决心。祝你好运，斯塔克斯，注意安全。”

离开坦布尔斯港，步行几个小时，越过山丘，再经过一个跟山同名的小镇，才能到达斯塔克斯买的那一小块地。在远离海岸的地方，陆地变成热带草原。辽阔而平坦的草原向北延伸到一条山脉边上，向东则延伸到无垠的远方。草地被乱石沟壑分割成两部分，就像有人用一把巨斧劈开了地面似的。旁边是似乎陷入沉思的、高大的金合欢树，骤然弯曲的枝干让斯塔克斯以为它马上就会轰然倒地。

斯塔克斯的那块地位于热带草原中央的一座小山丘上。他用一把从总店买来的锹，盖了一座简易的草地小屋，跟他在靠近悲伤之海岸边的那座房子一样——够放一张床、几口箱子、一张工作台和一个熔炉，然后点燃了一支冒烟的火把。斯塔克斯砍倒了一棵金合欢树，做出小屋的门。以小屋为中心、围绕在四周的栅栏也是用金合欢木造的。在这块土地的一角，斯塔克斯挖了一个小池塘，种了几排小麦和一些南瓜。这样一来，即使没有饲养动物，他也能获得足够的食物。

可能你觉得这些听起来有点儿令人沮丧，其实斯塔克斯也是这么想的。但最后看到霍迪的那一幕总是在斯塔克斯的脑海中反复上演，斯塔克斯发誓不会让这种事情再次发生。斯塔克斯依然保持着在坦布尔斯港的时候制订的计划：攒足够的钱去见大当家，雇用大当家去捉拿福奇·坦普洛。

斯塔克斯在院子里开始挖掘。他用锹挖土的速度非常快。碰到石头以后，他就把锹放在一边，换上那把新的钻石镐。

这件新工具很轻、很趁手，凿开岩石的速度让他很满意。就像跟奥斯克和霍迪一起干活儿时一样，斯塔克斯垂直向下挖掘，然后给他的新矿井盖上一个金合欢木做的活板门。挖了几天以后，他碰到了基岩层，好在这次的辛勤努力没有白费：他找到了足够多的煤，可以当作熔炉的燃料，可以制作够用几个星期的火把，他还发现了几条铁矿脉。

一旦挖到熔岩线以上，斯塔克斯就挖出一个地下室，一侧通往楼梯井，另一侧往后延伸到最开始挖掘的主隧道。地下室变成了一个基地，摆着装满设备和食物的箱子，这里还有一张床，这样斯塔克斯就可以停下来休息了。而且，他在地下停留的时间越来越长。他不停地挖掘隧道，直到自己筋疲力尽才停止工作。这时候他就会把钻石镐放在地下室的床边，躺在床上睡一觉。

很快，斯塔克斯就习惯了这种生活。他每周都会从菜地里收割谷物，维持采矿所需。每隔一周，他都会走很远的路，去坦布尔斯港买一些新的东西，比如蜂蜜——在面包上抹蜂蜜，是他生活中小小的奢侈享受——顺便跟布鲁布斯打听一下有谁知道如何穿越悲伤之海（答案一直都是没有人知道）。其余的时间里，他能做的就是挖矿。

斯塔克斯在开展新工作时，迎来了一位访客：奥斯克。她带了两份礼物给他。第一份礼物是一块用在前门的压力板，它可以触发机关，点燃地下室的红石火把，提示主人有客人来了；第二份礼物是一个金色的时钟，可以显示斯塔克斯头顶的主世界现在是白天还是晚上。

斯塔克斯很感激奥斯克。不过，由于没有其他访客，地下室的红石火把一直没有被点燃。除了某一天下午，有一头野猪想穿过栅栏吃斯塔克斯的庄稼，刚巧踩中了压力板，于是火把燃烧起来。时钟是有用的，但过了一会儿，斯塔克斯就不再关心时间了。

斯塔克斯做的一切事情就是挖矿、睡觉，然后继续挖矿。他的衣服变得又脏又破，头发越来越长，下巴冒出了乱糟糟的胡楂。他并没有意识到自己又变成了拉玛阿商队去往坦布尔斯港路上遇到的那个衣衫褴褛的可怜人。他又开始自言自语，谈论矿石的品质和如何高效地使用镐。

他陷入一种对健康特别不利的生活模式中。他的世界在缩小，变成了矿井、一块小菜地和总店的三点一线。就连他心爱的猫咪和他在山上的漂亮房子，那栋用亮晶晶的闪长岩、花岗岩和玻璃造的房子，在他的记忆中也开始变得模糊起来。

事情终于有了转机。

那天是修整菜园的日子，至少斯塔克斯是这么认为的。他连白天黑夜都弄不清了，但注意到只剩下几块面包，而面包皮越来越硬；他还有一块南瓜派，就是闻起来味道不对。于是他艰难地爬上蜿蜒的石头楼梯，来到院子里，被明亮的光线晃得睁不开眼，虽然太阳的位置显示现在已经是傍晚了。

斯塔克斯正在砍一根熟南瓜的茎，突然感觉脖子后面一阵刺痛，于是站起来，凝视着这片草原。一开始他以为是自己的脑袋出问题了，但紧接着就看见远处出现一道人影，正从坦布尔斯港那个方向大踏步穿过草原向斯塔克斯走来。开始斯塔克斯以为那个人可能是奥斯克，因为二者的走路方式差不多，都是充满力量、直奔目的地，但是古怪的发明家奥斯克的身材没这么高大。

斯塔克斯想起来他的铁剑落在小屋里，赶快进屋去寻找。他多希望自己有一张弓，但即使有了弓，又能怎样呢？他只有两支箭，而且射箭技术欠佳。现在他能做的就是静观其变。

这位旅行者身穿黑衣，他的皮肤是深棕色的，黑发中掺杂着灰白的头发，在脑后梳成一个马尾。他的脸饱经风霜，布满皱纹和雀斑。他的腰间悬着一把剑，肩上挎着一张弓。令斯塔克斯惊讶的是，这个男人赤着脚，却依然大步流星地向前走，就像被一根绳子拽着似的，径直穿过草原，丝毫不在意路上可能藏着荆棘或石块。

这个人在斯塔克斯门口停下来，站在那里，看着斯塔克斯说道："下午好，斯塔克斯·斯通卡特。"

这个人的声音听起来浑厚而有韵律感，甚至可以说很优美，不像是粗俗的流浪汉的声音，更像诗人或者歌唱家的声音。这让斯塔克斯感到惊讶。

"你是谁？"斯塔克斯粗声粗气地问道，对旅行者礼貌的问候充满了戒心。福奇·坦普洛就很有礼貌——至少有时候是这样——可福奇·坦普洛把斯塔克斯的生活搞得一团糟。而且斯塔克斯现在不习惯和别人交谈。

“我叫赫吉拉·坦布斯，”这个人说道，“我们有一个共同的朋友。”

这个名字听起来有点儿耳熟。难道是斯塔克斯被囚禁的时候，福奇跟他说过吗？想到这里，斯塔克斯的手悄悄地伸向腰间的剑柄，可他怀疑自己是否能打得过这个赤脚走过热带草原却连眼睛都不眨的人。

那人看到斯塔克斯的手放在剑柄上，于是扬起了眉。“我想你认识我的好朋友、偶尔一起游历的伙伴拉玛阿·佩兰泽，”他说道，“是她让我来找你的。坦布尔斯港总店的那位绅士告诉我，你在这儿。”

斯塔克斯紧绷的身体放松下来，他说：“哎呀，我还以为你是——算了，别管我是怎么想的。请进，天就要黑了。”

猛然间，斯塔克斯为自己用泥土建的小房子和自己的样子感到尴尬，因为他看起来跟一个泥人差不多。但赫吉拉带着抱歉的微笑摇了摇头。

“很遗憾，那违背我的原则。你的好意我心领了。”赫吉拉说道。

“你的原则？”斯塔克斯问道，非常好奇赫吉拉竟然拒绝了邀请。

“我发过誓永远不进庇护所，不管是为自己还是为其他人。”赫吉拉说道，“我没有家，你看到的就是我的全部家当。我从来没有在同一个地方连续待过两个晚上。”

斯塔克斯难以置信地看着赫吉拉说：“不进庇护所？晚上

你怎么过？”

“待在树上就行，”赫吉拉答道，“通常我都在树枝上睡觉。如果找不到树，我会保持清醒，用剑和弓保护自己。有一次，在穿越末日叹息沙漠时，我连续六天六夜没有合眼。那真是非常难忘的经历。”

斯塔克斯努力想象着该如何在树上度过那一个个夜晚，而僵尸和骷髅就在周围徘徊。他知道热带草原上有很多僵尸和骷髅。他常常在栅栏外面的高草丛中发现腐肉和骨头。

“那些东西会跟着你爬上树吗？”斯塔克斯问道。

“蜘蛛会爬树，”赫吉拉说道，“我被它们咬过很多次。当然蜘蛛只是顺应它们的天性才会这么做，可我真的很讨厌它们。我发现僵尸和骷髅都不会爬树。有时候骷髅会向我射箭，还好它们的准头很差。”

“我明白。”斯塔克斯说道，却无法接受对方的观点，“我能不能问问为什么你要坚守这个原则呢？”

“年轻的时候，我经历过一段时间的危机，后来我意识到太安逸的环境会消磨人的斗志，让人变得懒惰，而我对外面的世界一无所知。因此我下定决心去追寻真正的自我价值。”

“看来你已经证明了自己的想法。”斯塔克斯说道。

赫吉拉微微一笑，说道：“是的，我也这样想。我发现自己已经不可能回到以前的生活了。我就是这样的人，这就是我的生活方式——能帮助其他人寻找真正的自我，我感到荣幸之至。如果不给你添麻烦，今晚我就睡在金合欢树上。”

听到这话，斯塔克斯差点儿笑出声来，一个睡在长满刺的大树上的人怎么会给自己添麻烦呢？

“能否说说你的近况如何？这样我就可以转告拉玛阿了。寻找神秘的福奇·坦普洛的事情进行得怎么样，你报仇雪恨了吗？”

“这些是拉玛阿告诉你的吗？”斯塔克斯问道，心里隐约感到有些不快。

“当然是她告诉我的，”赫吉拉说道，显得很惊奇，“如果她不说，我怎么找得到你的仇人呢？斯塔克斯·斯通卡特，自从确立原则后，我去许多地方游历过，恐怕我所知道的悲伤之海以西的地方只是一个传说。每到一个地方，人们都把自以为真实的消息和故事讲给我听，但那些都不是真的。拉玛阿跟我讲述了你的故事之后，我经常跟别人询问福奇·坦普洛的下落，而且我会一直这么做。可直到现在，还没有一个人听说过这个名字。”

“对你的帮助，我非常感激。”斯塔克斯说道，“你让我想起了拉玛阿，她在哪里？”

“两个星期以后，我要和拉玛阿在格林·费雪的迷失神庙碰面，神庙在加噶泰尔的雨林里面。这是一段漫长的路程，我打算牺牲一些睡眠时间。我不清楚拉玛阿会走哪条路，她不喜欢同一条路走两次，也不喜欢骑马，具体原因我也不了解。因为这些事情，她经常迟到。”

斯塔克斯不禁微笑起来，想起拉玛阿焦躁不安、无比厌恶骑马的样子，哪怕在商队中待一个晚上都让她难以忍受。

“如果你愿意的话，可以陪我一起去，”赫吉拉说道，“也许这趟行程能帮你找到真正的自己。不过也许你和我以前的同行者一样受不了我的原则。”

“不，谢谢你，”斯塔克斯说道，“我的使命是——”

话还没说完，当的一声，一支箭射入他和赫吉拉中间的栅栏，斯塔克斯吓得差点儿跳起来。

“斯塔克斯，失陪一下。”赫吉拉说道。他的左手从肩上取下那张弓，右手准确地从箭筒中抽出一支缀着鲜红羽毛的箭来。他转过身，瞬间弓弦就发出嗡的一声，接着斯塔克斯听见外面幽暗的热带草原上的某处传来骨头碎裂的咔嚓声。

“斯塔克斯，也许你应该待在庇护所里，”赫吉拉说道，“主世界的夜晚虽然很美，但它们属于那些长着獠牙的怪物。明早见，我的朋友。”

赫吉拉用力拍了一下斯塔克斯的肩膀，然后转身向暮色中走去，走出几步，还没忘记愉快地向斯塔克斯挥了挥手。黑暗之中，有什么东西发出咆哮声。斯塔克斯退回到金合欢木门里，瞪大眼睛想看看赫吉拉在哪儿，但什么都看不见。他只好把身后的门关上了。

平时斯塔克斯工作很辛苦，所以一沾枕头，马上就会进入梦乡。但这天晚上，他却辗转反侧。好不容易睡着了，斯塔克斯竟然梦见福奇·坦普洛在敲小屋的门，说自己和斯塔克斯之间的恩怨还没了结。斯塔克斯打开房门，看见福奇领着一大群骷髅堵在门口，它们都穿着金合欢木做成的盔甲，盔甲上面有奇怪的尖刺。

他一下子惊醒了，看见月光透过窗户照进来。

“我做噩梦了，”他安慰自己，“这只是一个噩梦，醒了就好。”

可是他明明听见有人在门外大声说话，好像还在唱着什么歌。斯塔克斯把门打开一条缝，向外张望。皎洁的月光把金合欢树锯齿形的影子拉得长长的，显得格外诡异。他看见了外面的怪异景象——一个孤独的身影一边手舞足蹈，一边绕着大圈。

“这个人疯了。”斯塔克斯嘟囔着，分不清自己到底是醒着，还是在做梦。

斯塔克斯并没有做梦。大清早他就出了门，睡眼蒙眬地用手捋头发，却看见赫吉拉靠在栅栏上，啃着一大块肉。赫吉拉周围的地上散落着不少东西：一卷卷的线、几根骨头、几支箭和一堆堆灰色的粉末。

“斯塔克斯，早上好！”赫吉拉说道，“希望昨晚没打扰你，我实在忙得不可开交。有用得上的东西尽管拿。”

斯塔克斯只要了骨头，骨头可以磨成粉，给菜园里的植物施肥。他没有动其他的东西。

“我们昨晚正说着，就被打断了。那时候本该听你讲话，我却一直喋喋不休。”赫吉拉说道，“你说因为肩负责任，所以不能跟我一起去加噶泰尔。”

“确实如此，”斯塔克斯说道，“我要采矿，我还有我的任务。”

“你的任务不是捉拿福奇·坦普洛吗？”

“没错。”

“这些事情不是互相矛盾的吗？”

“什么意思？”

“如果你要采矿，就不能追踪福奇·坦普洛；如果你要追踪福奇·坦普洛，你就没办法采矿。”

斯塔克斯以为赫吉拉在拿他寻开心，于是想告诉这个陌生的旅行者，这不关他的事。然而斯塔克斯明白，赫吉拉并没有嘲笑自己，他好像真的很困惑。

“这事情嘛……一两句话说不清楚，”斯塔克斯回答，“因为我不是战士。尽管你英勇善战，可是坦布斯先生——”

赫吉拉举起手，打断斯塔克斯的话：“斯塔克斯，这是你的事情，和我无关。如果你需要我的帮助，我会帮你找到重拾自我之路。但在任何情况下，我都不会干涉你的人生。”

“如果除掉主世界里的那个福奇·坦普洛算是干涉我的人生，就尽管干涉吧，”斯塔克斯说道，“我一点儿都不介意。”

这句话看起来冒犯了赫吉拉，赫吉拉的眼神变得非常冷漠：“这样会违背我的原则。”

“确实如此。”斯塔克斯叹了一口气说道，“没关系，我一直打算找另一个人帮忙。”

于是他把大当家的名字告诉了赫吉拉，大当家有偿帮助别人，使主世界变得更加美好，而斯塔克斯不清楚大当家开价是多少。

“我也听说过这个人的故事，”赫吉拉说道，“但最近几年没有关于他的消息。这就是你不出去捉拿凶手而在家采矿的原因。你希望攒够雇得起大当家的钱。”

斯塔克斯点了点头，说道：“我还没拜访过他。”

在赫吉拉严厉目光的注视下，斯塔克斯突然觉得自己的计划好像有什么不对。

“你怎么知道自己攒够钱了？”赫吉拉问道。

这个问题问到点子上了。

“我不知道。”斯塔克斯说，“总之，我只知道我赚的钱还不够多，至少现在不够多。”

太阳已经升起，晒干了草地上的露珠。赫吉拉凝望着远处山脉的灰色轮廓，显得有点儿心不在焉。

“斯塔克斯，我必须走了，”赫吉拉说道，“否则来不及去见拉玛阿。当然，前提是她自己不迟到。”

对于赫吉拉对地平线和地平线之外的世界的渴望，斯塔克斯只是一笑了之。在某一刻，斯塔克斯想告诉赫吉拉，自己会收拾好东西，和赫吉拉一起出发。斯塔克斯仅仅依靠着一艘沉船和附近的塔楼废墟，就在荒凉的海岸上顽强地生存下来，肯定能学会在树上过日子。

可是他不能这么做。他现在拥有很多装满矿石和宝石的箱子，这些财富足够他雇用大当家。接下来，一旦捉住主世界里的福奇·坦普洛，斯塔克斯就可以找到回家的路，让自己的生活重回正轨。这就是斯塔克斯的计划，他可不想跟一个光着脚到处乱跑的家伙在丛林里闲逛。

“祝你去加噶………那个地方一路平安，”斯塔克斯说道，“嗯，我也希望你在树梢上躺得舒舒服服。”

“我也这么想，”赫吉拉说道，“我早听说加噶泰尔树木茂盛，人们在树顶安家。我迫不及待地想去亲身体验一下。虽然我还不能下结论，到底住在树上的人们是不是把自己家当成庇护所。”

“你有很多时间去考虑这件事。”斯塔克斯说道。

“是的，长途跋涉还是有用的。斯塔克斯·斯通卡特，祝你好运。希望你能够发现真正的自我，找到值得度过的人生。另外，如果拉玛阿路过这里，提醒她别忘了和我的约定。”

赫吉拉再一次用力拍了拍斯塔克斯的肩膀，然后大踏步走开了。赫吉拉昂首阔步，飞快地穿过草原，和斯塔克斯竭尽全力奔跑的速度有一拼。虽然斯塔克斯还有工作要做——他必须测量出一条新的主隧道，希望能找到青金石矿——可他依旧站在栅栏旁边，一只手放在栅栏上，看着赫吉拉的身影逐渐变小，最后消失在视野中。

第二十二章

黑暗中的潜伏者

两天以后——斯塔克斯觉得至少过去了两天，也可能用了更长的时间——他完成了对一条新隧道的开采。他审视着自己的工程，隧道规整、笔直，每隔一段相同的距离放置一支火把，火把全都插在左边正确的方位上。

火把摆放得井然有序，墙壁却不怎么好看，简直就是各种石头的大杂烩——斯塔克斯沿着隧道走了很长一段路，看到了灰色的安山岩、粉红色的花岗岩和和黑白相间的闪长岩，这些岩石随机出现、没有任何规律。他找到的矿脉穿过整条隧道，隧道尽头开始出现圆石层，也非常难看。在这种情况下，至少斯塔克斯拿到了一些值钱的东西：成堆的煤和一些铁。隧道顶部有一些补丁，因为斯塔克斯的钻石镐总是砸到沙砾上，它们在岩石上堆积了亿万年，一旦被击中，就像雨点儿似的落下来。斯塔克斯别无选择，只好铲掉它们，然后把缝隙填上。

新的隧道四周布满沙砾。斯塔克斯只能希望除了这里，其他地方别再出现沙砾了，因为钻石镐都有点儿磨秃了，当然这只是他的一厢情愿罢了。斯塔克斯找到了一条钻石矿脉，但还不想用这里的钻石把镐上的钻石换下来。

“我们要把这些财富用在刀刃上，对不对？”他大声地说道，声音在他挖掘出来的隧道里回荡着。

大声嚷嚷似乎不太明智，所以斯塔克斯用手捂住自己的嘴。

“安静，”他低声说，“别吵醒地下的其他生物。”

接着他摇了摇头，除了头顶和周围那些巨大的岩石，这里什么都没有。他在岩石里凿出几条小隧道，就像一只虫子在啃噬着它无法想象的巨大的东西。

“什么都没有！什么都没有！什么都没有！”斯塔克斯声嘶力竭地吼着，声音在隧道里嗡嗡地回荡着。他狂笑着，双手扶着膝盖弯下腰来。他觉得自己已经彻底崩溃了，可他并没有让自己陷入这种负面情绪中。他回到地下室，躺在床上的时候还紧紧地抱着那把镐，然后进入了梦乡。

第二天早晨，他啃着已经变硬的面包，喝了一点儿桶里的水。那个桶是他工作的时候随身携带的，水里有石头和金属的味道。斯塔克斯嘴里还留下了一点儿沙子。

“下次见布鲁布斯的时候，我要跟他要一些牛奶。”他发嘟道，“有牛奶就好了，也许我可以烤个蛋糕吃。”

一瞬间，烤蛋糕的想法让他觉得非常滑稽。他可以把地下室变成主世界最深处的烘焙房，就是不知道应该把做好的蛋糕、派和小饼干卖给谁。当他挥着镐挖一条支线隧道的时候，只要想到这一点，他就禁不住呵呵直笑。

此时，你们可能有点儿担心斯塔克斯，认为他孤零零地在新挖的矿井里工作，所以已经快疯了。我本想否认，好让你们安心，可我做不到，因为这就是事实。

在支线隧道里，斯塔克斯只挖了几格，就冒出来一堆沙砾。他气急败坏地唠叨着，把镐换成铁锹，清理了这些东西，然后皱着眉头看着岩石上面冒出沙砾的那个黑乎乎的洞口。这个窟窿太扎眼了，于是他把它补好，才继续挖掘。

越来越多的沙砾出现了。它们接二连三地冒出来。斯塔克斯开始讨厌这条新挖的隧道了。很明显，挖这条隧道就是做无用功，它根本不能带来财富。他一直不停地挖着，发现几片打火石，就把它们拔出来。他喃喃自语着沙砾的可怕和它的一无是处。

他的镐凿进岩石里，他又一次看到了沙砾。

“老天啊，你一定是在捉弄我。”斯塔克斯说道，用锹把沙砾铲走，双臂的力量几乎都用尽了。他盯着头顶上黑乎乎的窟窿好一会儿，然后拿了一些岩石把头顶上刚露出来的地方堵好。让他直犯恶心的是，前方头顶还有更多的沙砾。

“这不是一个缺口，更像是一个洞穴。”斯塔克斯说道。

他打算在补好头顶的缺口之前，先把剩下的沙砾挖出来，那需要花一些时间。斯塔克斯感觉洞里有一股凉风吹在他的脖子上，顿时全身的疲劳都烟消云散了。

“愚蠢而无用的沙砾，”斯塔克斯嘟嘟囔囔地说道，“是全世界最坏的东西——哎呀！”

突然，一支箭呼啸着擦过斯塔克斯的肩膀，啪嗒一声从岩石上掉下来。另外一支箭从他前方头顶的黑暗中射了过来。

“你这个傻瓜，彻头彻尾的傻瓜！”他自言自语着，声音嘶哑，充满了厌恶。斯塔克斯提醒自己千万别动，记得拉玛阿说过，和静止的目标相比，骷髅更擅长射中移动的目标。

他面前的骷髅跳进隧道，骨头架子嘎啦嘎啦地响着，空洞的眼窝死死地盯着他的脸。当骷髅举起弓的时候，斯塔克斯拔出剑，把这家伙劈到一边。剑尖划过岩壁，迸出一道火花。

斯塔克斯肩膀后面传来一阵疼痛，一支箭正中他的身体。他挥剑猛砍，面前的骷髅哆嗦了一下，变成一堆散落的骨头倒了下来。这时他听到身后的另一具骷髅跳进隧道发出的嘎啦声。

斯塔克斯做了一件极其愚蠢的事情，他一直背对着一个他从没探索过的地方。幸好敌人并没有从他的失误中占到多少便宜，因为它们急着跟斯塔克斯正面对抗，而不是隐藏在黑暗处偷袭。肩上的伤痛得斯塔克斯龇牙咧嘴。他挥着剑把骷髅逼得一直向后退，骷髅站立不稳，也就没办法射箭，最后轰然倒地，变成一堆白骨。

“站起来，”斯塔克斯说道，“赶快——”

这时，他听到身后传来低沉的咝咝声，转身发现一张只会在噩梦中出现的脸庞，上面有一对巨大的黑色瞳仁和一张绿色的海绵状大嘴。苦力怕！

苦力怕的躯体好像在抽搐，斯塔克斯闻到一股刺鼻的煳味儿，然后眼前一黑，失去了知觉。

不知道过了多久，斯塔克斯苏醒过来。他抬起头，一眼就看见了亮光，但那亮光很微弱，并且离他很远。他面朝下躺在地上，周围都是掉落的碎石。他把石头推到一边，很奇怪为什么自己听不到声音。

斯塔克斯坐了起来，眨眨眼，很困惑到底发生了什么。他的脸和胸部被烧伤了。他正坐在一个被苦力怕炸得凹下去的岩石坑边上。头顶是黑乎乎的洞口，像张开的大嘴。

“必须把它封起来！”他说道，然而听不见自己的声音，只有嗡嗡的耳鸣声。

斯塔克斯勉强站起来，拖着沉重的脚步走进支线隧道，踩到一支被爆炸产生的气浪震掉而熄灭的火把。一直走到被火把照得亮堂堂的地方之后，他才气喘吁吁地停下来。

“必须把它封起来！”他又说道，可是仍然听不见自己的声音，只能在无声的世界里把圆石挪到空缺处，最终洞口和坑被堵得严严实实。快完工的时候，他听到了镐划过石头的声音，他的听力在一点一点地恢复。

斯塔克斯盯着空空的墙面和斑驳的圆石看了看，然后靠在墙上歇了一会儿。这时候如果有什么藏在沙砾洞里的东西袭击他，他可就一命呜呼了。幸运的是，除了苦力怕，黑暗中再也没有其他怪物潜伏了。

但有什么东西在接近他，已经离得很近了。

斯塔克斯慢慢地走回地下室，坐在一个装设备的箱子上。过了一会儿他才意识到红石火把亮了，门口有东西。

“肯定是野猪。”他厌恶地说道，摇了摇头。

那一刻，他觉得这种日子真是过够了。他原本是个粗心大意的矿工，差点儿丢了性命，在一间用泥土垒起来的简陋小屋底下开凿石头，精心设计的门铃在这个节骨眼儿上却失灵了。斯塔克斯蹑手蹑脚地登上窄窄的石头楼梯，每拐一个弯就抱怨不休，最后打开矿井口的活板门，从里面爬出来，来到了院子里。

“可恶的野猪，给我滚得远远的！”他大吼着，突然之间他呆住了，满脸都是难以置信的表情。

拉玛阿站在门前，由于震惊，她的嘴巴张得大大的，变成了一个 O 形。

“天哪，斯塔克斯，”她惊呆了，好一会儿才结结巴巴地开口说道，“很高兴见到你。”

第二十三章

一支探险队

“拉玛阿！”斯塔克斯大叫起来，“对不起！那儿有个压力板，它被……触发了，可我不知道是你……以前有一头野猪触发过它……噢，我也很高兴见到你。”

“我不敢肯定是不是坏了你的规矩，或者有其他缘故，总之我不想被当成一头野猪。”拉玛阿说道，“发生了什么事？你受伤了，脸和手全都被烧伤了。”

她拉开大门，急切地奔向他，戳了戳他被烫出水泡的脸颊。

“哎哟！”

“疼吗？”

“当然疼，要不然我也不会叫了。”斯塔克斯说道，“不过我没事，真的。见到你太高兴了。你还记得要去跟赫吉拉·坦布斯碰头吧？地点在什么丛林里。”

“赫吉拉在这儿吗？太好了，我让他追查你的下落，可怎么也料不到他自己那些疯狂的原则能驱使他干出什么事来。所以我觉得最好还是自己来看看你怎么样了。”

斯塔克斯把拉玛阿领进屋子里，可是马上他就宁愿拉玛阿没进来。这里又小又脏，尘土飞扬，拉玛阿肯定也感受到了。

“我大部分时间都在下面待着，不停地挖矿，”他说道，“没时间打扫屋子。”

“是根本没打扫吧？”拉玛阿说着，眼睛眯了起来，“斯塔克斯，到底发生了什么事？布鲁布斯说，你本来在矿业公司干得好好的，但后来你自己一个人走了。他还提醒我你离群索居，变得有点儿奇怪。但我没想到是这样。”

“变成什么样了？我说过，我从早到晚一直都在工作，没想到会有外人来。”

“我们第一次见面的时候，你被放逐在荒岛上，穿得破破烂烂，但看起来比现在好多了。”

斯塔克斯正要反驳她的话，说自己只是因为刚刚跟一个苦力怕正面遭遇，所以才变得狼狈不堪，但心里明白拉玛阿说的不是这个。他满是污垢和汗渍的衬衫都变硬了，胡子和头发脏得都打结了。他垂下头。拉玛阿盯着房子里的摆设，眼神从乱糟糟的床铺移到墙根底下放着的箱子上。

“总之，斯塔克斯，你在这里到底做什么呢？我希望你即使送命，也是因为一些值得去做的事情才这么做的。”

于是斯塔克斯把大当家的事情和自己的计划和盘托出，

希望拉玛阿理解，别再用那种责备的眼光看自己，好像他做错了什么事似的。

“也就是说，箱子里装的都是宝石和矿石。这些东西都是你为了雇用大当家而准备的吗？”

“是的，”斯塔克斯说道，“一切都挺顺利，但积累的财富还不够多。”

拉玛阿打开离她最近的一口箱子的盖儿，往里面瞧了一眼。然后她疑惑地看了看斯塔克斯，接着打开下一口箱子，直到把摆在墙根底下的所有箱子都打开看了一遍。

然后她转过身来，双手叉腰说道：“斯塔克斯，这些简直就是巨额财富。跟箱子里的东西比，王子的赎金根本就不够看的，忘了那些你讲给我听的故事吧。拥有了这些财富，你自己就能变成王子。”

“可我觉得——”

“你觉得什么？你只要来看看就知道了！”于是拉玛阿抓住斯塔克斯的手，把他拖过来跟她一起看。这里有一摞一摞的金条、一堆一堆的青金石、整箱的红石粉和数不过来的绿宝石，还有大块大块的煤、闪耀着光泽的铁块，以及光芒耀眼的冰蓝色的钻石。昏暗的小屋变得亮堂起来。

“确实不少，”斯塔克斯自己也承认，“我自己都忘了到底挖出多少东西，可还有很多可挖的——”

“肯定还有，”拉玛阿说道，“财宝是永远都挖不完的。你不可能钻进洞里把它们全都带出来，这会让你发疯的。可你的目标是回家，你还记得吗？”

“当然记得，我就是想……”斯塔克斯的声音越来越小，说话也越来越没底气，他只好盯着靴子底下肮脏的地面。

突然间他抬起头望着拉玛阿。

“其实我讨厌这里，”他平静地说道，这话把他自己都吓了一跳，“我讨厌草地的颜色，讨厌这些长着尖刺、让人毛骨悚然的大树。我看不见大海，在空气中也闻不到咸咸的味道。这里没有羊，也没有猫咪。唉，猫咪……”

拉玛阿把一只手放在他肩上，说道：“斯塔克斯，跟我一起走吧，跟我一起去加噶泰尔跟赫吉拉碰面。你得见识一下除了这里之外的其他地方，做一些除了凿石头以外的其他事情。跟我一起走吧，我们展望一下你的下一站在哪里。”

斯塔克斯犹豫了，想着院子底下深深的矿井，还有在那里他想做的所有的事。拉玛阿后退一步，和他拉开了距离，等待他的答复。

斯塔克斯很清楚她说得对，自己每天沉迷于挖掘宝石、矿石和各种金属，已经彻底遗忘了辛苦工作、积攒财富的初衷。他本想积累足够的财富，然后雇用大当家，把福奇·坦普洛绳之以法，最后找到回家的路。可能几个星期前他就已经达到目的了，却一直沉溺其中、不能自拔。他不太同意拉玛阿所说的自己在矿井下已经进入癫狂状态，然而很明显，让他感到尴尬的是他的追求已经变得不正常了。

“你说得对，”他告诉拉玛阿，“我要去杰克贝尔。”

“去哪儿？哦，你是说加噶泰尔吧，很好。在出发之前，我们必须先做一些事。”

斯塔克斯点点头，他已经考虑清楚了。

“好的，我要把宝石、矿石，以及我的设备都掩埋起来，而且——”

“最紧要的事情是，你得先洗个澡，因为你浑身散发出一股恶臭。”

“真的？”

“斯塔克斯，你身上的味道好像一头死牛，不对，像一头死牛身上盖着从海底淘出来的烂泥，然后在大中午那会儿被扔到沙漠里而逐渐腐烂，而且是最热的——”

“好了，好了，”斯塔克斯说着，举手投降，“我知道了！”

“那就好。去外面那个小池子里洗个澡，找把剪刀把头发剪短，挑一件衬衫，把自己身上穿了一个多月的那件换了。然后我们就出发。”

斯塔克斯洗完澡，刮了胡子，理了发，把成熟的庄稼收割完，把好几口箱子埋在前门的地底下。干完这些事，太阳已经西沉。这意味着要出发去哪里都太迟了，更别说动身前往遥远的丛林了。他把草皮屋子里那张床让给拉玛阿，自己睡在地下室里。矿井下十分凉爽，斯塔克斯的思绪飘到了分支隧道的矿脉那边。但是不行，他已经结束了在这些难看的青草和树木底下进行的采矿业，他要跟拉玛阿一起走，不能重蹈覆辙。这个主意真棒，很久以来他的心情头一次这么好。

斯塔克斯闭上眼睛，很快睡着了。

第二天早上，他从矿井的活板门出来，看见拉玛阿站在院子里凝望太阳和远处群山的灰色轮廓。她站在斯塔克斯和初升的太阳中间，乌黑卷曲的长发似乎在晨曦中燃烧，闪烁着耀眼的光芒。

“我们出发吧，”她说着打开大门，歪了一下头，示意斯塔克斯先走，“我们需要四天或五天的时间，才能到达丛林。骑马会快一点儿，但我从来不骑马。比起周围的环境，我更在乎马的安危。赫吉拉说他要穿过莫蒂默裂谷那条路，可能是因为很喜欢路上那家客栈老板的烤鸡，但那条路我走了很多次，所以想走另一条路。无论怎样，我从不怀疑赫吉拉的计算能力，他的一步相当于普通人的两步。”

“你和赫吉拉是好朋友？”斯塔克斯说道。

“当然，”拉玛阿说道，“他帮我摆脱了某些困境，而且总是在我最需要他的时候出现。”

“你们俩是……”斯塔克斯不知道该如何措辞，声音也越来越小，他试图比一个手势。

“你的手在比一个心的形状吗？”拉玛阿笑眯眯地问道，“像演木偶戏那样吗？两个木偶把脸凑到一起，所有的小观众就一起发出欢呼声。”

“不是的！”斯塔克斯说道，“完全不是……好吧，有可能。实话实说，我也不知道自己想问什么。”

“哈！我就回答一下这个你问不出口的问题吧。不是的，我和赫吉拉不是恋人关系。你想知道真相吗？我觉得他对那种关系不感兴趣，他更像我的大哥哥或者最好的朋友。好多年前我就认识他了，外出游历的时候我所在的商队被强盗伏击，我伤得很重，他千方百计带我回河屋养伤。”

“河屋是什么？”

“河屋是我的家，”拉玛阿说道，“在一条蜿蜒流淌、穿过森林的小河河口，我用桦木木板造了房子，让它漂浮在水上。每隔几个月我都会回去休息一下，顺便想想自己去过的地方。”

她皱着眉，看着前方的小山坡，摇了摇头。

“每次回去，我都告诉自己这次真的要留下来了，”拉玛阿说道，“但只过了一个星期，我就觉得自己……我也不知道怎么回事，总之坐立不安。我会想起月光下看到的熔岩瀑布倾泻进热气腾腾的大海；花海里飞舞着苹果大小的蜜蜂，空气里弥漫着花粉和蜂蜜浓郁的甜香，都快让我浮起来了。我还回想起上百个我游历过的地方。接着，我就会想肯定还有像它们那么美的地方，而我还没有见识过。我问自己，这样的美景到底还有多少处，几千处还是几百万处？于是一两天后我又收拾行李上路了。”

他们沉默了一会儿，肩并肩蹚过了高草丛。

“我的房子位于一个小小的半岛上，一座跟你家附近差不多的森林边上，”斯塔克斯说道，“海边就有浮冰，还有在晚上闪闪发光的冰川。”

“啊，听起来太美了。”拉玛阿憧憬地说道。

“确实是。如果我能回去多好，我永远都不会忘记它。”

这天下午，他们已经到达山地。地势高的地方更凉爽，树木也从金合欢树变成了桦树和橡树，斯塔克斯又看见了翠绿的叶子和白色的树皮，不禁微笑起来。那天晚上，两个人在一个小山洞里扎营。这个山洞是斯塔克斯用自己的锹和镐在山坡上挖出来的，晚上不躲进墙后面，他就会觉得浑身不舒服。

走了两天，他们走到了山的尽头。站在山坡上，斯塔克斯和拉玛阿俯视一片绿色。茂密的树木从植被当中拔地而起，黑色的树冠高耸入云，一串串长长的藤蔓从树枝上垂下来。斯塔克斯很想知道，这些树有没有斯通卡特庄园旁边的冰川那么高。羽毛鲜艳的鸟儿在花草树木间飞来飞去，四处都能听到鸟儿的啁啾和昆虫的鸣叫声。

“这里是贾哥美尔吗？”他问道。

“加噶泰尔，”拉玛阿说道，忍不住放声大笑，“说实话，斯塔克斯，如果你能记得住地名，说不定你早就到家了。”

“这一点儿也不好笑。”斯塔克斯说道。

拉玛阿扬起眉，但当他们走下山坡的时候，她什么也没说。

“好吧，”斯塔克斯说道，“可能的确有一点儿好笑。”

迷失神庙位于一个山谷中，坐落在一片绿草如茵的平原上，上面零星分布着几个天蓝色的湖泊。山谷周围竹林环绕，竹子像哨兵一样挺立着。斯塔克斯敲了敲竹子，里面发出空洞的闷响。

神庙是一个低低的、金字塔结构的建筑物，由圆石搭建而成，覆盖着绿色的苔藓。赫吉拉·坦布斯正坐在神庙前面的台阶上磨剑。他抬头看见拉玛阿和斯塔克斯从竹林中走出来，马上露出灿烂的笑容。

“你没有迟到。”赫吉拉说道。

“为什么你好像很惊奇？”拉玛阿问道，“这样真的很烦人。不管怎样，我从来没迟到过，而你总是早到。”

“你怎么说都行，反正见到你真高兴。”赫吉拉说道，“还有你，斯塔克斯·斯通卡特，你的到来让我感到惊讶。你觉得加噶泰尔的雨林怎么样？”

“太美了！”斯塔克斯真心实意地说道。他没想到这里有那么多种绿色植物，不仅有蜿蜒生长的深色藤蔓，灌木丛里还有颜色鲜艳的西瓜。

“我也这么觉得，”赫吉拉说道，“遗憾的是，迷失神庙很久以前被掠夺过，金银财宝被洗劫一空。我很好奇里边曾经有什么好东西。”

“我想可能没那么糟。”拉玛阿说道，“东西可以丢失很多次，但总有办法能找回来。”赫吉拉耸了耸肩。

当赫吉拉和拉玛阿交流旅途中的所见所闻时，斯塔克斯点燃一支火把，将神庙内部查看了一遍。在最下面一层，他发现了被切断的机关引线，不管它们曾经触发过什么陷阱，现在都毫无用处。他们身后的墙上有个挖得乱七八糟的洞——粗糙的手法使得斯塔克斯有些生气——还有几口装了少量腐肉的箱子。

斯塔克斯仔细研究着墙上的洞，想知道这对建造这地方的人来说到底有什么用。他在楼上收集了一些落石，把神庙的一个角落围起来，当作他和拉玛阿休息的地方。

拉玛阿听到声音，过来看到他的杰作后笑了，然后摇了摇头。

“斯塔克斯，你真好，”她说道，“但是跟赫吉拉一起出行的好处是你可以睡在露天的地方。当然啦，只要你不介意被偶尔的咕噜声和打斗声吵醒。我想咱们应该把床放在神庙顶上，这样就能看见星星了。”

这个提议听起来比睡在神庙里更吸引人——不管怎么说，神庙里总是有一股霉味——于是斯塔克斯把床拆了，跟着拉玛阿走下楼梯。赫吉拉正在用一根手指试着剑刃的锋利度。

“关于睡在树顶的原则，你是怎么考虑的？”斯塔克斯想起他俩在大草原的对话，于是问赫吉拉。

“来这里的路上我一直都在做思想斗争，”赫吉拉说道，“最终的结论是不能住在树顶。因为我的原则是不利用庇护所，如果大家都住在树顶，那么树顶就成了庇护所。”

“可是鸟儿在金合欢树或者其他树上筑巢，”斯塔克斯说道，“那算不算庇护所呢？”

赫吉拉若有所思，拉玛阿一拳打在斯塔克斯的胳膊上。

“看在老天爷的分上，斯塔克斯，你别再刺激他啦，”她说道，“这位仁兄的原则已经够荒谬的了。”

赫吉拉微微一笑，按着斯塔克斯的肩膀说道：“拉玛阿已经把你之前在矿井里的遭遇告诉我了。我发现苦力怕是黑夜中最危险的潜伏者。它们都是些鬼鬼祟祟的生物，感觉非常敏锐。你的行动能力肯定非常突出，才能在搏斗中幸存下来。”

“那倒没有。”斯塔克斯说道，一想到苦力怕黑洞洞的大嘴和绿色的身体，他就直皱眉，“爆炸的气浪把我掀翻在地。赫吉拉，我不是战士，纯粹是运气好。”

“得出这个结论很奇怪。”赫吉拉说道，“你宁愿相信是因为运气好才在被放逐后活下来，却不认为自己能力非凡并且足智多谋，所以在困境当中能够奋起吗？”

斯塔克斯耸了耸肩，嘟囔了一句什么，但其他两个人都没听清楚。

“赫吉拉不会随便恭维别人，”拉玛阿说道，“我也一样。你可能只是需要学习一些战斗技巧，这一点我们能帮上忙。”

“学习战斗技巧只有好处，没有坏处。”斯塔克斯说道。

“太棒了。”拉玛阿高兴地说道，“赫吉拉，你负责教他击剑，我负责教他射箭，怎么样？”

几分钟后，斯塔克斯和赫吉拉面对面站着，斯塔克斯举起剑，碰到了赫吉拉的剑。赫吉拉把剑移开，从斯塔克斯的侧面斜劈下来，立即攻入斯塔克斯的防守范围，剑锋抵着斯塔克斯的咽喉。

“我是不是已经完蛋了？”斯塔克斯说道，他被赫吉拉的出剑速度和挥剑的凶猛力道惊呆了。

“不对，你只是处在刚刚开始学习的阶段罢了。”赫吉拉说道。

接下来的一个小时里，赫吉拉教导斯塔克斯注意自己一举一动的平衡，感知行动的意图。比如在进攻前做出判断：何时该留下退路，避免失去平衡；何时要站稳脚跟，准备反击。

一小时后，斯塔克斯觉得对用剑更加有把握了，但在训练中赫吉拉还是不停地让斯塔克斯吃苦头。就算斯塔克斯暂时占有优势，很快就因操之过急而把要害暴露出来，结果被击败。而且每当他防守不利，就会感到恐惧和沮丧，于是很快赫吉拉的剑锋就抵在斯塔克斯的胸前。

“你的身体正在学习，意识和心灵却跟不上身体，”赫吉拉说道，“一位真正的战士永远不会让情绪指挥战斗。你的情绪会让身体无所适从，从而让你没办法集中精神。一旦精神无法集中，你就完蛋了。把情绪抛在一边，将专注力集中在这一刻。”

让斯塔克斯感到惊讶的是，他发现这个方法对自己确实有帮助。接下来的一个小时里，他气喘吁吁，但赫吉拉再三指出斯塔克斯做得对的地方，而不是斯塔克斯做得不对的地方，并且说了好几次“很好”。

“现在来学射箭。”拉玛阿说道。

“我太累了。”斯塔克斯说道。

“哼，少来这一套。你不需要移动就能射箭。过来，斯塔克斯。瞄准那棵树边上的可可豆荚。”

拉玛阿把她的弓递给斯塔克斯，这张弓的重量和她握弓的手法都不一般，让斯塔克斯深感佩服。在拉玛阿的注视下，他搭上一支箭，瞄准目标后射了出去。箭射歪了，飞入草丛里。

“射的时候，手不要抖。”拉玛阿指导他说，“搭好箭，瞄准目标，然后松开弓弦，不过如此。箭飞出去的路径随着瞄准方向而定，你要做的就是把箭射出去。”

“说起来容易，做起来难。”斯塔克斯抱怨道，但他又试了一次，这次箭飞得太低了，砰的一声扎进了地面。

“你会找到要领的。”拉玛阿说道，“看着，我演示一下，可能对你有帮助。”

她从斯塔克斯手中接过弓，搭上一支箭。

“站在我右边，把手放在我手上，”他朝她挪了一步，她说，“斯塔克斯，离我再近点儿，我不会咬你的。对了，现在感觉我的手部动作。眼睛一直盯着目标，呼气，”她说道，斯塔克斯感觉她在说话的时候肩膀靠着他，“呼出你肺里的空气，这样你就能保持冷静。然后，松开弓弦。”

她的手在他的手中松开，箭瞬间从弓弦上飞出，把一个可可豆荚射成两半。

“你自己试一下。”拉玛阿说道。

斯塔克斯从她手中拿过弓，搭上一支箭，拉开弓弦。等到箭尖不再颤抖着画圆圈并且保持静止时，他呼出一口气，松开了弓弦。

“正中目标！就是这样！斯塔克斯！太棒了！”

拉玛阿拍着手，斯塔克斯射中的可可豆荚就在刚才她射中的可可豆荚旁边。

“你还有很多功课要学习，斯塔克斯·斯通卡特，但你比自己想象中更像一位战士。”赫吉拉说道。

拉玛阿回来了，一只手拿着两支箭，另一只手拿着一簇可可豆荚。

“我同意赫吉拉的话。明天我们为你做一张弓。这片丛林里的木头是制作弓箭的理想材料。现在，既然你带着小麦，我们可以做曲奇了。”

第二十四章

寻找大当家之路

拉玛阿生火，赫吉拉制作曲奇，斯塔克斯被派去放哨。斯塔克斯绕着火光踱来踱去，脸色凝重地望着暮色中的树林，仿佛在担心每一丛灌木里都潜伏着苦力怕，每一棵树后都藏着骷髅射手。

但没有任何东西来找麻烦，很快他们就吃上了曲奇。曲奇虽然很烫，但非常好吃。赫吉拉两只手倒来倒去，滑稽地吹着他那块刚咬了一口的超大曲奇。

“他不穿鞋，不肯睡在屋檐下，喜欢吃曲奇。”拉玛阿笑着对斯塔克斯说，“赫吉拉·坦布斯是个奇怪的人。”

“我们都是奇怪的人，”赫吉拉微笑着说道，“因为奇怪，所以有趣。”

“朋友，你才是奇怪的人。”拉玛阿说道，“赫吉拉，下一站你要去哪儿？我已经答应别人去一趟卡拉赫斯，带领一支商队南下。所以我有几天的时间回一趟河屋。你想和我一起走吗？他们一直都想找个能干的向导。”

“有可能。不过，我想知道我们的朋友斯塔克斯的道路将把他引到何处去。”

斯塔克斯惊奇地看着他俩说道：“我的自我发现之路指引我来到这里。咱们已经完成所有该做的事了吗？我还以为至少要探索一下这里的遗迹，看有没有漏掉什么，或者……其他的事情我现在不好说。”

赫吉拉和拉玛阿交换了一下眼神，让斯塔克斯觉得他们两个人在开只有他俩懂的玩笑。

“我们的目的是拜访加噶泰尔，”赫吉拉说道，“我想知道迷失神庙变成了什么样子，现在我已经知道了。至于拉玛阿——”

“至于拉玛阿，让她自己说好了，”拉玛阿接过话茬，“我想观察丛林动物——豹猫和鹦鹉——我会仔细观察，直到我闭上眼睛也能想象出它们的样子。这项活动我想在去卡拉赫斯之前完成，就从明天拂晓开始。斯塔克斯，想不想一起去卡拉赫斯？”

“如果我们已经达成了来这儿的目标，我就要回热带草原了。”斯塔克斯举起一只手说道，“我只想把宝石和矿石收集起来。等把这些东西准备好，我就去找大当家，看他能不能帮我。”此时拉玛阿的表情变得很严肃。

“为了见这位大当家，你打算走多远的路？”赫吉拉问道。

“能走多远，就走多远。”斯塔克斯回答。

“为了报仇。”赫吉拉说道。

斯塔克斯摇了摇头：“不，我是为了正义。在和拉玛阿离开大草原之前，在矿井下度过的最后一晚里，我思考着为什么不能阻止福奇·坦普洛夺走我辛勤工作所得的一切。灾难降临在我身上，也降临在我祖母建造的房子上。这样的事情可能还会发生在我或者其他人身上。你应该知道，我不是福奇·坦普洛恶行的第一个受害者，我敢打赌我也不是最后一个。像他这样的人会一直作恶，除非有人阻止他。”

“以我的经验，正义说起来容易，实现起来很难。”赫吉拉说道。

“不试一下怎么知道呢？”拉玛阿反驳道。

“你高尚的情操一直令人钦佩，”赫吉拉说道，“斯塔克斯，如果你得到了正义，却不是你自己的，你该怎么办？”

“什么意思？”

“你的房子被强盗袭击了，”赫吉拉说道，“你的财产不用说都打了水漂儿。即使你能面对福奇·坦普洛，可这一切都要不回来了。”

“只要知道他的恶行被阻止，做什么都是值得的，”斯塔克斯说道，“为了实现这个目标，就算天涯海角，我也愿意去。”

赫吉拉点了点头，眯起了眼睛。

“又是这种表情，”拉玛阿说道，“你是不是还有什么秘密？”

“我听说过斯塔克斯无比信任的这个大当家的一些消息。”

斯塔克斯听了，马上爬起来问道：“你听说什么了？”

“越过众人皆知的无尽沙丘就是灰峰镇，大当家住在一个城堡里，可那里离无尽沙丘还有很远的一段路。我曾经从两个方向走过，从西到东的距离有——”

“赫吉拉，”拉玛阿说道，“别绕弯子，快说重点。”

“好吧，有点儿跑题了。总之，斯塔克斯，现在我明白你的自我发现之路在哪里了，我认为这值得你去探索。如果你想去拜访大当家，我可以给你指路。”

“你的意思是和我一起去吗？”斯塔克斯问道。

赫吉拉很惊讶，于是斯塔克斯明白赫吉拉完全不是这个意思。可是赫吉拉皱着眉仰望星空，陷入沉思。

“赫吉拉，跟他一起去吧。”拉玛阿说道，“如果不是答应了人家，我也会同行的。”

“好吧，”赫吉拉说道，“只要斯塔克斯愿意。”

“当然，我愿意！”斯塔克斯开心地说道。

他们往东走，加噶泰尔雨林的树木变得稀疏起来，取而代之的是草原和起伏的山丘。树木很快变得稀疏零落，最后出现了一直延伸到地平线的沙丘。

拉玛阿不再盯着沙丘看，而是转过头来，不停地扫视着斯塔克斯与赫吉拉，脸颊在黑色鬈发的衬托下显得越发严肃。

“真希望能跟你们一起去，”拉玛阿说道，“我觉得自己犯了个错误。”

“你只是信守诺言罢了，”赫吉拉平静地说道，“你一向如此。”

“好吧，可能这次我要破例了。”

赫吉拉什么都没说，他和拉玛阿之间的表情让斯塔克斯感觉不舒服，自己好像是硬闯进来的局外人。

“我和赫吉拉去就行了，”斯塔克斯对拉玛阿说道，“你还有一个商队要保护。谁知道沿途会不会碰上个被困的倒霉鬼？他无处可去，也不知道怎么射箭。碰到你的话，他就走运了，像我一样。”

接着，他拍了拍那张曲线优美的弓。弓是拉玛阿教他制作的，现在就挎在他肩上。

“我觉得非常有可能。”拉玛阿笑着说道，一边把手放在斯塔克斯肩头，过了一会儿她叹了口气，看着南方，“赫吉拉，我会在卡拉赫斯商队留言，或者在坦布尔斯港的布鲁布斯和辛子那里留言。斯塔克斯，我希望你照顾好赫吉拉，别让他再定下什么神奇的原则，例如只能用手走路之类的。”

“你要迟到了，”赫吉拉说道，“现在该出发了。”

“我爱你们两个。”拉玛阿说道，她又叹了口气，系好肩头的绳结，大踏步向南方走去。

“我们得走了，”赫吉拉说道，“无尽沙丘在晚上非常危险。”

斯塔克斯不情愿地把目光从拉玛阿的背影那里收回来，跟着赫吉拉穿过沙漠。他不得不加快脚步，跟上黑衣旅行者那大而有力的步伐。他们身后的草地逐渐消失，变成灰绿色的模糊影子。一路上赫吉拉沉默不语，斯塔克斯知道对方有心事。

“你也不想让她离开吧。”斯塔克斯说道，以为自己猜中了。实际上赫吉拉的原则已经够严苛的了，斯塔克斯没必要给自己添堵。

“我不想让她走，”赫吉拉说道，“但我知道她必须去。很久以前她曾经违背过一个诺言，直到现在她对当时的决定还有负罪感。不论走到哪里，她都无法释怀。只有宽恕了自己，她才能从内心深处找到平静。”

斯塔克斯沉默了几分钟，琢磨着赫吉拉话里的意思。

“当时出了什么事？”斯塔克斯最后还是忍不住问道，只有赫吉拉和盘托出一切后，真相才能大白。

“拉玛阿的故事讲不讲都行，”赫吉拉说道，“来吧，斯塔克斯·斯通卡特，你的故事就摆在我们眼前。”

无尽沙丘带给斯塔克斯极大的震撼。跟福奇和匪徒们把他扔下来的荒凉海岸风格完全不同，这里一直以来都是单调枯燥的地方，但沙丘有一种荒凉的美。这里有高塔一般耸立在沙丘上的绿色仙人掌，还有因为他俩靠得太近而四散奔逃、寻找庇护所的野兔，这里的动植物展现的无限生命力也使二人啧啧称奇。

虽然白天的阳光非常强烈，但夜晚来临时气温陡然下降。

太阳西垂时，赫吉拉拦住了斯塔克斯。

“我建议你找个合适的地方作为晚上的营地，”赫吉拉说道，“我自己不能使用庇护所，也不能帮助别人建造。因此你得自己扎营，否则就会违背——”

“我来猜猜看——否则就会违背你的原则，是吧？”斯塔克斯叹着气说道。

斯塔克斯开始在一块岩石上开凿隧道，这块岩石没有被无边无际的沙丘覆盖而改变外观。赫吉拉站在附近，遥望着地平线。

“我有个疑问，”斯塔克斯说道，“也许庇护所要很晚才能建好，假设在它还没建好的时候，就有东西袭击我们，在原则允许的情况下，你能做什么呢？”

“那时就要考验我跟暗夜生物搏斗的能力了，我一直都是这么做的。这么做也是在保护你，但我肯定不会帮你建庇护所，那样会阻碍你的自我发现之路。”

斯塔克斯靠在锹上说道：“可你提醒我应该扎营了。”

“你是个没有什么经验的旅行者，”赫吉拉说道，“你肯定不了解这一带的危险。没事，你接着干吧。”

“你明天还会提醒我时间到了，该扎营吗？”

“不会的，”赫吉拉说道，“因为你已经知道了。”

“你的原则还真是复杂，”斯塔克斯说道，“了解得越多，我的疑问越多。”

“这些问题等明天再问吧。”赫吉拉说道，“话说回来，这些原则经常使我和拉玛阿或者其他结伴的旅行者发生冲突，我对你也感到很抱歉。”

这位战士鞠了一躬，然后转过身，面对沙漠站着。斯塔克斯挖好了庇护所，然后在里边舒舒服服地睡着了，虽然时不时地被外面武器相碰的叮当声和怪物的咕噜声惊醒。

第二天早晨，赫吉拉看起来很憔悴。他疲惫地拄着剑，眼睛下面都有黑眼圈了。

“你昨晚睡觉了吗？”斯塔克斯关切地问道。

“只睡了一小会儿。这一带没有树，所以穿越沙漠很是艰难。”

斯塔克斯没想到这一点，心里马上充满了负疚感：“今晚我们换班吧，你在沙地上睡觉，我来站岗。当然了，这个要看有没有违反你的原则。”

赫吉拉按了一下他的肩膀：“斯塔克斯，你的朝圣之路以仁慈为标志，它将为你增光，我欢迎这种考验。每次当我感觉到原则在召唤我时，我就会穿越无尽沙丘很多次。如果我们今天抓紧时间，日落前就会到达一个友善的村子。我相信再过一天就会到达大当家的地盘了。”

斯塔克斯屏住呼吸，简直不相信能把福奇·坦普洛绳之以法的人就近在咫尺。这个念头整整一天都支撑着他，那个漫长的下午他几乎都能跟上赫吉拉的步伐。

太阳快落山的时候，斯塔克斯发现北边有一片深橙色的建筑群，赶紧指给赫吉拉看。

“这里是帕坦纳村，”赫吉拉说道，“村民是一群奇怪的家伙。虽然不是坏人，但他们只喜欢自己人，不喜欢外人。斯塔克斯，我们继续往前走，再过一个小时应该就到沙丘东端了。”

当然，赫吉拉说得对。日落前他爬上一棵橡树，斯塔克斯在芳草如茵的山坡上挖了一个庇护所。第二天早晨，赫吉拉看起来神清气爽，昨晚他的收获不多，只有一根骨头和一只紫红色的蜘蛛眼。

斯塔克斯发现这个村子非常美丽，而且村民热情好客。到处鲜花盛开，牛羊在树荫下悠闲地吃草。当他们经过规整的农场篱笆，走过很多个小型农场时，村民都热情地问候他们。

中午时分，赫吉拉指着北面说他远远看见了灰峰镇。让斯塔克斯泄气的是，自己什么都瞧不见。可是一小时后，斯塔克斯也看见了——远处有个模模糊糊的灰色影子，但确实就在那儿。到了傍晚，灰峰镇赫然出现在草地和森林中，落日余晖给它镀上一层明亮的粉红色。

“斯塔克斯，我很荣幸能带你来这里，”当他们坐在火堆旁啃着羊肉的时候，赫吉拉说道，“但接下来的这段旅程必须你自己走。”

“你要离开吗？”斯塔克斯问道。因为担忧，他变得很紧张。

“不是。”赫吉拉说道，“如果你愿意的话，我会陪你一起回坦布尔斯港附近的热带草原，或者去卡拉赫斯，或者河屋，或者其他的什么地方都可以，只要我们同路。但你必须自己去见大当家。我能感觉到这是你命运中关键的一步，这是我的原则，不能随意改变。”

“你瞧，这就是我不能理解的地方。”斯塔克斯说道，“你和拉玛阿帮助了我和很多人。因为不想干涉别人的命运，所以你是如何判断该什么时候出手，什么时候回避的呢？”

“相同的问题我也问过我自己，但我不能保证今天的答案和明天的一样。斯塔克斯·斯通卡特，你正在发现你究竟是谁以及你在世界上的位置。这条自我发现之路恕我不能陪你走下去了。”

“有没有人找到自我后又迷失的呢？你一直告诉我，我比自己想象中更像一位战士，你还教我怎么用剑。这样不算是和我同行吗？”

“这是你的道路，”赫吉拉说道，“给你指路跟与你同行不一样。”

“但是……没关系，你明白就行。”斯塔克斯说道，他太累了，没办法思考赫吉拉令人疑惑的人生哲学。

“很好，”赫吉拉说道，“我找到一棵很不错的树可以休息。明天一早我们再继续讨论吧。”

当晚，赫吉拉收获了好几件战利品。第二天早上，他拿给斯塔克斯看，其中有一顶金色的头盔。很明显，头盔非常旧。它原本属于一个僵尸，不过那个家伙犯了个致命的错误，眼看黎明即将到来，还敢骚扰赫吉拉。

赫吉拉得到这顶金灿灿的头盔很是兴奋，于是斯塔克斯不忍心再提起那个让人费解的原则了。斯塔克斯还有点儿担心赫吉拉认为自己将改变斯塔克斯的命运，从而一走了之。

赫吉拉给斯塔克斯指了一条路，走出草地后一直往灰峰山顶去，那就是大当家的地盘。而这里有一条修建得很好的石子路，沿着斜坡缓缓向上，在山间蜿蜒。

斯塔克斯深深吸了口气，开始往上攀登。

接近山顶的时候，斯塔克斯又一次担忧起来，因为没有随身携带整箱的财宝。他考虑过要不要先回热带草原一趟，可路程实在太遥远。如果就这么下山，赫吉拉·坦布斯可能会出于自己的某些原则拒绝跟斯塔克斯结伴回去。总之，如果斯塔克斯听到的传言是真的，一般情况下，大当家会跟前来寻求帮助的人们交易，肯定有一些人来的时候没有带整箱的财物，经过商谈后，他们了解大当家开的价再离开。他也可以找到大当家，说明自己的目的，让大当家开个价，然后回热带草原去，带着自己的财宝再回来，至少他希望这样行得通。

斯塔克斯不知道山顶上有什么。也许有一支穿着锃亮盔甲的军队；也许有一条龙，它的眼神让人昏昏欲睡，翅膀在阳光的照耀下发出七彩的光芒。

然而，山顶什么都没有。

石子路一直延伸到两座山中间绿色山谷的尽头，道路两边竖着铁栅栏。斯塔克斯看到栅栏里有牲畜围栏和一排排庄稼。其实大当家的庄园景色和斯塔克斯家的庄园很像。斯塔克斯不由得呼吸急促，心怦怦直跳。

一扇深棕色的橡木大门拦住了去路，上面没挂牌子，但门旁边有个跟大门颜色相近的按钮。

斯塔克斯按了按钮。

“有人吗？”他问道。

没人应答。斯塔克斯又按了好几次按钮，问了好几次有没有人，即使很确定没人听见，他还是结结巴巴地解释他是谁、从哪儿来。可还是没有回音，除了远处牛哞哞的叫声，他什么声音都听不到。过了几分钟，斯塔克斯背靠着栅栏坐了下来。

他走了很长一段山路，此刻微风吹拂在他的脸上，他感觉很舒服。斯塔克斯从口袋里掏出指南针，低头看着它。不知道父亲是否来过加噶泰尔雨林、无尽沙丘或者帕坦纳村。他多希望那时候问问父亲，让父亲解释一下地图上那些旗帜背后的故事，聊一聊父亲去过的地方和见过的人。

远处传来嗒嗒的马蹄声，斯塔克斯急忙站起来，看到一匹马驮着个人，顺着石子小道，向着大当家庄园的方向不紧不慢地走来。

这是一匹漂亮的帕罗米诺马，毛色是栗色夹杂奶油色。马上的人又高又瘦，满头白发，目光坚定。

“非常荣幸见到您，大当家。”斯塔克斯迟疑着，不知道该称呼对方为先生还是阁下，最后干脆直呼大当家，“我叫斯塔克斯·斯通卡特，走了很远的路来见您，想寻求您的帮助。”

第二十五章

大当家现身

“先生，您对我的称呼不合适。”白发男人严肃地说道。

斯塔克斯恨不得踢自己一脚。他现在知道了，应该称呼大当家为先生。

“斯通卡特先生，我不是大当家，”那个男人接着说道，“我是他的管家，名叫特洛伊。”

“哎呀，你好，特洛伊先生。见到你太好了。那么……大当家在这儿吗？”

“他可能在后花园工作，”特洛伊说道，“他和您约好了吗？”

“没有，”斯塔克斯承认，“我以前没有向大当家求助过，不知道要事先通禀的。”

“我带您去见他。”特洛伊说完，下马打开大门。在斯塔克斯进门后，特洛伊把门关上，又翻身上马，顺着石子路往前走去。斯塔克斯跟在特洛伊身边，一路经过牲畜围栏、田地、鱼塘和一个带凉亭的大花园。

“这地方可真好。”斯塔克斯说着，又开始想家了。他忽然想知道大当家有没有养猫，但决定还是不问了，因为特洛伊看起来对冒冒失失地出现在门口的斯塔克斯并不是特别欢迎。

特洛伊没有再说什么，斯塔克斯也埋头走路、一言不发，只听见帕罗米诺马的蹄子踩在石子路上发出嗒嗒的声音。

这栋房子坐落在山谷后面的斜坡上，坐东朝西。它是由灰色岩石造的——斯塔克斯认为那是安山岩——用粉红色的花岗岩作为点缀。房子两端矗立着塔楼，阳光从窗玻璃上反射出去。特洛伊带着斯塔克斯绕到房子的后面，走下楼梯，来到被精心侍弄过的花园里。特洛伊把马拴在栅栏上。

“先生，这边请。”特洛伊说道。

斯塔克斯跟着特洛伊穿过修剪得整整齐齐的玫瑰花丛和一排排五颜六色的郁金香。在花园后面的橡树下，一个男人站在草坪中央，背对他们。那个男人往前伸出手，用剪刀剪掉一丛稀稀落落的青草。

“先生，”特洛伊说道，“您有一位访客。斯通卡特先生想见您。”

“谁？”那个男人说着转过身。他看起来比斯塔克斯大二三十岁，脸庞轮廓分明，蓝眼睛炯炯有神，双臂修长，体格健壮。那个男人穿着一件奢华的青色便袍。

“大当家先生，非常荣幸见到您，”斯塔克斯开口说道，

“我是斯塔克斯·斯通卡特，而且……嗯，我长途跋涉来到这里，是想向您求助的。”

“唉，老天哪，斯塔克斯，别那么叫我，”这个人说道，随即向特洛伊点点头，特洛伊低头示意后走开了，这个人继续说道，“叫我艾伯尔吧。”

“好的。嗯，艾伯尔，你的庄园真漂亮。”

“谢谢夸奖。”大当家（不对，斯塔克斯提醒自己，这个人宁愿别人叫他艾伯尔）说道，“新花园的土地出了点儿问题，我本来打算种牡丹的，可是一夜之间园子里的土全都不翼而飞了。根据以往的经验，我怀疑是末影人干的，他们常搞这种恶作剧。真是些奇怪的家伙，主世界这么多金银财宝不要，偏偏要这些泥土干吗？”

“没错，”斯塔克斯说道，“我家里也发生过这种事。其实，我来你这里就是因为我家出了事。”

“好吧，”艾伯尔说着擦了一下眉毛说，“今天这里有点儿热，咱们去餐厅聊吧，我让特洛伊准备一顿简单的午餐。”

“没问题，”斯塔克斯正要开口讲述自己的经历，赶快转了口风，“这听起来很棒，谢谢你，大当…………艾伯尔阁下。”

艾伯尔领着斯塔克斯登上一排光滑的石阶，来到一处可以俯瞰花园的门廊。特洛伊听到大当家的要求后点了点头，悄悄退下了。

“这是磨制安山岩吗？”斯塔克斯问道，一只手在墙上摩挲着，“做工很好。我家过去一直从事这种切割和打磨石头的生意。”

“我带你到处参观一下吧。”艾伯尔说道。斯塔克斯本想拒绝，因为自己没有必要参观，可大当家已经把客人领进了房子里。

大当家的客厅宽敞明亮，墙壁由打磨过的石头砌成，天花板上挂着灯笼。书架上摆着花瓶，书架上方的墙面挂着颜色鲜艳的画。各种各样有意思的玩意儿作为战利品展示出来：一顶带着凹痕的头盔旁边有一个苦力怕的头，一张精心制作的弓紧挨着一尊金色人像，镶在镜框里的指南针和地图摆在一起，地图上的海岸线标注了一个红色的X。

艾伯尔环视着房间，好像生怕斯塔克斯看漏了什么。

“这些都是我的念想，”艾伯尔说道，有那么一瞬间他看起来很忧伤，但有些回忆使他的眼睛充满了神采，“那顶头盔是暗夜尤里克的，我把他赶下了台。那尊人像是我把费斯普鲁海盗击退后，克拉索洛岛的人民赠给我的。那张地图上标着尤班纳迷失部落的位置，是围攻那座堡垒后缴获的。”

艾伯尔脸上带着微笑，思绪飘到了很远的地方。斯塔克斯在一个展示台前停下脚步，展示台上有一整套钻石盔甲：头盔、胸甲、绑腿和靴子。盔甲上闪烁着光芒，很明显这是一套经过附魔的装备。

“这套钻石盔甲是老费尔顿为我打造的，他是坦布尔斯港最厉害的附魔师。”艾伯尔说道，“他制作的盔甲简直牢不可破。当然，附魔本身也能抵挡许多危险。”

在艾伯尔讲述围攻尤班纳的经历时，斯塔克斯忍不住用手指摩挲着那顶头盔，发现手指头沾了一层厚厚的灰尘。

艾伯尔打开角落里的一口箱子。目光越过艾伯尔的肩头，斯塔克斯看见箱子里面堆满钻石和青金石。艾伯尔手里拿着一把钻石剑转过身。

“这把剑是金审判官的，”他说道，“斯塔克斯，你用剑吗？试试看，你就会发现它很趁手。”

艾伯尔掉转剑身，把剑柄递给斯塔克斯。斯塔克斯呆呆地接过武器。剑不是特别趁手，但轻得出奇。斯塔克斯试着挥出一剑，剑身似乎嗡嗡作响。斯塔克斯感到剑身既没有力道，也没有杀气。

斯塔克斯小心翼翼地把金审判官的剑还给艾伯尔，对方仔细端详了一会儿，脸上浮起微笑，然后把剑放回装满钻石的箱子里。

“啊，特洛伊来了，”艾伯尔望着斯塔克斯说，“我们用餐吧。”

艾伯尔带着斯塔克斯来到一间用不同木材镶嵌和装饰的餐厅里。地板是玻璃做的，斯塔克斯能清晰地看见玻璃下面色彩鲜艳的鱼儿在紫色、蓝色和粉色珊瑚之间游弋，石块发出的柔和光芒把里面照亮了。

“你见过大东海的热带珊瑚礁吗？”艾伯尔问道，“再现那里的海景是个大工程。可能这算是我的小任性吧，坐在这儿吃晚饭和观赏鱼儿是我最大的享受。”

长桌的另一头放着两个盛满了西瓜和蛋糕的盘子，艾伯尔帮斯塔克斯拉开椅子，自己也坐下。西瓜很新鲜，味道甜甜的，斯塔克斯尝到它的美味后愉快地闭上了眼睛。正当他充满向往地看着蛋糕时，突然清醒过来。没错，蛋糕一定很好吃，在这么漂亮舒适的房子里享受美味的食物真令人愉快。可这不是他来的目的吧？

“阁下，非常感谢您的盛情款待。”斯塔克斯说道，正在观赏鱼儿的艾伯尔好像吓了一跳，抬头看着斯塔克斯。

斯塔克斯继续说道：“我在坦布尔斯港第一次听说您的事——听说您帮助他人的事迹。您帮助的那些人包括把面包当酬劳的农民以及被绑架的王子和公主。”

艾伯尔摇着头，嘴里嘟囔着什么。

“阁下，您在说什么？”斯塔克斯说道，“我没听清。”

“他们俩都是被宠坏的孩子，”艾伯尔说道，“公主用火烧我的马尾巴，王子向我拿给他的每一样吃的东西上吐口水。”

“天哪！”斯塔克斯说道，“不过，他们不应该被绑架，他们肯定被吓坏了。您帮助了他们，还有他们国家的人民，所以我希望您也能帮帮我。”

艾伯尔靠在椅背上听着，斯塔克斯认为那是允许自己接着说的意思。于是斯塔克斯从福奇·坦普洛在码头上下了船讲起，一直讲到他在坦布尔斯港工作。

“真可怕！”艾伯尔说道，有一阵子斯塔克斯看到艾伯尔眼里燃烧着怒火，但接着艾伯尔又坐回椅子里，双手放在桌上，指尖搭在一起，“可是斯塔克斯，很久以来，与其说我是战士，不如说我是绅士兼农民。”

“我知道肯定有很多人来见您，很多人比我更需要帮助，”斯塔克斯说道，“我来到坦布尔斯港后一直在挖矿，积攒了很多宝石和矿石，你可以用那些财富去帮助其他人。”

斯塔克斯一边说着，一边环视着房间——光滑的有镶嵌装饰的木条，在玻璃下重建的海底世界——想着大当家如何花费巨额财富独自建造这栋房子。在“大鱼缸”上吃午餐的富翁怎么会帮助在主世界里艰难求生的其他人呢？

“上次离开这里的时候，强盗们在马背上伏击了我，”艾伯尔说道，“我差点儿把金审判官的剑弄丢了，盔甲被砸出了凹坑。我只好把头盔和盾牌都换了，因为损坏严重，它们已经不能继续使用了。”

“你把它们换了？”斯塔克斯问道。

“嗯，我必须这么做。”

“那些强盗呢？”

“我把他们赶走了。”艾伯尔说道。

“由于这个原因，所以你后来就不再帮助别人了吗？”斯塔克斯问道，“我不太理解。对你来说，最糟糕的事情难道就是钻石盔甲损坏了一点儿？所以你就一直待在家里，尽管这么多人都需要你的帮助，而世界上还有这么多不公正的事。”

“说得对。你是没办法理解的，”艾伯尔说道，“我不能把主世界所有的丑恶都铲除，虽然我为此尽了最大的努力，但是看来没什么意义。在这里，至少我能创造一点儿美的东西。你不觉得这样很明智吗？”

斯塔克斯摇了摇头说：“过去几个月里，我在主世界领略了太多美妙的风光。世上的美景不计其数，无论是海滩和丛林，还是沙漠和草场，都有让人感到震撼的美。世界并不需要更多的美，但是需要更多的正义。”

“但你没办法摆脱不公正的命运，”艾伯尔叹了口气说道，“就在昨天，一伙强盗还包围了这栋房子，一直攻到篱笆前面，我把他们赶走了，但以后会有更多的强盗过来。摆脱不公正的命运？这就像往一个漏了的水桶里倒水似的，根本行不通。”

“那就把桶修好。”斯塔克斯说道，“我以为你一直在这么做，这是你毕生追求的理想。”

艾伯尔看着斯塔克斯，斯塔克斯看起来好像并不理解他——或者不想理解。怒火在斯塔克斯的胸膛里燃烧。

“福奇·坦普洛对我所犯下的罪行，也会施加在其他人身上，”斯塔克斯说道，“施加在其他无辜的人身上。也许你觉得不值得为我去战斗，但你可以为其他受害者出头。即使你不想帮助我，也可以想办法阻止福奇继续为非作歹。”

“我认识像法奇或者富奇什么的这类人，”艾伯尔叹了口气说道，“他们极端恶毒残忍。有时候我真不明白他们为什么变成这样，永远也想不通。”

斯塔克斯心中又燃起了希望。难道大当家回心转意，想起来他是怎么得到这个尊贵的头衔的吗？

“我认为对福奇这种人来说，这件事没有答案。”斯塔克斯说道，“对他来说，残忍是天性，他很享受干坏事的感觉，就像享受偷来的财富似的。所以必须阻止他继续作恶。”

“如果他被迫收手了呢？”艾伯尔问道，“还会有另外一个跟他一样的人出现。不要当英雄——那些小镇上的人怎么称呼我都行——这是我得到的教训。一个坏人不见了，马上又会冒出来一个。如果我除掉福奇，主世界不会感激我，它一点儿都不在乎。它只会盯着我怎么对付下一个福奇。什么时候我才能停下来？什么时候才能享受我赢来的生活？”

斯塔克斯的怒火又升起来了。他想把怒火压下去，但做不到，这股怒火越烧越旺。

“可主世界里的很多人是感激你、在乎你的，”斯塔克斯说道，“我一开始听到你的事迹时就是如此，而且主世界里的很多人真的需要你。你穿着钻石盔甲从这儿走出去，挥舞着手中的剑，没有人敢在战斗中面对你。你有能力帮我，但你谁都不想帮，因为你认为善良是有限度的。你不想让你这个小园子被损坏一点点，所以你只想安居此地，赏玩美景。这么做除了对你自己有好处之外，对任何人都没有好处。”

艾伯尔从桌边站了起来，脸上的表情很忧伤。他低头看着玻璃地板下的鱼，过了一会儿，慢慢地走到窗边俯瞰花园。他在那儿站了很久。

然后艾伯尔开口了，声音很低，斯塔克斯几乎听不清艾伯尔在说什么。

“你该走了。”这个被称作大当家的人说道。

“是的，”斯塔克斯站起来说道，“我也觉得我该走了。”

第二十六章

帕坦纳危机

斯塔克斯顺着石子路回到山脚下的草坪时，已经是下午了。赫吉拉正盘腿坐在树下，翻来覆去地看着那顶从僵尸脑袋上扒下来的金头盔。

斯塔克斯把见到大当家的情形和对方的决定都告诉了赫吉拉。赫吉拉静静地听着，神色平和。

“那么你打算怎么办？”赫吉拉问道。

“我也不知道，”斯塔克斯回答，在赫吉拉身边的草地上颓丧地坐下来，“本打算找到大当家，说服他帮我实施计划。可是我失败了，惨败。”

“很明显，你只能换个方向前进，”赫吉拉说道，“这是常有的事儿。”

“什么意思？”深深地陷入沮丧之中的斯塔克斯问道。

“如果你能在这场……这场灾难中看到什么出路，能不能直接告诉我，别老是打哑谜？因为我实在是走投无路了。”

“那样会违背我的——”

“你迂腐的原则。”斯塔克斯接过话茬，爆发出一阵狂笑，“我猜就是这样。赫吉拉，你知道吗？我的路是回到坦布尔斯港，我虽然不愿意，但这是我能想出来的唯一出路了。”

赫吉拉点了点头，站起来说：“我们该走了。”

说着他把金头盔扔在草地上，向西走去。

“你就这么把它扔下了吗？”斯塔克斯问道，一翻身爬起来，捡起那顶头盔。

赫吉拉转过身说道：“它只会给我增加负担。像许多人一样，我知道金子很漂亮，但它太重了。”

说完，赫吉拉继续往前走，斯塔克斯端详了一下这顶古老的头盔，把它轻轻地放在地上，然后去追赶他的同伴。他很怕赫吉拉说“别跟着我”，但这位战士只是点了点头，已经把斯塔克斯刚才发脾气的事抛在脑后。

当草地逐渐变成了无尽沙丘，斯塔克斯感觉自己烦乱的思绪已经平静下来。赫吉拉没说话，只是在斯塔克斯身边走着。斯塔克斯觉得跟赫吉拉相处很舒服。在斯塔克斯大脑一片混乱的时候，赫吉拉并没有追问大当家为什么拒绝帮忙或者斯塔克斯想怎样选择自己的道路。赫吉拉让斯塔克斯顺其自然，这确实令人感激。

傍晚的时候赫吉拉停了下来，举起一只手。

“怎么了？”斯塔克斯问道，向天际张望着，“你看到什么了吗？”

“我听到声音了。我们在帕坦纳村附近，爬到沙丘顶上看一下吧。”

赫吉拉敏捷地爬上沙丘，他的赤脚感觉到沙子下面是坚硬的之字形小道。斯塔克斯用尽全力跟上赫吉拉的步伐。快到沙丘顶上的时候，斯塔克斯也听到一些声音：钟声、金属互相撞击发出的叮当声和人们的叫喊声。

赫吉拉站在沙丘顶端，俯视着帕坦纳村橙色的房子。

“掠夺者[8]在袭击村庄，”赫吉拉说道，“跟一群疯子是没有道理可讲的。他们要把帕坦纳村洗劫一空，一个活口都不留。”

斯塔克斯连这些掠夺者长什么样子都能看清，这些家伙都有着灰色皮肤、黑色眼睛，举着旗帜和弩。村民们从四面八方赶来，试图保卫自己的家园。

“这种情况下，按照你的原则应该怎么办？”斯塔克斯问道，“你要去干涉他们的命运吗？”

他的语气里带着自己都意识不到的怨气，但赫吉拉并没有被触怒。

“帕坦纳村的村民们过着简单的生活，”赫吉拉说道，“他们饲养牲畜、种植庄稼，为孩子创造更好的生活。如果有更

⑧《我的世界》里最常见的灾厄村民，以弩为武器。

多的人发现这是一条值得追随的道路，主世界会变得更加美好。斯塔克斯，我的原则就是这样。你的原则告诉你该怎么做呢？”

“我的原则吗？我没有原则。”

“每个人都有自己的原则。不同之处在于很多人根本没发觉自己有原则。”

斯塔克斯看着掠夺者们举着弩一步步逼近，不知道他们是不是艾伯尔从庄园赶走的那群强盗。斯塔克斯望着一排排整齐的庄稼，不由得开始想象它们被糟蹋殆尽后，房屋附近空荡荡的悲惨景象。

“总得有人帮他们，”斯塔克斯说道，“这儿除了我们，没有其他人了。”

“那就好，”赫吉拉一边说，一边拔出剑来，“咱们冲过去，趁着对方不注意，从后面偷袭，杀他们个措手不及。这是一场恶战，斯塔克斯，你准备好了吗？”赫吉拉扬起眉毛看着他。

“准备好了，”斯塔克斯回答，“当然，我准备好了！”

赫吉拉一声不响地从沙丘上冲了下去，看得斯塔克斯既兴奋又害怕。斯塔克斯也跟着冲下去，沙子溅起来，发出唰唰的声音。赫吉拉大踏步来到那些房子旁边，他的剑在下午的阳光下闪着寒光，直指离他最近的那排掠夺者。

斯塔克斯听到他们又惊又怒地咕哝着，在两排房子中间狭窄的过道中奋力转过身。接着斯塔克斯也赶到了，嘶吼着。这时一支箭呼啸而来，擦着他的脑袋飞过去，箭离他太近了，箭尾的羽毛擦伤了他的耳朵。斯塔克斯挥着剑，谨记着赫吉拉的教诲，努力保持身体平衡。一个强盗倒下了。

村民们看到从天而降的援兵都欢呼起来，但很快又被掠夺者的凶残和武器吓退了。掠夺者们被突然出现的赫吉拉打了个措手不及，弩扔得满地都是。

“斯塔克斯！掠夺者越来越多了！”

斯塔克斯喘着粗气，顺着赫吉拉的目光和伸出的手指看到大批的掠夺者举着灰色旗帜，从平原上蜂拥过来。一支箭打着旋射中了斯塔克斯身体的一侧，他捂住伤口身体蜷成一团。

“伤得严重吗？”赫吉拉问道。

“还好。”斯塔克斯说道，也不知道自己是不是真的还好。他抽出弓搭上一支箭，同时提醒自己必须把肺里的空气完全呼出去。箭尖在斯塔克斯的视线里不住地颤动着，他竭尽全力控制自己，深呼吸，然后把箭射出去。在周围铺天盖地如雨点般飞来的箭镞中，保持镇定实在太难了。这里可没办法跟丛林里比，毕竟可可豆荚是不会反击的。

他射出的一支箭正中一个掠夺者的后背，但第二支箭太高了，从敌人头顶飞了过去。赫吉拉把一个掠夺者的弩一剑劈成了碎片，不知不觉间挡住了斯塔克斯的视线，于是斯塔克斯干脆把弓往身后一背，跟赫吉拉并肩作战，尽力拉近跟远处敌人的距离，这样他们就无法从远处射他了。掠夺者们用低沉沙哑的声音朝他们叫喊着，虽然听不懂他们在喊些什么，但肯定是脏话。

赫吉拉和斯塔克斯大开杀戒，满地都是掠夺者们丢下的旗帜，这时斯塔克斯听见了咆哮声和纷乱的脚步声——掠夺者们的援军到达了。斯塔克斯迎面冲了过去，耳边只能听见自己的喘息声。他太累了，压根儿不记得跟多少掠夺者厮杀过或已经战斗了多久，胳膊和腿重得像是灌了铅，还有身体一侧的伤也让他分神，但他根本顾不上这些，更不能丧失理智，唯有稳扎稳打，盯住掠夺者的眼睛和手臂，判断他们下一步要干什么，才能活到最后。

终于尘埃落定。斯塔克斯环视四周，没有发现一张瞄准他的弩，只看到满地掉落物。此刻，太阳已经落山，第一颗星星开始闪耀，月亮也在天际露出了脸庞。战斗结束了吗？当然还没有结束，赫吉拉就在旁边，被三个掠夺者团团围住。

“赫吉拉，我来帮你！”

斯塔克斯冲到赫吉拉身边的时候，这位黑衣勇士警惕的目光投向斯塔克斯身后，提醒斯塔克斯注意。

“斯塔克斯·斯通卡特，往那儿看，有一个苦力怕在村子铁匠铺旁边。我来收拾这三个家伙，你必须去干掉那个苦力怕。”

斯塔克斯也看到那个苦力怕带着黑色斑点的绿色躯体了，它用好几条腿飞奔着。他挥着剑，想知道这只怪物下一步要干什么。

“不行，斯塔克斯，”赫吉拉说道，声音紧张而急促，“你必须射死它，以防这个家伙跑过来。”

“好！”斯塔克斯一边说，一边摸索着找到弓。他以前一直以为苦力怕走路慢吞吞的，没想到这个家伙却跑得飞快。斯塔克斯搭上一支箭，向苦力怕瞄准，但他太累了，根本控制不住双手，箭尖一直在空中乱颤。

一箭射出，但偏离目标太远了，苦力怕连一点儿反应都没有。斯塔克斯紧接着又抽出一支箭，告诫自己一定要把肺里的空气都呼出去再射。

箭射中了苦力怕身体靠下的位置，疼痛使它连连倒退，全身不停地哆嗦着。但停了一会儿，它继续冲过来，凶狠的目光死死盯着斯塔克斯和赫吉拉。

“斯塔克斯，接着射箭！”赫吉拉喝道。

另一支箭呼啸而去，斯塔克斯尽力平复紧张情绪，深呼吸，但他已经筋疲力尽，箭又射偏了，下一支箭还是偏了。苦力怕踩在沙子上，沙沙的脚步声回荡在他耳边。

呼气，呼气，再呼气。

下一支箭射中了苦力怕，但没能阻止苦力怕的步伐。斯塔克斯又射一箭，偏了；然后再射出一支箭，又射高了。当他取箭时不由得愣了，只剩下最后一支箭了。

他拉开弓弦，尽量不让自己的心怦怦乱跳，呼出肺里所有的空气，可是箭尖依然在眼前不停地颤动。

这时，苦力怕发出嗞嗞的响声。斯塔克斯闭上眼睛，松开了弓弦。

身后传来一阵激烈的金属撞击声，嘶吼声戛然而止，只剩下一阵阵喘息声。

“斯塔克斯·斯通卡特，这一箭射得太漂亮了，”赫吉拉说道，“拉玛阿一定会夸你是个优秀的学生。”

斯塔克斯张开眼睛四处张望，哪儿还有苦力怕的影子，地上只留下一堆灰色粉末。赫吉拉双手扶膝，喘着粗气。

在他身后，帕坦纳的村民们从家里每个角落和门缝里向外张望着，他们用带着怀疑的目光互相看着，然后蜂拥而出，团团围住赫吉拉和斯塔克斯。热情的村民们拍着斯塔克斯的肩膀，争先恐后地拥抱他。人们把各种礼物不由分说地塞进他们手里——有馅儿饼、青金石块，有个害羞的孩子还送给他们一朵鲜红的虞美人花。

“看来他们要咱俩留下来吃晚饭。”赫吉拉说道，一个村民硬拉着他往自己家那栋从窗户里飘出香味儿的房子走去，“斯塔克斯，你饿不饿？”

斯塔克斯身体一侧受伤，疼得他几乎举不起胳膊来，但南瓜饼的香味实在令人垂涎欲滴。

“我什么都能吃得下。”他微微一笑回答道，顺手把虞美人花别在鬓边。

宴会一直持续到深夜。最后，斯塔克斯跟村民们说他连一块肉、一张饼都吃不下了，于是大家准备了一间空房子让他休息。即便那天晚上赫吉拉整夜跟怪物搏斗，也根本吵不醒斯塔克斯。

第二天一早，他们离开帕坦纳村，穿越沙丘继续赶路。赶了半天路，斯塔克斯昨晚高昂的情绪已经低落下来，取而代之的是焦虑的心情。坦布尔斯港附近那座小草屋就快到了，可他对今后的生活一片茫然。向大当家的求助失败了，他不知道怎样找到福奇，更不用说打败福奇了。

赫吉拉还是一言不发，但是斯塔克斯感到这种沉默跟昨晚截然不同。赫吉拉不仅没有对斯塔克斯不理不睬，还时不时瞥斯塔克斯一眼，好像在等他先开口，可斯塔克斯的沉默让赫吉拉有点儿失望。

最后，斯塔克斯再也受不了了，率先打破了沉默。

“怎么了，赫吉拉？你是不是有什么话要说？”

“我吗？”赫吉拉问道，“穿过无尽沙丘后，我一直在考虑，我们是绕过加噶泰尔雨林，还是从中间穿过去。”

“好吧。那我就直说了：现在我不知道该向何处去。如果你看见一条适合我的人生道路，就给个提示，免得我偏离方向。即使这样做违背你的原则也没关系。”

“斯塔克斯，在帕坦纳村你骁勇善战，”赫吉拉说道，“足智多谋，表现突出。如果不曾身经百战，一个人是根本做不到的。你的表现出乎我的意料。”

“谢谢，”斯塔克斯说道，“可你等了这么长时间，不是为了告诉我这个吧？”

赫吉拉沉默了一会儿，斯塔克斯认为赫吉拉是在斟酌字句——也可能是跟自己的原则在纠结。然后赫吉拉转身面对斯塔克斯微微一笑，说道：“你花费大量时间，做出了巨大努力，还准备了巨额财富，想寻求大当家给你做主。但是你在帕坦纳村的表现证明你不需要去麻烦别人，你已经拥有了大当家的本事，可以自己把福奇·坦普洛绳之以法。你的人生道路就是成为自己命运的主人。你在这条路上已经走得比你意识到的更远了。”

“天哪，我多希望真是这样啊！”斯塔克斯说道，“你这么说真是太好了，谢谢你，赫吉拉。”

“斯塔克斯·斯通卡特，不客气。”赫吉拉说道，然后他们一路上又恢复了沉默，这次轮到斯塔克斯满腹心事了。

赫吉拉提议绕过加噶泰尔雨林，这样可以缩短行程。接下来的每一天都过得很愉快，赫吉拉没有追问斯塔克斯下一步的计划是什么。斯塔克斯则向赫吉拉询问了他以前的冒险经历。夜幕降临，斯塔克斯就在绝壁上或者山上挖出一个庇护所，赫吉拉则找一棵树栖身——有时候他整晚在周围游荡，以考验自己对抗黑暗中危险的能力。

几天后，他们又看见了金合欢树和绿茵茵的草地，那里正是斯塔克斯建立家园的地方。斯塔克斯认出了西边山脉熟悉的形状，也就是坦布尔斯港的方向。

没错，从山顶可以俯瞰熟悉的树木，甚至还能看到他草皮小屋的院子。那是他的家，他离家已经很近了。可定睛一看，斯塔克斯的心突然一沉。

他盯着山下的小院子，似乎有什么东西在里面。

赫吉拉也发现了端倪。

“那儿有一匹马，”他说道，“应该是拉玛阿来了。”

“不可能是她，”斯塔克斯提醒他的朋友，“她不喜欢骑马。”

“没错，她不喜欢。不过肯定是拉玛阿，我想知道到底发生了什么事。”

他俩冲下山坡，走过长满青草的土地。赫吉拉健步如飞，斯塔克斯落后了一大截。拉玛阿跑过来迎接他们，拥抱了赫吉拉后，一头扎进了斯塔克斯的怀抱。

“你不是在卡拉赫斯做商队保镖吗？”他俩拥抱后，斯塔克斯问道。

“没错，”拉玛阿回答，“我打听到一个你们都想知道的消息。斯塔克斯，我找到了福奇·坦普洛！”

第二十七章

在卡拉赫斯正面遭遇

斯塔克斯吃惊地看着拉玛阿。

“什么？你看见他了吗？”

“那倒没有，”拉玛阿说道，“不是他，可我……这样吧，我还是从头说起。我住在商队旅舍的时候，那儿的老板说几个月前镇上到处都是从西海岸抢劫和盗窃回来的匪徒，他们大肆挥霍抢来的金银财宝，像在进行一场狂欢。他们中的很多人已经离开了，但匪徒头子还在附近。据老板描述，他是一个长着黑胡子的大块头，名叫米格斯，他在等待头领的命令。米格斯，你不是告诉过我他是福奇的左膀右臂吗？对不对，斯塔克斯？我千辛万苦地骑着马跑过来报信，你可别告诉我我白忙了一场。”

斯塔克斯头脑中一片空白，有点儿缺氧的眩晕感。米格斯是福奇的得力助手，此刻，米格斯很可能正在等待那个毁了斯塔克斯一生的人的命令。现在拉玛阿能够带斯塔克斯抓到米格斯。

“那个人的确叫米格斯，”斯塔克斯缓缓地说道，“谢谢你，拉玛阿，我……我简直不敢相信。”

他需要点儿时间来消化这个突如其来的消息，现在终于缓过神来了。

“我从没去过卡拉赫斯，”斯塔克斯说道，“那个地方在哪儿？”

“骑马往东南方向走，大约是两天的路程，”拉玛阿说道，斯塔克斯的手紧紧攥着口袋里的指南针，“按照赫吉拉的速度步行的话，大概五天能到。像你和我这样的普通人大概要走六七天吧。”

“那里有什么司法机构吗？”

拉玛阿抿起了嘴唇，努力思考着：“应该有商人协会之类的组织，但没有处理违法行为的机构。”

斯塔克斯点了点头，靠在小院子的篱笆上。脑海中各种念头纷至沓来。有被他寄予厚望、却让他大失所望的大当家，有埋在院子地下整箱的金银珠宝，有自己跟赫吉拉在帕坦纳村并肩作战的画面，有自己悲惨地蜷缩在米格斯的船里的画面，当然还有福奇·坦普洛看着斯塔克斯庄园的熊熊大火放声大笑的场面……

“如果我去卡拉赫斯追踪米格斯的下落，可能会跟他正面遭遇，你想跟我一起去吗？”斯塔克斯问拉玛阿。

“你就是不让我去，我也要去。”

“赫吉拉，你要一起来吗？”

“是啊。我想看着你踏上这段颇有意义的人生道路。可我想先确定一下：见到福奇·坦普洛后，你打算要他的命吗？”

“他死有余辜。”拉玛阿说道。

“这不是你的人生，我没问你的意见。”赫吉拉说道。

“赫吉拉，我想给什么意见，就给什么意见，不论你有没有问我。你很清楚，这就是我的天性。”拉玛阿说道。

当两位朋友争论的时候，斯塔克斯想象着福奇·坦普洛无助地站在自己面前祈求宽恕的样子，斯塔克斯的心头又一次燃起了怒火。然而紧接着怒火平息了，斯塔克斯只是感到恶心。

“我不愿意杀人，”斯塔克斯说道，“但我不知道如果不杀他，该怎么阻止他继续作恶——我的最终目的就是要阻止他作恶。这是我的承诺。”

拉玛阿点点头，然后又皱起了眉头。

“可是赫吉拉不想骑马，”她说，“这样我们会比他早到很久。”

“你错了，”赫吉拉说道，“我的原则是可以骑马的。”

“是吗？”拉玛阿很惊讶，“我还以为——”

“为什么不能骑马？马又不是庇护所，除非你把这种晚上尿你一身或者踢你屁股的家伙当成庇护所。咱俩一起游历的时候我不骑马，是因为你不喜欢，我可不想惹你不痛快。”

“哼，我怎么不知道？”拉玛阿说着，看起来有点儿尴尬。她对斯塔克斯说道，“所以，现在这些都不是问题了，我们可以在布鲁布斯和辛子那里买几匹马。出发之前你还需要准备什么？”

“把箱子都挖出来，”斯塔克斯说道，“我要去见坦布尔斯港那个喜欢制作各种玩意儿的人，她是镇子上最厉害的附魔师，也可能是第三厉害的附魔师。”

他们到达奥斯克位于坦布尔斯港郊区的家时已是黄昏，天空阴沉沉的，就要下雨了。门口的立方体一闪一闪的，斯塔克斯笑了。赫吉拉和拉玛阿把他们的马匹和一头驮着箱子的驴拴好后，斯塔克斯按了按门铃，门打开了。他还记得上次造访的时候要往后退一步才不会被铁门撞到鼻子。

“来了！来了！”奥斯克从小房子底下不知道哪个方位大声喊着。

红头发的工匠出来的时候上气不接下气，皮围裙上到处沾着红石粉末。

“斯塔克斯，你好啊，”奥斯克说道，“看见我改装过的路灯没有？黄昏的时候它能自动亮起来，你的创意太好了，谢谢你！”

“不客气，”斯塔克斯说道，“介绍一下我的两位朋友。这位是赫吉拉·坦布斯，这位是拉玛阿·佩兰泽。赫吉拉，拉玛阿，这位是奥斯克·菲卡。”

“你们好！”奥斯克说道，“你们是新来的矿工吗？斯塔克斯你听说了吗？我已经不帮坦妮太太工作了，但我一直都在寻找红石，你要是挖到的话就告诉我一声。跟你说吧，红石就是未来常用的材料。”

“奥斯克，我们能谈谈吗？”斯塔克斯说道，“我告诉你一个好方案。”

“太好了！”奥斯克回答道，“我喜欢方案！说到方案，斯塔克斯，你必须来看看我设计的矿石冶炼厂。”

“奥斯克，下次再看吧，我们赶时间。”

“好吧，真麻烦，”奥斯克说道，“你设想的方案是什么？”

“我想让你帮我制作盔甲，”斯塔克斯说道，“还有一把剑。这边来，到门外瞧瞧——给你看看，你就明白了。”

奥斯克皱起了眉头，用手摸了摸她的红头发。

“盔甲和剑？铁匠就能造出来，辛子也行。”

“我们肯定会付你钱的。”斯塔克斯说着拍了拍那头吃苦耐劳的驴子，它身体两边都是沉甸甸的箱子。

“斯塔克斯，我不是那个意思，”奥斯克说道，“我不是不想帮你，但制作盔甲很无聊，除非——”

斯塔克斯打开其中一口箱子，奥斯克目瞪口呆地看着成堆的钻石和青金石。

“天哪，”她低声说道，“我的天哪！”

“我需要钻石盔甲，”斯塔克斯说道，“还有一把剑，上面加上尽可能多的强化攻击力的附魔，我也会支付这部分费用。”

下雨了，奥斯克却完全没注意到，她已经被面前的巨额财富彻底震惊了。赫吉拉抬头望了望天空，走过街道，站在一栋房子的屋檐下。

“那边有一箱子装得满满的红石，”斯塔克斯说道，“全都归你了，你能帮我这个忙吗？”

“一整箱的红石？”奥斯克惊讶地问道。

“没错，用来做什么都行。帮我把东西搬进去再说吧。”

奥斯克和斯塔克斯一起从驴背上卸下东西，拉玛阿抬头看着赫吉拉，赫吉拉正靠在街道对面的墙根下，那里比较干燥。

“怎么了？”赫吉拉问道。

“那个地方算不算庇护所？”她问道。

奥斯克连夜工作，把钻石熔炼成盔甲片，并跟斯塔克斯讨论附魔方案。拉玛阿对着奥斯克铺满一桌子的方案研究了好几个小时以后，停下来给自己找了一顿热乎的吃的和一张床。

“你们打算去找福奇，就是以前你跟我说过的那个人，是吗？”正在斯塔克斯想弄懂小发明家的图表时，奥斯克问道。

“是的，”斯塔克斯说道，“拉玛阿发现了福奇的手下，希望能通过这个人顺藤摸瓜把福奇揪出来。”

奥斯克点了点头：“我打赌，当你手里有一把附魔钻石剑的时候，巴不得马上去找他。”

奥斯克抬起头，看到斯塔克斯的表情后，不禁皱起了眉头。

“怎么了，斯塔克斯，我做错什么了吗？”

“没有，”斯塔克斯说道，“问题是……奥斯克，你知道，我不是战士，也从没想过当一名战士。”

“那你为什么不找那个长得很吓人的家伙一起去帮你的忙？这人看起来能顶得上一整支军队。”

“赫吉拉吗？我真的问过他，”斯塔克斯说道，“可他有自己的原则，也就是他不能……嗯，只能说这里边的原因很复杂。因此我把希望寄托在别人身上，但后来也落空了。就像赫吉拉说的，这是我的人生，我只能靠自己。”

“要是你走错路了怎么办？”奥斯克问道，“比如说我吧，我的母亲是个水手，她希望我也当水手。即使船刚起锚，我就开始呕吐，我还是竭尽全力去取悦她。过了很久，我才明白这条路根本不适合我。”

“也许我误入了歧途，”斯塔克斯说道，“但总得有人去阻止福奇，现在看来能做到的人就是我。”

“好吧，我们得确保盔甲能派上用场。”奥斯克说道，再次拾起手头的工作。

斯塔克斯点了点头，转身浏览发明家的草图去了。看了一会儿，他抬起头注视着奥斯克，本不想打断她，但好奇心不受他的控制。

“奥斯克，这是什么？”

奥斯克看了一眼斯塔克斯手里拿的草图。

“那个啊？我正在研究黑曜石方块的制作方法。如果制作成功，矿工们不用近距离接触熔岩，就可以获得黑曜石了。但现在实际操作性还不强。”

奥斯克停顿了一下，表情又变得生动起来："虽然还没投入到实践，斯塔克斯，可它是个绝妙的创意。你从水源这里看起，接下来……"

斯塔克斯笑着看奥斯克兴奋地谈论着水、熔岩和活塞，同时手里不停地把钻石镶嵌在盔甲上。他不知道奥斯克的理论对不对，红石是否能造出一切，但他真心希望每个人都能随心所欲地去发明创造。

如果像福奇·坦普洛这样的人少一些，或许有一天人们可以把精力用在更有意义的发明创造上。

拂晓后不久，盔甲和剑都做好了。斯塔克斯一边打着哈欠，一边伸直双臂站着，拉玛阿和奥斯克帮他扣紧搭扣、系好皮带。斯塔克斯觉得自己看上去傻乎乎的。

她俩退开后，斯塔克斯收回胳膊，用剑在空中划了个"8"字。剑身环绕着带有魔幻色彩的紫色光晕，在斯塔克斯手里发出如同歌声般的呼啸之声。

"天哪，"拉玛阿说道，"斯塔克斯，你看起来……完全不一样了。"

斯塔克斯有点儿不好意思。他摘下头盔，它轻如羽毛。

"咱俩都知道，你的战斗力是我的两倍，"他说道，"钻石盔甲也不能让我马上变成一名战士。"

"确实如此，"拉玛阿说道，"但穿上它不会受伤。我们动身吧。"

"我能一起去吗？"奥斯克问道，"我从没在盔甲上设置过这么多的附魔，我想看看它们有没有用。”

“必须有用。”拉玛阿严肃地说道。

“嗯，这是肯定的，”奥斯克飞快地说道，“但好歹忙活了一场，我想知道最后的结局。而且……好吧，我说实话。如果这个福奇·坦普洛就像你说的四处抢劫和掠夺，他肯定藏着一大堆抢来的好东西。这些东西再也没法还给原来的主人，要是白白搁在那儿就太浪费了。”

斯塔克斯和拉玛阿交换了一下眼神，拉玛阿耸了耸肩。

“我们骑在马上跑得很快，而且很颠，”拉玛阿对奥斯克道，“你能骑马吗？”

“只要不在马背上战斗就行，我可以抱着马脖子，紧紧抓住它。”

斯塔克斯琢磨着小手艺人和她堆满工作室的机器设计草图，而奥斯克坚信这些发明能改变整个主世界。斯塔克斯整夜都在思考着他的计划，而在一旁的奥斯克忙着测量、修正和敲敲打打。

“奥斯克，一起走吧，”他说道，“我为你准备了另外一个方案，请带上你的红石。”

“带多少？”

“全带上。”

卡拉赫斯是一个很大的城镇，位于一条东西走向河流和一条南北走向商队路线的交汇处。镇上的建筑物都是棕红色的，顶上装饰着美丽而优雅的尖塔。旗帜在强劲的北风中猎猎飘扬，集市上尘土漫天。

从清晨到黄昏，斯塔克斯、拉玛阿、赫吉拉和奥斯克骑着马在路上走了整整两天。他们胯下剧痛，身上沾满了灰尘。

“我再也不能走路了，”马夫把他们的马牵到马厩后，奥斯克断言，她靠在墙上呻吟着，她的双腿根本没法打弯儿，“真麻烦！”

“吃顿好的，洗个澡，你就能恢复过来。”拉玛阿说道，不悦地闻着自己衣服的味道，“我们都需要这两样东西。”

“双脚再一次踏上土地，我松了一口气。”赫吉拉悠闲地伸着懒腰，平静地说道。

斯塔克斯却紧紧地盯着商队旅舍的大门，虽然觉得可能性不大，但是隐约觉得米格斯就在门的另一头。这种感觉如此真实，好像斯塔克斯能直接感受到米格斯正坐在几格之外的地方，全然不知报应快来了。

斯塔克斯的手一刻不离地紧握着剑柄，他的钻石装备被遮盖得严严实实，避开别人的注意，但穿戴起来只需要几分钟。

拉玛阿看到他的手势，马上就知道他在想什么。

“我去看看他是不是在附近，”她说道，“在这儿等我。”

说着拉玛阿闪身从前门出去了，斯塔克斯紧张地等待着，想象着所有可能出问题的场景。但几分钟后拉玛阿就回来了，说米格斯不在以前深夜出没的地点，而旅舍老板说米格斯晚上肯定会再来的。

这样他们就有时间在商队旅舍里洗澡和休息了。赫吉拉往马槽里倒上水，心满意足地洗了个澡。斯塔克斯给摸不着头脑的马棚小伙计一些小费之后，就没什么问题了。

赫吉拉依旧在外面吃了晚饭，还安慰紧张的斯塔克斯说，如果米格斯逃跑，他可以马上截住对方。奥斯克、拉玛阿和斯塔克斯坐在角落里的一张桌子旁边，刚好能总览旅舍的公共休息室。斯塔克斯坐在一个凹进去的地方，拉玛阿和奥斯克坐在他的两侧，他的钻石盔甲外面罩着一件黑色的旅行斗篷。

旅舍里的伙食很不错——有精心烹制的羊肉和甜菜汤——然而斯塔克斯机械地咀嚼着，几乎尝不出味道，他的两只眼睛死死地盯着门口。奥斯克叽叽喳喳地说着某种能带来颠覆性变革的发明创造，拉玛阿很有兴趣地听着，不断地跟奥斯克打听一些细节问题，但斯塔克斯对她俩的谈话充耳不闻。门每次打开的时候，斯塔克斯的脑海里便电光火石一般把来人和米格斯对照一下，丝毫不管对方是不是更矮，头发的颜色是否相同（有人甚至连头发都没有），或者是不是男人。

所以，当米格斯本人走进来的时候，斯塔克斯立刻就认出了他。黑色的大胡子、宽宽的肩膀和肌肉发达的胳膊，没错，就是米格斯。而且，就算没有这些，米格斯还穿着斯塔克斯的衬衫——衬衫的黄底上绣着一条红色的龙。

“那就是……”拉玛阿刚一开口，斯塔克斯就点了点头。

“在哪儿？”奥斯克一边问，一边站了起来，老远都听得到椅子在地上拖动的声音。斯塔克斯一把抓住小工匠的手，把她拉回到座位上。

米格斯扫视了一圈，目光在斯塔克斯的座位上掠过，好像没有认出斯塔克斯来，然后在房间正中央的一张桌子旁边坐下了。

斯塔克斯站了起来，由于愤怒，他的手在微微颤抖着。

“呼气！”他告诫自己，“就像射箭一样。”

“难以置信。”拉玛阿说道，斯塔克斯顿时感觉怒火攻心。难道她以为自己就眼巴巴地坐在那儿，看着米格斯悠闲自得地吃完饭后大摇大摆地离开吗?

“我说的是赫吉拉，他打破了自己的原则。”拉玛阿说道。斯塔克斯看见赫吉拉已经走进旅舍站在门口，盯着斯塔克斯的眼睛重重地点了一下头。

“我就在你身后。”拉玛阿告诉斯塔克斯，说着站了起来。奥斯克也站起来。

斯塔克斯穿过房间站在米格斯桌前的时候，感觉自己脚步虚浮，像飘在空中似的。

“米格斯，你好，”斯塔克斯说道，把斗篷往后一甩，露出了盔甲和叉在腰间的双手，还有那把钻石剑，“好久不见。”

米格斯的眼睛先看见了剑，然后是亮闪闪的盔甲，最后才是斯塔克斯的脸。斯塔克斯笑了，因为米格斯瞬间就认出了斯塔克斯。

“你是那个小子，”米格斯说道，“从西边大海过来的。”

“我就是那个小子，”斯塔克斯说道，“我敢打赌，你没想到会再见到我吧。”

“确实没想到。”米格斯说。让斯塔克斯愤怒的是米格斯看起来很镇定，但斯塔克斯的膝盖却在打战。

“你就是那个中看不中用的家伙，有个奇怪的名字，不对，是奇怪的名和姓。斯塔克斯，对了，斯塔克斯·斯通卡特。嗯，不如找个位子坐下吧，你的朋友也一起坐下吧。”

于是米格斯用脚钩了一把椅子过来，斯塔克斯怀着疑虑坐下了。过了一会儿拉玛阿和奥斯克也坐下来。赫吉拉进来站在桌边俯视着他们。

“你想要什么，斯塔克斯·斯通卡特？”米格斯问道，“报仇吗？我猜得不错吧，要不然你带上三个朋友还有你腰带上的割肉小刀干吗？嗯，如果你要报仇，那么来吧。”

“首先，我要问你点事儿，福奇·坦普洛在哪儿？”

米格斯轻蔑地笑了起来：“小子，要不要我给你一些忠告？能活下来是幸运的，可是——”

“我不需要你的忠告，”斯塔克斯说道，“我再问一遍，福奇·坦普洛在哪儿？”

米格斯端详着斯塔克斯的脸，点了点头。难不成这个匪徒被斯塔克斯震慑住了吗？

“你跟以前那个小子不一样了，那时候你缩在船底吐得昏天黑地，”米格斯说道，“现在的你令人刮目相看。”

“没错，我身上发生了很多事。福奇在哪儿？”

米格斯叹了口气：“在东边，河的上游一座山的山顶。”

“哪座山？”

“到了那儿，你就知道了。”

拉玛阿摇了摇头，盯着米格斯。“编故事也该编得好点儿。”她说道。

“这是真的，”米格斯说道，“我说的是真话，你们绝对不会认错那座山。”

斯塔克斯从口袋里摸出指南针，发现它一直指向东边。

“你的那些同伙呢？”他问米格斯。

“我怎么知道？他们不过是匪徒、雇佣兵和海盗。活儿一干完，谁知道他们去哪儿了。”

“我能找到你，可真幸运啊。”斯塔克斯说道。

“确实如此。现在要把我怎么样？尽管来吧，斯塔克斯，你不拔剑吗？”

斯塔克斯沉吟着。一方面，米格斯肯定犯下过许多罪行，但另外一方面，米格斯是福奇那伙人里唯一对斯塔克斯存有些许善意的人，尽管不是很情愿。这说明这个人身上还是有值得肯定的地方。

斯塔克斯看着拉玛阿，然后是奥斯克，接着转向赫吉拉。

“赫吉拉，你认为怎么样？”斯塔克斯问道，“老天，快说吧，你都已经进客栈了，这里绝对是个庇护所。这件事你决定吧。”

赫吉拉眯着眼睛看了米格斯好一会儿。

“放了他，”赫吉拉说道，“但是他必须改邪归正，再也不能伤害其他人了。米格斯，我可是走遍天下的人，哪儿都有我的耳目。如果你作恶多端，我马上就能收到消息，一抓一个准儿。”

米格斯的目光从赫吉拉身上溜到斯塔克斯身上，目露凶光：“要是我不照你说的去做呢？”

“想想看，为什么我们来找你，”拉玛阿说道，“你真的想一条道走到黑吗？”

米格斯瞪着她，斯塔克斯的手摸上腰间的剑。于是这个黑胡子匪徒像泄了气的皮球般缩成一团，不情愿地点了点头。

“还有一件事，”斯塔克斯说道，“那件衬衫是我的。”

米格斯真的被激怒了，但他还是手指微微颤抖着解开衬衫纽扣。在其他人惊讶的注视下，米格斯脱下衬衫，卷成一团放在桌子中间，然后站起来，光着膀子走出了旅舍。

“我去外面了，”米格斯离开后，赫吉拉平静地说道，“在绝对必要的时候，我一向秉持的原则可以暂时搁置一下，但仅限于很短的时间。”

“真是惊心动魄啊！”赫吉拉关门出去后，脸色苍白的奥斯克说道。

斯塔克斯非常同意她的话，实际上他紧张得都快吐了，但拉玛阿正对他微笑呢。

“我们现在该去找福奇了吧？”她问道。

“对，去找福奇。”

“好。我只有一个问题：为什么你想把这件衬衫要回来？实际上，你当初为什么买这件衬衫？这也太没品位啦。”

第二十八章

那座山

第二天一早，斯塔克斯、赫吉拉、拉玛阿和奥斯克骑上马，牵着驴离开卡拉赫斯，沿着河流南岸一直往东边走去。商队小镇逐渐变成了农场，走了不到一个小时，他们就发现一个树木郁郁葱葱、风景怡人的村庄。山上有一群群灰色和黑色的羊。

但他们总感觉哪里有点儿不对劲，后来斯塔克斯终于明白哪儿不对劲了。

“到处都没有人烟，”他说道，“我们离大市镇不远，这条河很适合行船，这片土地对耕种庄稼和饲养牲畜来说都很理想。但这里空空如也，甚至连别的旅行者都没有。”

“为什么会这样？”奥斯克闷闷不乐地抓着马脖子问道。

“我不了解这个村子，”赫吉拉说道，“但我听说过关于它的传说。翁法洛斯坐落在卡拉赫斯以东的地方。”

“翁法洛斯？”斯塔克斯问道，“那是什么？”

“世界中心，”赫吉拉说道，“那里是生命开始的地方。”

“对，”拉玛阿说道，“那里是主世界的原点。斯塔克斯，你记得吗？这就是为什么你的指南针总是指向这个方位。但我也从没去过卡拉赫斯以东地区。这片土地对我来说是陌生的，或许这里是旅行禁地。”

“我们可以问问那个人。”奥斯克提议。

斯塔克斯看到前方河岸边有一个孤独的商人，身穿五颜六色的衣服，牵着两头毛茸茸的羊驼。

对方也看到了他们，惊慌地往后退了一步。

“我们无意伤害你。”斯塔克斯大声喊着，让马的脚步慢下来，举起双手让对方看见自己的手里没有武器。

他们靠近的时候，商人警惕地站在那儿，两头羊驼发出恐惧的叫声。他们一行人来到商人身边时，商人开始用低沉嘶哑的声音急切地说着什么，而且指向他们的东边。

“赫吉拉，他说了什么？”拉玛阿问道。

“我听不懂他的方言，”赫吉拉回答，“但我大致能猜出来。他身上没有货物，情绪激动。我怀疑他是被抢劫了，强盗们就住在东边。”

斯塔克斯点了点头：“种种迹象表明我们走的方向是正确的。”

“我认为斯塔克斯说得对。”赫吉拉说道，“我们就在这条道儿上，而且快到目的地了。”

“我认为这是个好兆头。”斯塔克斯说道，但是赫吉拉一言不发。那个商人盯着他们看了一会儿，摇了摇头，拉着羊驼离开了这群冒险家。

他们一路走着，渐渐看到了废墟——先是残垣断壁，然后是塔楼废墟，直到后来他们身边全都是瓦砾堆和一排排倒塌的建筑物。

“这里以前不是什么乡下村镇，而是个大城市，”拉玛阿说道，“它有年头了，是我见过历史最悠久的城市。赫吉拉，你见过比这还古老的地方吗？”

“没见过，”赫吉拉说道，“我猜它与翁法洛斯有关。”

当拉玛阿和赫吉拉讨论时，斯塔克斯夹紧马腹，等奥斯克跟上来。他跟奥斯克并肩走着，小发明家仍然闷闷不乐地坐在马鞍上。

“你认为我提出的计划怎么样？”斯塔克斯问道，“有用吗？”

“我觉得有用，”奥斯克说道，“只要我需要的材料都齐全了就行。可是斯塔克斯，你确定要这么做吗？”

“不确定，”斯塔克斯说道，“除了确定我不是战士，我什么都无法确定，不管赫吉拉和拉玛阿怎么想。”

“你可以变成战士。”奥斯克提醒他。

“我知道，”斯塔克斯回答，“也许这是我真正的人生，也许不是。在这种情况下，我需要你帮我走一条特别点儿的道路。”

再往东一点儿，河水越来越浅，变成了一条小溪，然后消失在山坡下——第一座山峰巍峨耸立。山上绿草如茵，还分布着七零八落的沙地和古老的城墙，它们时不时地出现在山坡上。

马儿在山脊爬上爬下，它们越来越紧张。奥斯克的马总是挺直后背，想把小工匠掀下来；斯塔克斯的马耳朵紧紧贴着脑袋，总是想贴着山崖走。

当然，赫吉拉是第一个看见山峰的。很快大家都看见了：一座陡峭的石头山峰拔地而起，一侧出奇的明亮，一团白色的云雾笼罩在山脚。

“就是那座山吗？”奥斯克问道。

“肯定就是它。”斯塔克斯回答道。

他们看到的亮光原来是熔岩，从山坡喷涌而出的熔岩落在一个小潟湖里，在蒸汽的笼罩下时隐时现。山顶上是一座用黑色石头建造的城堡。在斯塔克斯看来，这座城堡就像一位暴君，正在谋划着如何统治脚下这片广袤的土地。

“我建议咱们在这里停下来，观察一下周围的地形，”赫吉拉说道，“不仔细分析一下就贸然行事是不明智的。”

“同意，”拉玛阿说道，“我们把马拴在这儿，然后兵分两路上山。赫吉拉，你带着奥斯克，我带着斯塔克斯，咱们在另一边碰头。”

拉玛阿俯下身子前行，斯塔克斯也把身子压低跟在后面。

山的两侧险峻而陡峭，在泥土和安山岩组成的峭壁上，夹杂着星星点点的闪长岩和花岗岩。

“爬上去非常危险。”斯塔克斯说道，拉玛阿点了点头。

“福奇肯定有自己的秘道。”她说道，“除非他会飞。”

“我们可以搭梯子上去。”

“如果你把整片森林都砍下来的话，也许可以。”拉玛阿反驳道。

湖水深邃而幽暗，周围全都是沸腾着的、发出刺眼光芒的橘红色熔岩。斯塔克斯一直警觉地注意着山顶的动静，随时留心弓箭手或者守卫的踪迹，但只能看到岩石，那里空无一人。

“不知道赫吉拉有什么发现。”拉玛阿说道。

“我好奇的是他和奥斯克会聊些什么。”斯塔克斯说道。

“什么意思？”

“是这样，奥斯克把世界当成一台自己制造并加以改良的机器，但赫吉拉只会待在这个世界外面，永远不会走进去。我甚至觉得他都没办法理解什么是机器，因为原则不允许他这么做，所以他俩之间的谈话肯定格格不入。”

拉玛阿不禁笑了起来：“也许奥斯克已经说服赫吉拉他的原则都是错误的。我们会看到赫吉拉穿着活塞制作的某种盔甲，挥舞着一把红石宝剑。”

“也许是赫吉拉说服了奥斯克呢，”斯塔克斯趁机补充道，“我们会看见她赤着脚穿着兽皮，大喊着红石违背了自然规律。”

这两种情况都没发生，在山峰东侧，拉玛阿和赫吉拉大老远就看见了对方。他们发现了一条羊肠小道穿过倒塌的城墙通向山脚，那里有一个山洞，洞里点着火把，洞口好像饥饿的野兽张开的喉咙。

“至少我们发现了一条进去的路。”奥斯克说道。

“你们看见守卫了吗？”斯塔克斯问赫吉拉。

“没有，”赫吉拉说道，小心翼翼地观察了一下这片区域，“这反而让我很担心，我们上面的城堡不可能没人把守。”

“你觉得我们应该怎么办？”斯塔克斯问道。

赫吉拉仔细思考了一番说：“我建议我在前，拉玛阿在左边，你在右边。奥斯克没什么战斗经验，负责断后。”

“我百分之百同意！”奥斯克毫不犹豫地说道。斯塔克斯本来想说自己也不是经验丰富的战士，但想了想又忍住了。这情况其他三个人都心知肚明，提醒大家也于事无补。

“我们即将遭遇一场恶战，也许会面临巨大的困难，”赫吉拉说道，“然而这个福奇·坦普洛并没有军队。按照米格斯的说法，他们只是一群乌合之众。而乌合之众就是他们自己最强大的敌人。这样的一群人面临考验时，就会暴露出仓促应战或者对头领不忠诚的一面，面对强大的对手他们可能会投降。在战斗中对他们予以迎头痛击，这群乌合之众就会溃不成军，他们不会死战。当然，也许他们很不好对付，唯一证明的方法就是战斗，明白吗？”

“明白，”斯塔克斯说着脱下斗篷，里面的钻石盔甲闪闪发光，“这趟追踪成了我的重负，因此只要你一说开始，我就全力以赴。咱们要给福奇的手下一个抛弃他的机会。如果有必要，我们就战斗到底。”

通往大山腹地的洞穿过整个岩层，火把胡乱地插在墙上，阶梯一直通到视线的尽头。一开始，斯塔克斯以为里面空无一人——他希望里边没人——但他发现墙上有门和窗，紧接着门开了，四个衣冠不整的人跌跌撞撞地走出来，手里拿着没有装饰的剑。乍一看，斯塔克斯根本认不出他们之中有谁参与过那次航程。

“站住，”领头的那个人说道，这是个瘦骨嶙峋、身上有文身的秃顶男人，“这里是私人地盘，你们想干吗？”

“我要和福奇·坦普洛谈谈，”斯塔克斯用一种他自认为冷漠的语气说道，“他洗劫了我家，把我丢在荒岛上等死。现在他必须为自己的所作所为付出代价。”

匪徒们面面相觑。

“头儿很忙，”文身男子说道，“任何人不得打扰他做研究，除非他本人许可。赶快滚，要不然让你知道剑的厉害。”

“你们的头儿必须为自己的所作所为负责，但我不跟无关的人啰唆。你们几个走吧，我们会跟福奇做个了结。”

几个匪徒面面相觑，带着既感到好笑又难以置信的表情。

“帅哥，我有个更好的主意，”一个匪徒说，“放你们四个一条生路，只要把钻石盔甲和宝剑作为战利品给我们就行。”

一个匪徒突然紧紧地捂着自己的胸口倒了下去——那上

面插着拉玛阿的箭。赫吉拉也立即行动，他的剑闪着寒光。那个有文身的匪徒高举着剑，尖叫着向斯塔克斯冲过来。

斯塔克斯的身体失去了平衡。他奋力招架，连连后退，试图避开对方，对手却步步紧逼，举剑刺向他的后背。斯塔克斯感到剑劈下来时的一阵疾风，幸好盔甲挡住了这一剑。

“斯塔克斯！保持平衡！”赫吉拉大喊道。

斯塔克斯转过身，发现那个有文身的男人站在面前，斯塔克斯还能站起来让那个人感到很惊讶。紧接着斯塔克斯的钻石剑在空中划出一道弧线，逼得那个匪徒摔了一个大马趴。拉玛阿以迅雷不及掩耳之势一箭射死了那个匪徒。赫吉拉步步逼近，杀气腾腾，吓得其他匪徒四散奔逃。

奥斯克目瞪口呆地站在那儿，一步都挪不动。

“你没事吧？”奥斯克见缝插针地询问斯塔克斯。

“没事，”斯塔克斯回答，有点儿惊讶地发现自己真的没事，虽然后背中剑，但没受伤，“你制作的盔甲太棒了。谢谢你，奥斯克。”

“就算是最好的盔甲，也经不住多次重击，”赫吉拉提醒斯塔克斯，“多加小心。”

斯塔克斯严肃地点了点头：“我知道，我会小心的。”

“福奇的研究是怎么回事？”拉玛阿问道。

“我不知道，”斯塔克斯说，“老实说，他从没让我觉得他是搞研究的人。”

“他们就剩下这么多人了，对吗？”奥斯克问道。

拉玛阿面色凝重地摇了摇头："还有很多。"

"很多？有多少？"

"我们还不清楚，"赫吉拉说道，"但是现在其他人都知道我们来了。"

"天哪！"奥斯克惊恐地说。

"必须寸步不离地跟着我们，奥斯克。"拉玛阿说道，迫不及待地要往前走。

可是斯塔克斯举起手拦住拉玛阿，让她先别着急，然后把手搭在奥斯克的肩头，这位朋友正在不停地发抖。

"奥斯克，你很害怕，没关系，"他说道，"我也很害怕。如果你受不了，想回卡拉赫斯，那就走吧。但我还是希望你能留下来，因为一旦到达山顶，我会非常需要你的帮助。可能还没到山顶，我就需要你的帮助。我们几个团结在一起比单打独斗要强大得多。当我恐惧时，我就是这么提醒自己的。"

"好吧，我尽力，"奥斯克说道，她的呼吸还是有些困难，"我想我可以继续往前走。"

"很好，"斯塔克斯说道，"如果你能继续往前走，我也能。赫吉拉，我们走吧。"

赫吉拉在楼梯最下面等其他三个人跟上来。当他们各就各位后，赫吉拉用鼓励的目光看着斯塔克斯，点了点头。

山体内部挖出了很多用楼梯相互连接的房间。大部分房间是空的，好像已经闲置了很多年。显然福奇这帮匪徒占领了一座废弃的城堡，原本这座城堡能容纳更多的人。

斯塔克斯和同伴们又遇到好几拨匪徒，但对方的防御不是很有力。他们几个在匪徒中杀出一条血路，越爬越高，最后进入一个很大的山洞。洞顶是用沙子砌的，修补得凹凸不平。山洞周围还堆着好多沙子。远处一个比较低矮的山洞洞顶是用石头做的，两边有好几道门。这个洞穴开凿在黑色的岩石中间，连接着一道往上的楼梯。

“我们可能已经快到山顶了。”斯塔克斯指着外面的楼梯说道。

他的心情越来越急切，恨不得马上直面福奇·坦普洛。显然赫吉拉也意识到了斯塔克斯的想法。

“斯塔克斯，一定要记得你在丛林里学到的东西：不要被情绪冲昏头脑，不要放松警惕。”赫吉拉提醒道。

斯塔克斯点了点头，强迫自己深呼吸。

“我认为还有很多守卫。”奥斯克说道。

“我也觉得还有其他守卫，”拉玛阿接着说，“他们或许就躲那些门背后，说不定他们的级别高一些，所以跟他们的老板待在一起。”

他们穿过洞穴，拉玛阿张弓搭箭搜索着目标，斯塔克斯在侧面迂回警戒。只有赫吉拉悠然自得，能让这位作战经验丰富的老兵紧张起来的只有匆匆地跟在他们后面的奥斯克。

走到半路，斯塔克斯听见沙子簌簌的声响。他转过身，希望自己听错了，可他的判断是对的。藏在周围沙堆后面的匪徒现身了，向几个人包抄过来。斯塔克斯数了一下，大概有十几个人——不，不止这些。

“天哪！”奥斯克呼吸急促。

“冷静，”赫吉拉鼓励大家，“我们必须团结一致。”

面前的匪徒越来越多，刀剑林立。领头的是个留着黑胡子的彪形大汉。

原来是米格斯。

“你应该逃跑的。”斯塔克斯冷冷地说道。

“你才应该逃跑，”米格斯回答道，“现在，我们别吵了。小子，你竟然走到这儿了，可你的好运气也到头了。你们寡不敌众，被团团包围，放下武器投降吧。”

“放了我的朋友，我就投降，”斯塔克斯说道，“你们头儿要的就是我一个人。”

“斯塔克斯，不行！”拉玛阿说道。

“我也不同意，”赫吉拉一边说，一边仔细看着洞顶，“你们几个继续前进，我来收拾后面的人。”

斯塔克斯抬头看着洞顶堆积沙子的地方，突然间明白了赫吉拉的意图。

“赫吉拉，绝对不行！”斯塔克斯说道。

但赫吉拉已经转过身，快走两步，冲进了匪徒的队伍里，剑光所到之处非死即伤。匪徒们吓了一跳，想集结起来包围赫吉拉。

“干掉他们！”米格斯大喊着，躲避着拉玛阿射出的箭。拉玛阿一边往前奔跑，一边从身后又抽出一支箭。

“我没想到……”奥斯克喃喃地说道，“我不能……”紧接着红头发的发明家离开赫吉拉和同伴们身边，跌跌撞撞地沿着来路逃走了。

奥斯克躲开了一个匪徒，跑出了山洞。斯塔克斯一开始还呼喊着奥斯克，但不得不把注意力集中在眼前的战斗上，尤其是拉玛阿身上。她刚除掉米格斯的一个手下，却要孤身对抗更多的匪徒。斯塔克斯飞快地跑到她身边，与她并肩作战。这时赫吉拉突破了匪徒们的防线，爬上了沙堆顶端。

“小心！”斯塔克斯提醒拉玛阿，她已经扔下弓，拔出了剑。

听到斯塔克斯的声音，拉玛阿匆匆瞥了他一眼，然而看到赫吉拉用剑砍洞顶的沙子时，她的眼睛瞪大了。

“赫吉拉！住手！”

赫吉拉的剑已经刺穿了沙子，洞顶开始震颤，然后一声巨响，沙子倾泻而下，填满了斯塔克斯和拉玛阿身边的空间。沙子迷住了斯塔克斯的眼睛，然后灌进了他的嘴里，他不住地咳嗽和吐唾沫。在他们俩身后，一切归于沉寂。沙子把山洞填得严严实实。当赫吉拉刺塌洞顶的时候，斯塔克斯看不见那些匪徒的踪影，他们要么被埋住了，要么被沙子堵在洞里面。斯塔克斯知道赫吉拉所站的位置，可那里全是沙子，一片寂静。

“愚蠢的牺牲。”米格斯说道，“我们还有十几个人，你们只剩下两个人了。”斯塔克斯的目光从沙堆上收回来，他看着米格斯。

“我们来看看能不能把两边的人数变得一样。”斯塔克斯咬牙切齿地说道。

米格斯放声大笑。

“斯塔克斯，他们人数太多了。不知道奥斯克在哪儿，而且我们失去了赫吉拉，”拉玛阿说道，“不要白白送命。”

“你的朋友很聪明，”米格斯说道，“小子，你也放聪明点儿吧。”

斯塔克斯看着拉玛阿严肃的表情，再看看穷凶极恶的匪徒和他们手里的武器。他想战斗到最后——但拉玛阿不愿意。

斯塔克斯叹了口气，放下了剑。

第二十九章

福奇·坦普洛的囚犯

斯塔克斯在岩洞里瞥见的那扇门原来是一间牢房的门。米格斯的手下把斯塔克斯的钻石盔甲剥下来，拿走了斯塔克斯和拉玛阿的武器，把他们推进了那间小小的牢房。

拉玛阿马上开始检查墙壁和门，寻找可以逃出去的地方，但斯塔克斯告诉她别浪费时间了。牢房的墙壁是黑曜石砌的，牢房的空间只够放下两张床，上面是又厚又脏的羊毛床垫。想凿穿墙壁要费很大力气，还必须有合适的工具，况且在挖掘过程中发出的巨大声音必定会惊动看守。

“你说对了，没有出路。”拉玛阿叹了一口气说道，在斯塔克斯身边靠着墙壁坐下，“不过，不要绝望，我曾经碰到过比这还糟糕的情况。”

“是吗？什么时候？”

“我被代佛尔·诺德教皇俘虏过，”拉玛阿说道，“原因是我作为一个外人，胆敢观看大瀑布的圣水。顺便说一句，那景观非常值得一看。当牢房门关上的时候，我以为自己必死无疑。”

“你是怎么逃出来的？”

拉玛阿的脸色变得很难看：“赫吉拉救了我。唉，赫吉拉。真希望他那些疯狂的原则能阻止他，例如不能挖自己头顶上的沙子之类的。”

斯塔克斯无言以对，回忆起洞顶轰然坍塌前最后一次看到的赫吉拉，那个一身黑衣的瘦削身影。

“至少奥斯克逃走了。”拉玛阿说道，“可怜的孩子，她真的天生就不是舞枪弄棒的材料。”

斯塔克斯幻想着奥斯克找到帮手后回来搭救他们，可是马上就否定了这个想法。小工匠要是能平安到达拴马的地方，不落在福奇的同伙手里就很幸运了。斯塔克斯一想到这件事，就觉得愧对奥斯克。

“你觉得接下来会发生什么事？”拉玛阿问道。

“嗯，我想福奇肯定会先羞辱我们一番，然后对我们下毒手。”

“他会怎么做？”拉玛阿问道。

斯塔克斯只是摇了摇头：“老实说，我也不知道那个人脑子里是怎么想的。”

他本来想说等福奇来了，他们的下场会比想象中更惨，但后来还是决定不说了。两人的处境已经够糟糕的了。

“你知道，赫吉拉很喜欢你，”拉玛阿说道，“他说没想到你如此足智多谋，而且天性善良、乐于助人。足智多谋的人很多，但未必每个人都乐于助人。他还告诉我，他很想知道命运将把你引向何方。”

斯塔克斯笑了，但随后又摇了摇头：“我很高兴他没机会看到答案，因为这肯定不是我想要的结果。”

“我也想不到是这个结果，”拉玛阿说道，“可我还是很高兴遇到你。就像我告诉过你的，我们的相遇证明了人们彼此之间互相需要。斯塔克斯，我很高兴成为你的朋友。我不后悔成为这群疯狂匪徒的阶下囚，我只是为你感到遗憾。”

“你们两个，安静点儿！”守卫吼道。

“要是我们不安静呢？”斯塔克斯问道，“你就把我俩关进牢房吗？”

拉玛阿笑了，过了一会儿，斯塔克斯也忍不住笑了。

斯塔克斯以为过不了多久米格斯或者其他人就会把他俩带到福奇·坦普洛面前了，但几分钟过去了，几个小时过去了，什么事都没有发生。

后来，一个匪徒给他们带来一些馊面包和一句简短的话：头儿叫他俩走着瞧。而斯塔克斯和拉玛阿只想好好睡一觉，因为实在太困了。

第二天一早，他俩就要任由福奇摆布了，斯塔克斯以为自己一想到这个就会睡不着觉，但让他惊讶的是，他一开始虽然不停地翻身，可是几分钟后居然进入了梦乡，因为他已经筋疲力尽了。

斯塔克斯是被拉玛阿摇醒的。

“斯塔克斯！赶快醒醒！你听到了吗？”

片刻之后，但凡在这座山附近的人都听见了金属的撞击声以及低吼的声音。

牢房外有什么东西哗啦一声掉在地上，他们听见一阵脚步声，然后是沉重的呼吸声。

牢房的门被打开了。

赫吉拉·坦布斯气喘吁吁地站在门口，缩着肩膀，拄着自己的剑，看上去伤得很重。他的黑色斗篷上都是沙子，脸和胳膊上有瘀青和割伤。在赫吉拉身后，斯塔克斯发现奥斯克探头探脑地往牢房里张望着。

“你们都活着！”斯塔克斯叫道。

“赫吉拉！”拉玛阿兴奋地叫起来，张开双臂搂住了她的朋友。

赫吉拉跌跌撞撞地往后退去，丢下剑发出痛苦的喘息声，拉玛阿这才意识到他伤得有多重，赶快松开双手。

斯塔克斯结结巴巴地说不出一句完整的话，只能头脑混乱地问出“怎么回事”“发生了什么”之类的话，赫吉拉尽力解答他的疑问。

“奥斯克把我从沙子里挖了出来，”赫吉拉说道，“其他匪徒都逃走了。我没被憋死，还挺好的，但那种经历我再也不想重复了。”

“很抱歉丢下你们逃跑了，我只是太害怕了。半路上听到洞顶坍塌的声音，我意识到自己是唯一能帮上忙的人，”奥斯克说道，不由得低头看着自己的脚，“我躲起来，直到岸边没人之后才偷偷回来，但你们已经不见了。我尽力找到赫吉拉，但非常抱歉没能阻止匪徒抓走你们俩。”

“你逃跑了，但回来了就好。”拉玛阿说着拥抱了奥斯克，小工匠没有受伤，所以拉玛阿没遇到拥抱赫吉拉的那种尴尬。

“你是怎么绕过守卫的？”斯塔克斯问道。

“偷袭是非常有效的战术，”赫吉拉说道，“特别是当你体力不支的时候。很不幸，我偷偷摸上去的时候，最后一个守卫发现了我。我也劝过他逃命要紧，可他不听我的。我现在透不过气了。”

赫吉拉双手放在膝盖上，只想着好好喘口气。

“我们得把你送下山。”斯塔克斯说道。

“不行，”赫吉拉回答，“我们必须继续前进。这可能是我们打福奇·坦普洛一个措手不及的唯一机会。不幸的是他们把你们的武器和盔甲带到了塔楼上。我建议你们找一下手头用得上的装备。”

“无论我们说什么做什么，你都不肯下山，是吗？”拉玛阿不顾斯塔克斯的反对，问赫吉拉。

赫吉拉只是摇了摇头。

“真是个固执的家伙。”拉玛阿喃喃自语道，“那好吧，斯塔克斯，我们看看能找到什么东西。”

他们找到两把逃跑的守卫扔下的剑，其中一把损坏得很严重，但还能用。几个人拿着武器，来到通往塔楼的楼梯下面。

“上去之前，我必须忏悔，”赫吉拉说道，“我很内疚，你们会瞧不起我的。当奥斯克找到我时，我伤得很重，于是我们在下面一层找了个庇护所，我躺在了……床上。”

拉玛阿、斯塔克斯和奥斯克面面相觑。

“我们绝不会说出去的，”拉玛阿承诺道，“一言为定。”

第三十章

山顶城堡里的人

这一次由斯塔克斯打头阵，拉玛阿和赫吉拉紧随其后。考虑到赫吉拉的伤势，他们慢慢地登上石头台阶。

台阶尽头是两扇深色橡木门，斯塔克斯拉开左边的门环，眼前是一个长长的大厅，中间有一张桌子，两边摆着椅子，桌子两头各有一张高背椅，房间的那一头是窗户。屋子里的地面和家具上都覆盖着一层厚厚的灰尘。

“这地方有些年头了。”奥斯克说道。

“山上的房间和周围的废墟也是如此，”斯塔克斯说道，“也许福奇发现了这里，也许这是他从什么人手里抢来的地盘。我怀疑他这辈子都没有建过房子。”

“斯塔克斯，看！”

斯塔克斯顺着拉玛阿指的方向望去，灰尘中有一条被很多脚印踩出的小路。他们沿着这条路走向另一扇门，那扇门通向一条长长的走廊，走廊两边有许多房间。

“要是能找到我们的武器就好了。”拉玛阿说道。

“如果找到很多守卫就糟了。”斯塔克斯说道，“奥斯克，等等——”

可是已经太迟了。奥斯克一边嘟囔“这是什么奇怪的东西”，已经顺手打开一扇门，站在门口，眼前的景象让她瞠目结舌——一道奇怪的紫光照在她惊讶的脸上。

斯塔克斯的目光越过奥斯克肩头朝房间里望去，打开的门正对着一个带铁栏杆的平台，还有一架通往房间低处的梯子。在下面，一个巨大的黑曜石框架闪耀着紫色的光芒，中间火花四射。

“那是什么？”斯塔克斯问道。

“一扇下界传送门，”奥斯克说道，“它是通往另一个维度的入口。这个肯定是刚才山上那些家伙所说的他们老板正在研究的东西。斯塔克斯，如果福奇从这里离开，你就再也找不到他了。”

“希望他还没得逞，”斯塔克斯说道，“奥斯克，快点儿。”

他听到铰链转动的嘎吱嘎吱的声音，转身看见拉玛阿打开了另一扇门。

“这是什么？”她问道，“我们的武器可能就在附近某个地方。”

“真的吗？”斯塔克斯问道。

“我很累，又受了重伤，”赫吉拉说道，“没办法第二次把你们从牢房里救出来。”

“除非大家一致同意，否则谁也不能打开另外一扇门，好吗？”斯塔克斯问道，带领他们沿着走廊走下去。这条走廊向右转，跟另外一条走廊合在一起，形成了一个门厅。他们身后是一道橡木门。他们前方有三级宽的台阶通向两扇门。门的两边各有一根矮柱，上面插着火把。

“这里像是个很重要的地方。”奥斯克说道。

“肯定是，”斯塔克斯说道，“大家准备好了吗？”

大门被打开了。他们面前是一个宽敞的大厅，大厅中央也有一张长桌，一边是堆得高高的各种东西——一些散落在地上，一些满满地堆在箱子里，还有一些扔在椅子上。不少东西都非常值钱，或者看起来很值钱，有宝石、金条、油画、地图、盔甲、旗帜，旁边还堆着其他杂物。

但在那一刻，斯塔克斯的眼里根本没有这些吸引人的玩意儿。因为在大厅尽头，一张放着天鹅绒靠垫的高背椅上坐着福奇·坦普洛。

斯塔克斯一下子就认出了福奇贼溜溜的蓝眼睛和那令人不舒服的、贪婪的眼神。福奇身上的衣服依旧是七拼八凑起来的，就像第一次闯进斯通卡特庄园时那样。不过福奇的脸色却苍白而憔悴，无神的眼睛下有两个很明显的眼袋。

站在福奇身边的是米格斯，他正在急切地跟福奇说着什么。其他三个守卫在附近巡视，看见斯塔克斯，这些人都跳了起来。

“怎么回事？”福奇暴怒地问道。

“是斯塔克斯·斯通卡特，”米格斯说道，“头儿，就是那个我正跟你说的囚犯。但他们是怎么——”

斯塔克斯度过了不知多少个不眠之夜，一直盼望着今天这一刻。不等他开口说话，说时迟那时快，只见赫吉拉昂首挺胸地走上前去，大大咧咧地拎着剑。

这已经够让人震惊的了，但接着赫吉拉做了一个让斯塔克斯觉得更加奇怪的表情：赫吉拉冲斯塔克斯眨了眨眼。

“那个穿黑衣服的人！”一个匪徒喊道，“我亲眼看见洞顶塌下来，他被活埋了！不可能！”

“千真万确！”赫吉拉说道，声音平静又镇定，“这座山已经空无一人，就剩下你们几个守卫了。我是来算总账的，你们现在跑还来得及。”

“这是怎么回事？”福奇问道。他更生气了，一只手伸向腰间的钻石剑。

“闹鬼了！”一个匪徒大叫着跑出了房间。赫吉拉缓缓迈步，步步紧逼，眼睛死死盯着福奇和他的手下。赫吉拉举起了剑，剑尖指向几个匪徒。

那几个匪徒顿时魂飞魄散，瞪大的眼睛里满是恐惧，飞也似的跟着第一个跑出去的人逃离了米格斯和他的主子。

“米格斯，这次别以为你还有好运气护身，”斯塔克斯说道，跟随着赫吉拉的步伐走过来，“现在福奇只有你一个喽啰了。你最好赶快逃走，永远也不要回来。”

米格斯的目光从赫吉拉身上跳到福奇身上，然后又转回来。

“米格斯，要不是我，你这个穷光蛋能有今天？”福奇咆哮道，“我可以再次让你一无所有。如果你胆敢背叛我，我绝对饶不了你！”

“米格斯，你不用害怕他。”斯塔克斯说道，“我敢担保，他再也没办法离开这里了。这是我的承诺。”

米格斯犹豫了一下，然后猛地冲出大厅。斯塔克斯听见米格斯一到门口就撒开了腿，跑得比兔子还快。赫吉拉站在离福奇几格远的地方，胳膊一软，垂下了剑。

“我得坐下。”赫吉拉一边说着，一边摸索着找椅子。

“你玩阴的！”福奇说道，表情既佩服又愤怒。

“以我的经验来看，大多数匪徒实际上都是弱者，所以很容易被那些气势汹汹和虚张声势的人唬住，”赫吉拉委顿不堪，靠在椅子上说道，“他们很容易上当。”

“现在很难找到好帮手。”福奇嘟囔着。

“斯塔克斯，”拉玛阿说道，“我找到一些你的东西。”

斯塔克斯看见拉玛阿站在一堆钻石盔甲旁边。她已经捡起自己的弓，正在收集箭。

“斯塔克斯·斯通卡特。”福奇说道，他贼溜溜的蓝眼睛仔细打量着斯塔克斯。

“没错，”斯塔克斯脸上带着满足的微笑，“福奇，好久不见。”

“米格斯把你的名字告诉了我，还有他是怎么把你和你的朋友关起来的，”福奇说道，“但我真记不起阁下是哪位。”

一开始斯塔克斯以为福奇撒谎是为了激怒自己，但对方摸不着头脑的表情是真的，福奇真的把斯塔克斯彻底给忘了。

“我住在海边一个小小的半岛上，房子是用闪长岩和花岗岩造的，”斯塔克斯说道，声音因愤怒而变得嘶哑，“我养了猫，种了花，后花园有我家族的矿井。”

福奇的眼睛一亮。

“矿井上还有一座游泳池！”福奇说道，“是用那种黑白相间的石头建的，我想起来了！”

福奇咧开嘴笑了，不是那种斯塔克斯见过的令人不舒服的贪婪笑容，而是一种出于美好回忆的微笑，好像他与斯塔克斯是久别重逢的老朋友。

“你把我的游泳池毁了，”斯塔克斯说道，“还有矿井和房子。然后你把我父亲和祖母的财产全都抢走，把我丢在沙滩上等死。现在你想起来了吧？”

“多少想起来一些。”福奇说道，“斯塔克斯，你家离这里太远了。你千方百计来这里，就是为了报仇吗？”

“为了正义。”斯塔克斯回答。

“哦，随便你怎么说吧。这太浪费时间和精力了。斯塔克斯，自从我们分别后，你干得不错。钻石盔甲可不便宜。我敢打赌以你现在的财力，我参观过的那种宅子你能盖上四五座，里边的财富比我手下拿走的还多得多。但恰恰相反，你徒劳地想解决一些无聊的陈年恩怨。”

“对我来说，那是不久以前的事。”斯塔克斯说道，转过身指着堆在那儿的金银财宝，“我敢打赌，这些都是你不久以前从其他人那里抢来的。”

“我看你是要一条道走到黑。斯塔克斯，很好。你想怎么解决？决斗？或者让你那些脾气暴躁的朋友直接一箭把我撂倒？”

说着，福奇的下巴朝拉玛阿歪了歪，她跨过斯塔克斯的盔甲，拉满弓弦，箭尖直接瞄准福奇的要害。

斯塔克斯越发愤怒起来。这不仅仅是因为福奇忘了他，而是因为福奇对斯塔克斯受到的伤害不以为意。

福奇懒洋洋地站起来，当一支箭嗖地射在身边的椅背上时，他吃了一惊。

“你射偏了。”他温和地告诉拉玛阿。

“我没有射偏，”她回答，“斯塔克斯，去扣好盔甲拿起剑。福奇，他这么做的时候，你必须坐在椅子上，不许动。”

福奇恶狠狠地盯着拉玛阿。

“奥斯克，帮斯塔克斯个忙。”赫吉拉说道。

斯塔克斯紧盯着福奇，绕过桌子，站到拉玛阿身边。斯塔克斯向拉玛阿点了点头，然后跪下来捡起钻石剑，转过头面对着福奇。奥斯克帮他系上胸甲，紧紧地扣好，然后跪下来帮他打好绑腿。

“这一点儿都不公平，”福奇说道，“我就没有这种防护装备。”

“你们好几船的人抢劫我家的时候公平吗？”斯塔克斯问道，一边抬起脚，这样奥斯克好帮他穿靴子。

“哎呀，斯塔克斯，别这么严肃嘛。你又没受伤，还变得这么富有，结交了有趣的同伴。这对你来说不是坏事呀！”

穿好靴子后，斯塔克斯从奥斯克手里接过头盔，把下巴上的带子系好。盔甲轻巧而结实；剑在斯塔克斯手里轻轻颤动着，发出嗡嗡的啸声。

“福奇，站起来。”斯塔克斯说道。

福奇瞥了一眼拉玛阿，她点了点头，松开紧绷的弓弦。福奇站起身悠闲地伸了个懒腰。斯塔克斯怒目而视。当福奇拔出自己的钻石剑，一步步逼近斯塔克斯的时候，又露出那种贪婪的笑容。

第三十一章

决斗者

瞧，关于斯塔克斯·斯通卡特和福奇·坦普洛之间的决斗，你们可能听说过一些小道消息。有些版本听起来非常激动人心，钻石剑激烈碰撞、火星飞溅，魔法对决电光四射，或者肌肉紧绷、青筋暴起之类非常多的描述。

但我要告诉你们真实情况——或者至少是我听说的真实情况（我的消息来源非常可靠）。虽然这个版本不那么刺激，但非常有戏剧性。

真实情况是：福奇·坦普洛向斯塔克斯逼近几步，脸上的笑容还是那么让人憎恶。他挥剑在空中劈了几下，想看看斯塔克斯的反应如何。

而斯塔克斯谨记赫吉拉教他的战术：以静制动。

他观察着福奇的步伐还有肩膀的位置，等待对方下一步行动。

斯塔克斯以为福奇会接着进攻。

但福奇笑了，张开五指，钻石剑当啷一声落在石头地板上。

“斯塔克斯，你知道吗？我是不会和你搏斗的。你想怎么处置我都行。我不是告诉过你什么都不重要吗？所有的一切——包括我们的生命、整个主世界，还有我们含辛茹苦、费尽心机得到的每一样东西，统统是天大的玩笑。我们第一次见面的时候，我跟你开了个玩笑，现在轮到我自己了，所以本人任凭你处置。”

福奇的话出乎斯塔克斯的意料。斯塔克斯盯着福奇看了好一会儿，想知道福奇还有什么阴谋诡计——要么福奇还藏着第二把剑，要么这里有个秘密出口，里面将会冲出一群匪徒。但福奇只是耸耸肩，盘腿坐下来。

斯塔克斯瞥了一眼拉玛阿、赫吉拉和奥斯克。但拉玛阿和奥斯克都目瞪口呆地望着福奇。赫吉拉没有任何反应，这正是赫吉拉的风格。过了一会儿，斯塔克斯弯下腰，捡起福奇刚才扔下的剑。穿着盔甲弯腰是很困难的。

“你说过什么并不重要，”斯塔克斯告诉福奇，“你肯定也想让我相信这个观点。可是福奇，我有不同的意见。或许你说得有道理，无论我们做什么，对大海或者星辰都不值一提，但我们既不是大海，也不是星辰。我们按照它们那样活是毫无意义的。我同意世界可能很残酷，但善良更重要。对我们来说，善良虽然是脆弱易碎的幻影，但依然可以对抗世界的残酷。”

福奇笑呵呵地拍了拍手。

“斯塔克斯，太棒了！第一次见到你的时候，你是个被宠坏了的懒虫。看看你现在变成了什么人，一名战士，一位冒险家，甚至是一位哲学家。你真的应该感激我。要不是我，你还是那个离群索居的人，只会修整草坪、抚摸猫咪罢了。我把过去的你变成了现在的你，把你那百无一用的人生变得意义非凡。”

拉玛阿咬牙切齿，又举起弓拉满弦，但斯塔克斯深深地注视着她的眼睛摇了摇头。

“我能做到这些并不是因为你的功劳。你从来都没有改变我。你作恶多端，不是为了创造什么新事物，不过是出于自私自利的考虑。现在，我要阻止你继续伤害其他人。”

“呵呵，终于来了。”福奇说道，张开双手挺起胸，“很好，斯塔克斯，射准点儿，别让我吃苦头。”

“不，福奇，我不杀你。”

“哎哟，你那高贵的身份不允许你干这种事，对吧？”福奇问道，瞥了拉玛阿和赫吉拉一眼，“由谁来动手呢？这位暴躁的弓箭手还是那位神秘的剑客？”

“都不是，”斯塔克斯说道，“我要把你交给我的朋友——一位能工巧匠处置。奥斯克，咱俩讨论过，你也看见这座城堡了。需要的东西都齐了吗？”

“齐了，”奥斯克说道，向福奇微微鞠了一躬，“这项设计很复杂，需要用到黑曜石、熔岩、水和活塞。而且我还需要很多红石。这是从坦布尔斯港来这里的途中斯塔克斯提出的建议，我肯定能成功。这将是一座牢不可破的监狱：你砸碎一块黑曜石，接着砰的一声！一块新的黑曜石马上出现在原来的地方。”

“听起来很巧妙，”福奇说道，“但还是算了，谢谢你。我宁愿去死。”

“福奇，你但求一死，只想解脱，”斯塔克斯说道，“可你没办法得逞。你会一直活着，活得还挺舒服。但你的余生只能一个人度过。没有奴仆让你颐指气使，没有受害者让你折磨，没有贼赃让你开心，这样的日子你将度过一分钟、一小时、一天，乃至永久。这里只有你一个人，形单影只。我认为只有这样，你才能真正感到恐惧。”

相识至今，福奇第一次无话可说，但拉玛阿有些不忍心。

“完全与世隔绝？”她问道，“这太残酷了。斯塔克斯，没有人能受得了。”

“别以为他会改邪归正。”不顾拉玛阿皱起的眉头，斯塔克斯心意已决，对福奇说道，“等奥斯克把监狱建好后，我和拉玛阿会看着你平平安安、舒舒服服地坐牢。奥斯克，你还需要别的东西吗？”

奥斯克摇了摇头：“测绘桌、纸张和人手，这些我都有。”

“斯塔克斯，你想知道我以前为什么那么做吗？”福奇问道，语气出人意料的平静，“不久之前你还问过我。那时候我不屑于告诉你原因，但现在我可以说了。”

“我不想听你的答案。”斯塔克斯说道。

“你不想知道为什么吗？”福奇怀疑地问道，“真是难以置信。”

“不想。说实话，因为我不在乎。我不想让你捏造一个理由为自己的罪行开脱，因为你满口谎言。福奇，你就像矿井深处的安全隐患，像熔岩瀑布或者满是怪物的地牢。想说服熔岩不烫人或者怪物不伤人简直是浪费时间。所以还不如把安全隐患用墙围起来，再挂上警告标志。只有这么做，人们才能高枕无忧。”

福奇试图反抗，但马上就被制服了，他被五花大绑以后由拉玛阿看守起来。斯塔克斯在城堡里的一间储藏室里找到一把镐，用它拆除了下界传送门，接着用黑曜石搭建了一间临时牢房。

完成这项令人不快的任务后，他们巡查了整个城堡，发现里面有个露天庭院，里面种着茂密的橡树。让人欣慰的是，赫吉拉认为这里不算是庇护所，所以立即爬上树休息并疗伤。

斯塔克斯回到福奇的大厅，这里放着所有抢来的赃物。他花了几个小时翻找珠宝，浏览画作，检查所有的旗帜。在房间的角落里，他发现了两个简单的木框：一个装着快要磨秃了的镐，另一个装着一把又钝又崩了口的石剑。

“认出你的东西了吗？”拉玛阿问道。

“是的，”斯塔克斯回答，“这些属于我的祖母，以前它们一直挂在花园旁边的陈列室里。我曾经一度想把它们都挪走，现在才知道它们多么宝贵。”

接着斯塔克斯把检查过的东西放到一边，开始查看另外一堆东西，然后点了点头。这是印有斯通卡特家族徽章的旗帜，橙色的底上有个蓝色的三角形，旗帜的下面有一卷卷长长的纸。

“你能帮忙展开这些纸卷吗？”他问拉玛阿，于是他俩把纸卷全都抱到桌子上去。

跟斯塔克斯希望的一样，那些都是父亲的地图，上面密密麻麻地标注着他父亲去海外推销石材时建立的营业点。

“它们都乱套了，”拉玛阿沮丧地说道，“就像一个巨大的谜团。”

“以前我和祖母经常一起猜谜语，”斯塔克斯说道，“我肯定能解开它。”

接下来的几个小时里，他俩一起重新拼凑地图，把那些纸卷一会儿放在这里，一会儿放在那里，站在桌子上从更合适的角度俯视地图，然后提出一些没什么用的建议来说服自己海岸线是吻合的，而实际上并非如此。但是一点一点地，正确的答案越来越多，超过了错误的答案。最终，一幅巨大的地图摊在桌面上。

拉玛阿把手支在下巴上，围着桌子一圈一圈地走，研究着这幅地图，突然她的眼睛一亮，手指放在一条海岸线上。

“我认为那里就是荒凉湾，”她说道，“也就是我和你第一次见面的地方。如果你一直沿着海岸向北走——”

“——就会看到坦布尔斯港。”斯塔克斯接着她的话茬说道。

他冲拉玛阿笑了笑，但紧接着后面的发现让他震惊了，斯塔克斯感觉自己的膝盖都软了。他放在地图上的手又回到了荒凉湾，但这一次是顺着海岸线往西去。这一片广阔的水域一定是悲伤之海，从这里继续向西就是……

“这里就是我家的小半岛，”他说道，泪水在眼里打转。他知道自己的判断是正确的。海岸边有一些小小的浅蓝色锥形，代表浮冰，旁边还有一个橙色的V形符号。“这就是我的家。”

拉玛阿点了点头，给斯塔克斯看她的手指落下的地方，在荒凉湾以南很远的区域，是连接着海岸的几块绿地。

“这是哪儿？”斯塔克斯问道。

“河屋，”她说道，“我的家，你一定要来看看。”

过了几个星期，奥斯克的监狱才建好，她又用了几天的时间对它进行测试，确保福奇无法从里边逃脱。这座设施完善的监狱设计非常精妙，就是看起来有点儿奇怪——看上去很坚固的黑曜石块把福奇的城堡盖住一半，周围环绕着熔岩，屋顶有个人工湖，熔岩外围是一圈活塞。内部有两个房间，一个改装成农场，另一个是关着猪和奶牛的围栏，其余的地方保持不变。福奇有一张床，还有家具、油画和书籍——什么都有，只是失去了随心所欲地伤害他人的自由。

监狱里又增加了一层安全措施，奥斯克宣布如果其他人没意见，她会作为福奇的监管者，在城堡里设一个驻守点。

因为城堡是个绝佳的实验场所，也是宽敞的家园。而且他们还放出话来，说山顶的坏人已经逃跑。所以农夫和商人会沿着河流从东边的卡拉赫斯过来，和奥斯克做邻居。

奥斯克瞥了一眼拉玛阿，说她会盯住福奇，看他是否对自己所作所为有任何悔改之意，然后奥斯克又瞥了一眼拉玛阿，补充说，她会提防福奇——就算他打算用什么阴谋诡计越狱也没关系，那比他赤手空拳挖地道出来还要难。

斯塔克斯、拉玛阿和赫吉拉在一个空气清新的早晨跟奥斯克告别，走回了卡拉赫斯，拉玛阿毫不留恋地放弃了她那头驴。那头驴一直以来被整箱红石压得喘不过气，现在卸下了重担，一身轻松。斯塔克斯只拿了很少的钻石和青金石、父亲的地图、斯通卡特家族的旗帜，还有祖母镶在木框的工具，其他都留给了奥斯克。

斯塔克斯和拉玛阿在商队旅舍中订好房间。黄昏时分，斯塔克斯的心感到一阵刺痛。

“赫吉拉，再会，”他说着拥抱了这位黑衣勇士，“万分感谢你教给我的一切。”

“不，是我反过来要谢谢你，”赫吉拉说道，“你的自我救赎之路对一名旁观者来说精彩万分。对你未来的命运走向，我仍然有强烈的兴趣。”

“我也一样。”斯塔克斯说道。

“朋友，我们要暂时分别了，”拉玛阿说着也拥抱了赫吉拉，“河屋见。我离家太久了，这次回家我会待上一段时间。”

“我很高兴你即将踏上回家的路，”赫吉拉说着拥抱了她，“我希望你能享受这难得的平静。”

“赫吉拉，你要去哪儿？”两位老朋友分手的时候，斯塔克斯问道，“你还没说呢。”

“北方，”赫吉拉说道，脸上的微笑逐渐消失了，“我将留意匪徒们重新集结的迹象，还要寻找米格斯的消息。我相信他如果想走正路，还需要外力推动一下。”

“米格斯可能需要很多外力的推动才行。”斯塔克斯说道。

“也许吧，”拉玛阿说道，“赫吉拉肯定会用很大的力气推动米格斯走正路的。”

第三十二章

两条海岸线

跟赫吉拉分别后，斯塔克斯与拉玛阿一路走过森林覆盖的山丘、广阔的草原和起伏的草甸。他们步伐悠闲地走着，斯塔克斯听拉玛阿讲述她给商队做守卫的故事、遇到的那些忍不住要故地重游的美景，还有其他旅行者口述的神奇国度。每个夜晚，他们都要查看斯通卡特家族的地图，追溯拉玛阿走过的路和她到过的地方。

快乐的时光转瞬即逝。一天下午，斯塔克斯突然拦住了拉玛阿，在空气中不住地嗅着。

“怎么了？”她问道。

“大海，”他说道，“我刚意识到我有多想念它。”

走了一个小时后，他们来到往北去往坦布尔斯港的商队踩出的小路上，这里距他们第一次相见的地方不远。几分钟后斯塔克斯已经站在荒凉湾东端的浅水湾里了，远远眺望着西边，太阳已经接近地平线。

两个人在岩石山上凿了一个小洞过夜。明天他们将分道扬镳，拉玛阿南下光辉沙漠一带，而斯塔克斯向西朝家走。他俩谈论了很多事情，比如奥斯克那些奇异的实验是否真的会成功，赫吉拉会不会为又为自己立下新的原则什么的，但大部分时候他们只是享受着彼此的陪伴。

清早，拉玛阿坐在海边的岩石上，没有理会头上嗡嗡飞舞的蜜蜂和因好奇而跑来围观的羊。斯塔克斯做了一张工作台，用旧木头造了一艘小船。他们已经讨论过斯塔克斯回家的路线——他已经研究地图很多次，熟悉到闭上眼睛都能想起来——还有怎样最大限度地避开旅途中的危险。

终于，船造好了，分别的时刻到了。

他们拥抱了一分钟，也可能是两分钟吧，然后斯塔克斯笑了。

“别担心我，”他说道，他的行动确实让拉玛阿很放心，“而且我有这个。”

接着斯塔克斯拿出那个放在口袋里好几个月的指南针给她看。

“是你在沙滩上找到的、被福奇弄丢的那个指南针吗？”

“没错，”斯塔克斯说道，低头凝视着它，“我以前总认为这是福奇的东西，也可能真是他的。但这一路走来，在某个时候我不那么想了。父亲也有一个一模一样的指南针，或许这就是父亲的指南针，只是被福奇的同伙偷走了。谁知道呢？现在它又回到了我手里。”

“我相信这是你父亲的指南针，”拉玛阿说道，“从现在开始咱们就这么认定了。”

“好的。”斯塔克斯说道，把父亲的指南针放进口袋。

他最后一次检查船体是否漏水，然后把小船推进海里，站在船边的浅水里，一只手放在船舷上。

“我在你的地图上把河屋的位置圈出来了，”拉玛阿说道，“什么时候你准备好，就来看我。即使我不在那儿，也会很快回来，我是个闲不住的女孩。”

“我一定会去找你。”斯塔克斯说道，然后爬上了船。他划了一会儿，回头看着岸上拉玛阿的身影越变越小。他朝她挥手告别，片刻之后，拉玛阿也举起手向他挥了挥。

斯塔克斯的小船紧贴着南岸航行，很快经过了这片他颇为熟悉的荒漠海岸。现在他知道它名叫光辉沙漠，是聪明的旅行者避之唯恐不及的地方，就像他经过的荒凉湾一样。以前他不知道这些地名，现在靠着父亲的地图，不仅知道它们叫什么，还能画个简略的地图出来。

午后，斯塔克斯发现前方海岸上有个小黑点。那是他再熟悉不过的地方，但仍然有一种奇怪的感觉。没错，他回到了被福奇和同伙们扔下的地方，那个他修补过的塔楼。当时他以为自己必死无疑，那里却成了他学习如何自救的地方。

斯塔克斯停下桨，让船在水面上漂了一会儿。前方就是那艘失事船只的龙骨，他曾经从上边拆下木头造了一条船。

斯塔克斯抬头看了一下天空中太阳的位置，思考穿过荒凉湾的路线，推算自己划了多远才到达这里，还有再划多远就必须找一个庇护所。推算出来结果以后，他皱起眉头，又推算了一次——然后停下来。

“嗨，管他呢。”他说着，向岸边划去。

塔楼里闻起来有一股咸咸的味道和烧焦的木头味。斯塔克斯打开铺盖卷儿，重新点燃炉火，仔细考虑该吃牛排还是几块馅饼。后来他决定吃馅饼。晚饭后他站在塔楼外面，望着太阳缓缓沉入海里。

当斯塔克斯准备上床思考第二天早晨该吃什么的时候，门外有什么东西咆哮着，不过声音很快就淹没在海浪声中。

“天哪，滚开！”斯塔克斯大吼道，“又来这一套！”

不过，他决心早餐绝不再吃干海带了。

第二天一早，斯塔克斯告别塔楼向西划去。而且我很高兴地告诉你们，接下来的几天里，他的行程非常平静。每天早晨斯塔克斯查看地图，决定划多远，并找到一条海岸线，以便晚上有个过夜的地方。接着他就划呀划呀，时不时地瞥一眼放在身边长凳上的指南针，确保自己没有偏离航线。

他划过沙漠海岸、失事船只和破旧塔楼，越过广阔无垠的海面。当他看到浮冰和尖塔，就暂时停下来“感谢”它们之前让他迷失了回家的路。然后他小心翼翼地在这些无时无刻不在变化的冰层中开出一条道。除了一头北极熊朝他吼叫之外，他没碰到任何危险。

终于，有一天中午，他穿过冰层的时候看见前方有一片绿地。那是一个半岛，后方是一个小山坡，草地上点缀着桦树。或许这里只是主世界里的一个小角落，却曾经是他的一切。

斯塔克斯把船驶到绿地的尽头，现在这里长满了荒草，中间横着一些桦树树桩。左边是破破烂烂的篱笆，杂草丛里伸出一根孤零零的南瓜藤。但在他右边，茂密繁盛的野花竞相怒放，鲜红、粉红、蓝色和白色的花朵把山坡变成一片五彩缤纷的人间乐土。

斯塔克斯踏上草坪，经过已经变成一潭死水的绿色池塘，里面是坍塌的喷泉。他爬上了几级磨制闪长岩台阶，台阶上都是裂缝，野草从裂缝里探出头来。山顶是一堆石头废墟，黑白相间的闪长岩和粉红色的花岗岩混杂在一起。左边是大海环抱的半岛，还有一座东倒西歪的码头和船屋的残骸。

“是啊，我回来了。”斯塔克斯说道，坐在闪长岩上，打量着斯通卡特庄园的破败景象，思绪回到大火肆虐的恐怖时刻。福奇带着那群匪徒闯进斯塔克斯的家园，斯塔克斯的人生毁于一旦。但福奇终于被关押起来，手下的匪徒们也作鸟兽散。看着周围的一片废墟，斯塔克斯思考着重新拼接岩石、清除荒草、再次种植树木之类的事情。

这时他听见附近有轻微的动静，于是站起来，以为自己听错了。

他没听错，这声音是试探性的微弱的猫叫。

一个长着金色眼睛的小黑脑袋从一块闪长岩后面窥视着他。

“是煤球儿吗？”斯塔克斯叫道，“煤球儿！小猫咪快过来，快点儿，没事啦！”

是煤球儿，他的猫里胆子最大的一只，出现在一堆坍塌的石块中，带着戒心审视着他的脸，继续喵喵叫着，竖起了尾巴，不一会儿就在他脚下蹭着，浑身脏兮兮，但一直发出呼噜噜的声音。

斯塔克斯又听到其他猫咪的叫声。他从正在安抚的煤球儿身上抬起头，看见一只灰色条纹、绿眼睛的猫咪和一只蓝眼睛的暹罗猫从自己的藏身之地探出头来。

“翡翠！蓝宝！”几只猫咪马上围绕在斯塔克斯身边，喵喵叫着，争相要求他的抚摸。

“小猫咪们，又看见你们太幸福了！”斯塔克斯说道，“真有意思，你们的样子不像我想的那么瘦。看来我们都学会自力更生了，对吧？我打包票，来几条鱼尝尝肯定很不错，对不对？”

真巧，斯塔克斯有一根钓鱼竿——在荒凉湾忍饥挨饿的日子里，他学到不少技能——回到船上翻找了一下，然后站在碎石上甩下了竿，最后钓到三条鳕鱼。煤球儿、蓝宝和翡翠马上就把鱼肉全吃光，只留下了鱼骨头。

翡翠喵喵叫着，想讨要更多鳕鱼，唯恐再次挨饿。斯塔克斯向猫咪保证，那些吃了上顿没下顿的日子彻底结束了。他看着被烧得只剩下空壳的船坞，想着找个过夜的地方。他千方百计回到家，如果在入夜后，被晚上出来瞎转悠的苦力怕抓个正着，那就太尴尬了。

于是天黑前，斯塔克斯在船坞原址搭建了一个临时庇护所。这间小屋简陋不堪——说实话，荒凉湾的塔楼跟它比起来简直富丽堂皇——但它能遮风挡雨，能把夜间怪物拒之门外，现在的处境已经够好了。斯塔克斯甚至找到几块还没有被完全烧毁的地毯铺在地上。第二天早晨，当斯塔克斯在斯通卡特庄园醒来的时候，煤球儿卧在他的左边，翡翠卧在他的右边，蓝宝卧在他胸前，他静静地躺在那儿，脸上带着难以置信的幸福微笑。

几天之后，斯通卡特家族办公室的职员们目瞪口呆地发现斯塔克斯·斯通卡特实际上并没有死。更让他们吃惊的是，斯塔克斯拿着父亲的地图，问了一大堆关于海外营业点以及商业合同的问题，另外还询问了许多他以前丝毫不感兴趣的事情。还有一件让员工们吃惊的事，斯塔克斯对他们维持公司正常运转表示感谢，不仅是在以为他死了的这段时间里，还包括以前他浑浑噩噩地过日子、对生意很少过问的时候。

斯塔克斯还邀请他们和邻居们一起来庄园做客。庄园已经发生了翻天覆地的变化。回来以后，斯塔克斯清理房子的废墟，修整草坪，把桦树树桩和荒草移走。他很快就把后花园矿井里的积水排掉——真是一项很大的工程——修补好矿井顶部。考虑一阵子后，他决定不再重建坐落在山顶的宅子，就是那栋用闪长岩和花岗岩砌成、在阳光下闪闪发亮的房子。

相反，他清理了山顶散乱的石块，把石块填进已经变成一潭死水的喷泉里，而且挪走了破碎的台阶。这样一来，参观的人们就能看见一片绿油油的山坡、一个小湖，还有一个花园，以及保存完好的家族墓地。

斯塔克斯唯一按原样重建的是打他记事以来见过的最漂亮的船坞，里面布置得很舒适，放得下他的床，还有一口箱子、一排书架、一个熔炉和一张工作台，推开窗户就能眺望大海。斯塔克斯把祖母的石头镐和石剑并排挂在墙上。他把码头也重新修缮了一下，因为来斯通卡特庄园谈生意的访客习惯把船停靠在那里。很多时候他们看到斯塔克斯坐在码头上的一张桌子旁边阅读关于采矿的书籍，或者研究父亲的地图，猫咪则在阳光下打着盹儿。

斯塔克斯热情地迎接这些访客，感谢他们不在已经停用的草坪边上泊船，还与客人侃侃而谈，话题不仅有猫咪和花，还有其他东西。然而，客人们发现斯塔克斯仍然经常跟猫咪说话，有时候也自言自语。

有好长一段时间——可能是好几个星期或者好几个月——斯塔克斯都过着快乐的日子。但随着时间的推移，有一些不安的情绪悄悄地出现。斯塔克斯发现自己经常回想从斯通卡特半岛去荒凉湾的航线，还有去坦布尔斯港、加噶泰尔雨林、帕坦纳村和卡拉赫斯的商队小镇的路。但他追溯最多的目的地，是一位朋友曾经用手在上面画了圈的地方。

有一天早上，煤球儿、蓝宝和翡翠要比平常叫得更厉害，因为斯塔克斯还没捉鱼做早餐。与往常不同，他正在收拾行李和地图。他穿上盔甲，整理箱子，并没有注意到三只已经饿坏的猫咪。

斯塔克斯赶快跟猫咪道歉，然后钓了一些鳕鱼。猫咪刚把鱼骨头啃干净，他就把几只猫带到船上，而不是像往常那样摆开椅子让它们在阳光下打盹儿。

日常生活被打断让猫咪有些莫名其妙，但它们饱餐一顿后睡眼惺忪，没办法表示反对。当它们还不明白发生了什么事的时候，斯塔克斯已经把船划出了船坞和码头，一会儿抬头看看太阳，一会儿低头看看父亲的指南针。

“小猫咪，来吧，”他微笑着对它们说道，“我们一起去看世界吧。”

致　谢

写这本书的好处是，当我的妻子艾米莉问为什么凌晨 4 时 30 分 我还在玩视频游戏时，我可以装出一副被冤枉的模样，大声说：“我在工作！”于是我真的开始工作了。

感谢魔赞公司的工作人员。他们创造了如此美好、有趣而富有想象力的游戏世界。我尤其感谢亚历克斯·威尔特希尔，他让我在主世界里一直安分守己。

感谢我的编辑们。企鹅兰登书屋的编辑沙拉·皮德是一位乐于助人的伙伴，始终热情而友好；南希·迪莉娅一向目光锐利，把我从笔误、赘言和拖延症中拯救出来。

还要感谢我的家人。我的儿子乔舒亚教给我许多《我的世界》游戏的攻略和技巧，对我的帮助很大。有一次，他对我说斯塔克斯的房子太酷了。而艾米莉听我说过无数废话，这些废话或许和视频游戏有关，或许无关。比如，每当我弄到一张斯塔克斯猫咪的截图时，都要问她是否想看一看，即使时间是凌晨 4 时 30 分。她连这能忍受，真是太有耐心了！

作者简介

杰森·弗莱是《星球大战：最后的绝地武士》一书的作者，曾撰写或与人合著过40多部以银河系为背景的小说、故事和其他作品。他的作品包括《帝国四部曲：仆人》和青年太空幻想系列《木星海盗》。他和妻儿住在美国纽约市布鲁克林区，家里有一大堆与《星球大战》相关的东西。